F.S. 菲兹杰拉德（1896—1940）

幼年菲兹杰拉德与父母

菲兹杰拉德与妻子泽尔达

菲兹杰拉德夫妇与女儿

小说《像里茨饭店一样大的钻石》于1922年发表

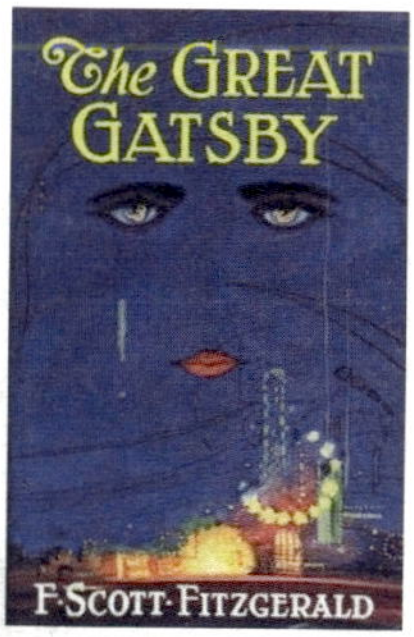

小说《了不起的盖茨比》1925年首版封面

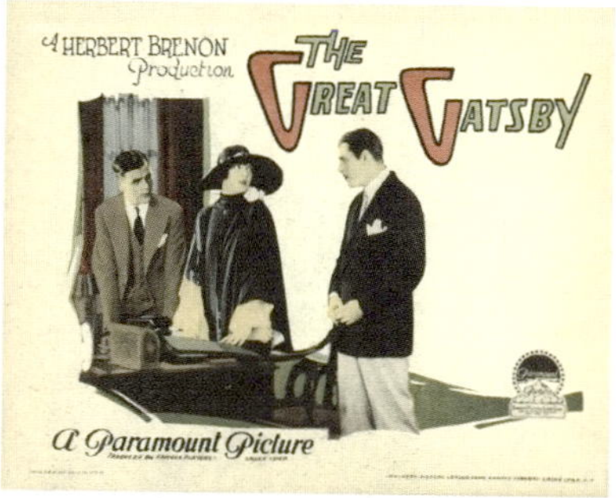

1926年电影《了不起的盖茨比》的宣传海报

菲兹杰拉德笔下的“爵士时代”

菲兹杰拉德的墓碑，上面镌刻着《了不起的盖茨比》的结尾："于是我们继续奋力向前，逆水行舟，不断被击退，退回到过去。"

为纪念菲兹杰拉德和其妻子泽尔达成立的博物馆。菲兹杰拉德一家曾居住在这里。

THE GREAT GATSBY

了不起的盖茨比

Francis Scott Fitzgerald

［美］F.S.菲兹杰拉德 ◎ 著　张炽恒 ◎ 译

時代文藝出版社

图书在版编目（CIP）数据

了不起的盖茨比 /（美）F.S.菲兹杰拉德著；张炽恒译.
—长春：时代文艺出版社，2019.7（2019.12重印）

ISBN 978-7-5387-6060-6

Ⅰ. ①了… Ⅱ. ①F… ②张… Ⅲ. ①中篇小说－美国－现代②短篇小说－美国－现代 Ⅳ. ①I712.45

中国版本图书馆 CIP 数据核字（2019）第 022528 号

出 品 人　陈　琛
产品总监　邓淑杰
出版总监　宁德伟
策划编辑　陈　瑜　张　楠
责任编辑　田　野
助理编辑　吕　天
装帧设计　介　桑
排版制作　琦宇文化

了不起的盖茨比
〔美〕F.S.菲兹杰拉德 著　张炽恒 译

出版发行 / 时代文艺出版社
地址 / 长春市福祉大路5788号　龙腾国际大厦A座15层　邮编 / 130118
总编办 / 0431-81629751　发行部 / 0431-81629755　北京开发部 / 010-63108163
官方微博 / weibo.com / tlapress　天猫旗舰店 / sdwycbsgf.tmall.com
印刷 / 三河市万龙印装有限公司
开本 / 880mm×1230mm　1 / 32　字数 / 184 千字　印张 / 8
版次 / 2019 年 7 月第 1 版　印次 / 2019 年 12 月第 2 次印刷　定价 / 40.00 元

图书如有印装错误　请寄回印厂调换

目录

译　序

这是一个爱的幻灭的故事。故事发生的时间和地点都不重要，将它们换成任何一个时代和国家都无妨，包括当代的中国。因为任何时代任何国家，都会有始终抱着爱的梦想并为之不惜一切的人，虽然他们寥若晨星。

他们是了不起的盖茨比。他们献身的对象并非所爱之人，而是爱本身，爱的梦想。

……即使在那一个下午，一定也有一些时刻戴茜与他的梦想相距甚远——并不是她本人的错，而是因为他的梦幻有巨大的活力。他的梦幻超越了她，超越了一切……

……他知道，当他吻了这位姑娘，将他的无法言喻的梦幻同她的易朽的气息永远结合在一起，他的心灵便再也不能像上帝的心灵那样轻快地驰骋了。所以他等待了片刻，多听了一会儿已经在一颗星星上敲响的音叉。然后他吻了她。经他的唇一触，她便像一朵花一样为他绽放开来，理想的化身就此完成……

这样的爱，无论其过程和结局是什么样的，主人公面临的必定是幻灭。而盖茨比的特别了不起之处在于，幻灭之后他仍然不放弃，并且最终以自己的毁灭作为梦想的终结。

爱情是永恒的主题，爱的悲剧具有崇高的性质。我们看到的其他爱情悲剧，往往是由外部力量或者是命运造成的，而盖茨比的悲剧，则是由人的天性和他的个性造成的。从这个角度看，较之于莎翁的《罗密欧与朱丽叶》，《了不起的盖茨比》更加深刻，更具有永恒的意义。

《罗密欧与朱丽叶》是诗剧，《了不起的盖茨比》是小说，但从诗意的角度看，后者也并不逊色。菲氏的文字不但充满活力和张力，才华横溢，而且充满诗意。上面两段引文基本上是叙述性质的，也已经是诗意盎然了；而菲氏那些描绘性质的文字，简直就是没有分行的诗：

……草坪从海滩起步奔向正门，在四分之一英里的路途中跃过日晷、砖铺的人行小径和灿烂的花园，最后到达房子跟前时，仿佛奔跑的余势未减，索性化作鲜艳的藤蔓，顺墙而上。房子正面开了一溜儿法式落地长窗，此刻它们正闪耀着金色的反光，大敞着迎向日落前吹来的和风……

……从窗口望去，傍晚的天空一时间鲜艳如地中海那一潭蔚蓝色的蜜……

……大桥上，阳光透过一根根钢梁照下来，连续不断地在一辆辆行驶的汽车上营造着光影交错的效果；城市在河对面升起来，一堆堆的白色一块块的方糖，全是怀着一个愿望用没有铜臭的钱造起来的。从皇后区大桥上望过去，这城市永远恍如初见，永远怀着最初的疯狂应许，许给你这世上全部的神秘和美丽……

可以说，通篇很少能找到平淡乏味的地方。连细节的描述都是那么准确和生动：

……她每翻一页报纸，胳膊上纤细的肌肉便颤动一下，那些纸张也闪闪烁烁地泛起亮光……

……他注意到房间里有了变化，窗玻璃在发蓝，他意识到离天亮不远了。大约五点钟的时候，外面已经足够蓝，可以啪嗒一声把灯关掉了……

鲜活的文字时而带着淡淡的幽默和讽刺：

……她的声音里充满了金钱——所以她的声音里波动起伏着耗之不竭的魅力，叮当作响，像铙钹奏出的曲子……高高的在一座白色的宫殿里，国王的女儿，金子做的姑娘……

加上自然而巧妙的布局，整篇小说如一部叙事长诗。

菲氏用诗意的语言，给我们讲述了一个具有永恒的美的悲剧故事。我甚至觉得，这样一部悲剧非但似乎不逊于莎翁的悲剧，而且更有现代感，更为丰富生动，更真实。

翻译过程中，我感受到了菲氏驾驭文字的非凡功力。处处皆是，只能稍举些例子：

> ……一阵微风吹动了戴茜的毛皮衣领上的灰色烟雾……
>
> ……戴茜跟着沙哑的、温声细语般的音乐唱了起来，每个词都被她唱出了前所未有、今后也不会再有的含义。旋律上扬时，她的甜美嗓音也跟着拔高，用女低音歌手的唱法；她唱到每一处转调的地方，空气里便会泼洒到一点儿她的温馨的人类魔法气息……

这样的描述准确、形象、新鲜、神奇；相应的，对翻译的要求也变得不平凡了。如果不能准确地译出“灰色烟雾”“旋律上扬”“拔高”“转调”“泼洒”“魔法气息”等词，而是用平淡陈腐的词语来替代它们，用似是而非的词语来翻译或解释它们，那么，菲氏的语言便被糟蹋了。有时候，一篇译文从表面上看似乎没有所谓的“硬伤”，没有译错，但其实，关键的地方（包括原文的行文节奏）没有准确把握，原文的精妙之处没有再现出来，便也不能算是正确的翻译，也是错，甚至是一种罪过——把神奇化作了平庸。

特别想提一提菲氏在小说中使用比喻的方法。他当然用了“像”“仿佛”之类的词，但也有太多“直接就是”（美国现代派诗歌的特征之一），譬如上面引用的“地中海那一潭蔚蓝色的蜜”“一堆堆的白色一块块的方糖”“一阵微风吹动了戴茜的毛皮衣领上的灰色烟雾”等。

还想说一说菲氏的长句：

> ……仿佛一种蓦然而生的空虚此刻正从那些窗、那些特大的门里面流淌出来，将全然的孤寂赋予门廊上站着的主人的身影……
>
> ……铁轨走出了一个弧度，正在背着太阳往前走。太阳渐渐沉下去，仿佛要将它的光芒铺展开来，以赐福的姿态罩住那座曾经有过她的呼吸、此刻正渐渐消失的城市。他绝望地伸出双手，仿佛攫取到一缕空气也是好的，他要从这个曾经因为她而变得可爱的地方，取一块碎片保存起来……
>
> ……他不知道，那个梦已经在他身后，落在后面某个地方，在城市另一边那无垠的晦暗之中。那里，共和国的幽暗的田野在夜幕下起伏着，连绵无尽……

这样的句子显然并不给人冗长和不简洁的感觉。菲氏的长句写得特别好，我们能感觉到的，只有美。

作者各有自己的风格，而作为译者，应该做的就是：尽量不添不减，原本“隐”的地方以“隐”来译，原本“显”的地方以“显”来译。尽力按原本的样子、原本的韵味、原本的神采、原本的气势，将原文译成中文。

《了不起的盖茨比》的翻译，是二〇一六年底完成的，用了近半年的时间。而《像里茨饭店一样大的钻石》的翻译，早于此时间十五年。我最初产生重译《了不起的盖茨比》的念头，正是因为翻译菲氏的另外七篇小说。

二〇〇一年中，著名学者、香港科技大学人文学院教授郑树森先生为台湾一方出版有限公司“世纪文学”丛书组稿，约我翻译菲兹杰拉德的部分小说。二〇〇三年那套丛书付梓，我翻译的七篇小说分两册面世：《阔少》和《大如丽池的钻石》（即《像里茨饭店一样大的钻石》）；《了不起的盖茨比》用的是著名翻译家巫宁坤先生的译本。后一位友人提议我重译《了不起的盖茨比》，我当然再次心动了，因为这是我最喜爱的一篇小说。但由于种种原因，多年后方遂此愿。

《了不起的盖茨比》如诗，《像里茨饭店一样大的钻石》则是美丽的成人童话。两篇小说的一个共同特点是：语调中含着讥讽或者冷嘲。美和冷嘲并存不悖，这是很难做到、特别能显示作者功力的。

有关作者菲兹杰拉德本人和这两篇小说的资料，互联网上可以查询到许多。一些被普遍引用的评论，在此我不再重复。互联网上的东西和他人的评论（即使是被普遍引用的），虽然有助于了解有关背景，不一定就全是对的（包括这篇译序）。建议读者先读作品，然后再看一些资料，然后再重读一遍作品。这样做的好处是：第一印象由作品生成，不会被他人的观点所左右，同时又不会囿于一己之见。

有一点可能在我国并非广为人知，多年来在美国文学评论界有一个被普遍认可的说法：菲兹杰拉德、海明威和福克纳是美国二十世纪最伟大的三位小说家。这三位小说家中我最喜欢的是菲兹杰拉德。我个人又认为，外国文学史上有三个黄金时期：古希腊史诗和悲剧、文艺复兴时期的欧洲文学、二十世纪的美国文学。

了不起的盖茨比，了不起的菲兹杰拉德。

张炽恒

二〇一七年十月十日于南通

了不起的盖茨比

那就戴上金帽子吧，如果能让她心仪；
　　如果能蹦高，蹦给她看又何妨，
直到她大叫："情郎，戴金帽蹦高的情郎，
　　我一定要得到你！"

——托马斯·帕克·迪安维耶[1]

① 托马斯·帕克·迪安维耶是作者的第一部小说《人间天堂》里的人物。引诗为菲兹杰拉德本人假借其名义所作。（本书未说明的注释均为译者注。）

再次献给泽尔达[1]

① 泽尔达·菲兹杰拉德（1900—1948），本名泽尔达·塞尔，小说家、诗人、舞蹈家，弗朗西斯·斯科特·基·菲兹杰拉德（1896—1940）的妻子，二人于一九一九年结婚。

第一章

早年我少不更事的时候，父亲给我的一个忠告，至今我一直未曾置诸脑后。

“无论何时，”他对我说，“你想要批评别人，就得记着，并非世上所有人都具备你拥有的优越条件。”

他话只至此，不过，我们父子间一向格外惜言，不会把话说得太透太露，我明白那句话有许多言外之意。久而久之，我养成了习惯，不轻易下断语明言他人的不是。这使得不少古怪的人肯与我谈心，也使我成为一些资深讨厌鬼的受害者。这种特点出现在一个正常人身上时，很快便会被心理不正常的人探测到，揪住不放。

于是，我读大学时便被人不公正地指责为政客，因为我知悉一些不为人知的放荡之人的隐秘伤心事。那些人的信赖大多不是我谋取来的。往往是，一旦透过某种明白无误的迹象，意识到透露隐私的端倪颤抖着已露出地平线，我便假装睡着，做出发呆出神的样子，或故作轻佻地示以不友好的态度。因为，年轻人透露的隐私，至少他们所使用的言辞，往往是拾人牙慧，并且明显有所隐瞒。

不做评判很要紧，可以留存无限的可能性。人对于基本的体面的意识是生下来时就分配不均的，这一点父亲曾带着优越感暗示我，我也带着优越感在心里面默念。至今我仍然有些担心自己忘记了这一点而错失某些东西。

这样夸耀过自己的涵养之后，我得承认，这种宽容是有限度的。为人处世的基础可以建立在坚硬的岩石上，也可以建立在潮湿的沼泽地上，但过了某一个点后，我就不管它的基础是什么了。

去年秋天从东部回来的时候，我感觉到我想要全世界穿上制服，且在道德上永远规规矩矩地立正；我不想再参加纵情狂欢的远足，从而又有机会窥视他人的内心。不在我这种反应之列的只有盖茨比，以其姓氏给本书冠名的那个人——盖茨比，他代表了我由衷鄙夷的一切。

如果说个人的存在是一系列连续不断的成功姿态，那么可以说他身上有些耀眼夺目的东西：对于人生前景的一种高度的敏感，就仿佛他连在一台记录万里之遥的地震的复杂仪器上。这种感应力同那种软绵绵的感受能力毫不相干，后者在“创造性气质”之名下得显尊荣，而它却是一种感受希望的非凡天赋，一种富于浪漫色彩的随时做出感应的状态。我从未在其他人身上发现过这种感应力，将来大概也不会再发现。

不——最后盖茨比表明了自己没问题。是那种啃噬盖茨比的东西，是他的幻梦之船的航迹上漂浮的污浊尘埃，使我一时间兴味索然，不再关注人们的短命的伤悲和上气不接下气的得意。

在这个中西部城市，我们家作为名门富户已经有三代。卡拉韦一族也可算是个世家吧，根据代代相传的说法，我们是巴克卢公爵[①]的后裔。其实，我这一支的创始人是我祖父的哥哥。他五十一岁时来到这里，派个替身去参加内战，自己做起了五金批发生意，由我父亲承继并经营至今。

我从未见过这位伯祖父，但他们认为我长得和他很相像，有挂在父亲办公室里的那幅硬派风格的画像作为特别参照。我一九一五年毕业于纽黑文[②]，恰好比父亲晚了四分之一个世纪。没过多久，我便参加了那一场人称世界大战的延迟了的条顿民族大迁徙[③]。反攻的时候我快活过了头，回国后便安静不下来了。我觉得中西部不再是温暖的世界中心，反而像是破烂的宇宙边缘，于是决定去东部，学做债券生意。我认识的每一个人都在做债券生意，所以我估摸着，这行当再多养活一个人没有问题。我的叔舅姑姨们全体参与，将此事讨论一番，仿佛是在为我选一所预备学校[④]。最后他们说："嗨，好吧。"一脸十分庄重和犹豫的神情。父亲同意资助我一年，然后几经耽搁，我终于在二十二岁那年来到东部，心想，这是奔流到海不复回了。

比较实际的办法是在城里找个房子，但当时是暖春时节，而我刚离开草坪宽阔、绿树成荫的乡间，所以，当营业所里一位年轻人提议到交通方便的镇子里合租一所房子时，我觉得这主意听起来很棒。他找到了房子，一幢饱经风霜的木板平房，月租八十美金。但在最后一分钟，公司将他调往了华盛顿，我只得独自住到郊外。我养了一条狗，至少在跑掉之前它陪了我好几天。我买

---

① 巴克卢公爵，苏格兰贵族世家。

② 纽黑文，美国东部海港城市，这里代指耶鲁大学。

③ 条顿民族大迁徙，这是对第一次世界大战的调侃。条顿民族大迁徙发生在公元四世纪末，匈奴人的入侵造成日耳曼人大规模向罗马帝国境内迁移，持续时间长达二百多年。

④ 预备学校，为富家子弟设立的私立寄宿学校，就读年龄五到十三岁。

了一辆道奇牌旧车，还雇了个芬兰女人，她为我整理床铺做早饭，一边在电炉上操作，一边嘀咕芬兰的至理名言。

我只孤单了一两天，然后在一天早晨，一个比我更晚来到的人在路上叫住了我。

“去西卵村怎么走？”他无助地问。

我给他指了路。接下来的一路上，我不再感到孤单。我成了向导、探路者，成了一个原住民。不经意间，他已经授予我在附近一带的自由活动权。

阳光明媚，树木忽地一下子长满了树叶，就好像电影里植物生长的快镜头一样。于是那种熟悉的信念又在我心里面萌生了：随着夏天的来临，生命正重新开始。

有那么多书要读，这是其一；同时，从给予生命以呼吸的新鲜空气里，又有那么多让人健壮的养分可以汲取。我买了一打银行、信托和投资证券方面的书，红皮烫金的书一本本立在书架上，就像造币厂新出的钞票，给我应许，要向我展示那些熠熠闪光的，只有米达斯①、摩根②和米赛纳斯③才知道的秘密。此外，我有个雄心大志，要博览群书。读大学时我颇喜欢舞文弄墨，有一年，我曾为《耶鲁新闻》写过一系列一本正经又浅显乏味的社论。现在我要将诸如此类的东西全部收回到我的人生中来，重新成为“通才”，就是那种样样通晓但都所知有限的人。这不仅仅是一句俏皮的警言——毕竟，从单独一扇窗去看人生，人生要成功得多。

---

① 米达斯，古希腊神话中的佛律癸亚国王，应他所求，酒神狄俄尼索斯给了他点物成金的法术。

② 摩根，美国银行业和钢铁业的巨头，也是著名的艺术品收藏家。

③ 米赛纳斯，古罗马富翁，奥古斯都大帝的谋臣，诗人和艺术家的庇护人。

我会在北美最奇特的一个社区租一所房子，纯属偶然。它位于纽约市正东方向一座伸展开细长身形的喧闹的小岛上。在那一片水域中，在其他自然奇观中间，有两座形态构造很不寻常的小岛。那一对巨大的蛋趴在距离城区二十英里处，轮廓一模一样，中间只隔着一道谦恭有礼的小湾，末端伸进西半球最为驯顺的咸水体——长岛海湾那一片被水淹没的巨大谷仓空场。它们并不是正椭圆形，而是像哥伦布故事里的那个蛋一样，接触桌面的那一头被撞平了。不过，它们的体形之相似，一定是头顶上飞翔的那些海鸥头脑永远昏乱的根源。而在没有翅膀的生灵眼里，一个更引人注目的现象是，它们除了形状和大小，无一处相似①。

我住在西卵，那是，嗯，两个蛋中不那么时髦的一个。不过，这是一个最肤浅的标签，不足以显示它们之间许多匪夷所思且有点儿不吉利的反差。我那所房子坐落在蛋的顶端，距离海湾只有五十码，被两座季度租金要一万二至一万五的巨大宅院压挤在中间。右边那一座，无论参照什么标准，都称得上一个庞然大物——它是诺曼底某市政厅的翻版，一侧有一座塔楼，簇新的塔体上疏疏落落覆着一层未修剪过的常春藤，还有一座大理石游泳池，以及超过四十英亩的草坪和花园。那是盖茨比公馆。更确切地说，那是一位姓盖茨比的先生居住的公馆，因为此时我还不认识盖茨比先生。我自己住的房子是个碍眼的丑物，不过这碍眼的丑物很小，而且没有眼睛注意到它。所以，我才有机会将一片海景纳入视野，观赏到邻居家草坪的一部分，并且因邻近百万富翁而感觉到宽慰——这一切每个月只需付八十美金。

---

① 这两个小半岛的形状和大小实际上并没有作者所说的那么相似。西卵和东卵的真实名称分别是大颈（Great Neck）和沙岬（Sands Pt.）。

谦恭有礼的小湾对面，时尚的东卵沿岸，一座座临水的白色豪宅在闪闪发光。那年夏天的历史的真正起始点，是我开车去对岸汤姆·布坎南夫妇家吃晚饭的那个黄昏。戴茜是我隔两代的表妹，汤姆是我读大学时认识的。第一次世界大战刚结束不久，我曾在芝加哥同他们一起待过两天。

表妹夫有多项体育技能，尤其是，在纽黑文有史以来打过橄榄球的人里面，他是最强大的边锋之一，可以说是一个国家级球星。他那一类的人，二十一岁时便在有限的领域内陡然达到巅峰，此后就不免事事都有走下坡路的味道了。他家境巨富，还在读大学时，他的花钱慷慨无度便已经是一件颇受非议的事情。如今他离开芝加哥搬迁到东部来的那副做派，简直能吓得你透不过气来。例如，他从森林湖[①]运来了整整一队打马球用的矮种马。我的同辈中人居然有阔绰到能干下这种事的，真令人难以理解。

夫妇俩何故来东部我不清楚。他们曾在法国待过一年，并没有什么特别的缘故，然后又不肯安定地东飘西荡，哪儿有人打马球并且是有钱人聚在一起玩，他们就去哪儿。戴茜在电话另一头说，这一回搬过来就永远不走了，但我不信——我透视不到戴茜的心里面，但感觉得到汤姆会永无休止地漂下去，带着一丝伤感，不断寻求某一场无法重演的橄榄球赛事的戏剧性狂暴。

于是，在一个和风扑面的黄昏，我开车去东卵看望我几乎完全不了解的两位老朋友。他们家的房子比我料想中的还要华丽精致。那是一座乔治王殖民时代风格的公馆，红白二色，赏心悦目，俯瞰着海湾。草坪从海滩起步奔向正门，在四分之一英里的路途中跃过日晷、砖铺的人行小径和灿烂的花园，最后到达房

① 森林湖，美国伊利诺伊州的一座富裕小城，在芝加哥郊外。

子跟前时，仿佛奔跑的余势未减，索性化作鲜艳的藤蔓，顺墙而上。房子正面开了一溜儿法式落地长窗，此刻它们正闪耀着金色的反光，大敞着迎向日落前吹来的和风。汤姆 · 布坎南一身骑装，叉开两腿站在前廊上。

他的模样变了，纽黑文的岁月不再。现在他已是三十岁的人，结结实实，头发成了稻草色，嘴角挂着点儿狠相，一副目空一切的派头。两只闪着光亮的傲慢的眼睛，在他脸上已占据主导地位，给了他一副始终咄咄逼人的外表。即便是那一身靓丽的娘娘腔骑装，也掩藏不住他那副身躯里的巨大能量——那两只锃亮的靴子似乎被他撑满了，连鞋带也被绷紧在靴面上。他将肩膀转过来时，你能看得出一大块肌肉在薄薄的外套下面动弹。那是一副有巨大作用力的躯体，一个残忍的躯体。

他说话的声音，一种粗暴沙哑的男高音，更加强了他给人的那种乖戾暴躁的印象。那里面还有些许长辈教训人的轻蔑口吻，即便对他喜欢的人说话也是如此——在纽黑文的时候，就有人因此对他恨之入骨。

“我说，在这些事情上我的意见就是最终结论，这不假，”他仿佛在说，“但你不要觉得那只是因为我力气比你大，更是条汉子。”当年我们在同一个高年级学生联谊会，虽然关系从来都不密切，但我一直有一个印象，觉得他赞成我并且希望我喜欢他，带着他特有的那种刺人且有挑衅意味的伤感神态。

我们在斜阳照耀下的门廊里交谈了几分钟。

“我找到的这块地方不错。”他说，目光不停地扫来扫去。

他抓住我的一只胳膊将我拧转过去，摊开一只阔大的手掌，缓缓移动着让我看前方的景物。这一掌平扫过去，展现出一座意大利式的低洼地花园，半英亩深红色的浓香玫瑰，以及离岸不远处一艘在潮水上颠簸的汽艇。

“这地方原先属于石油大王德梅因。”他又将我拧转过来，既客气又粗鲁，“我们进去吧。”

我们穿过高高的门厅，走进一个明亮的玫瑰色空间。它是被两端的法式落地窗镶进房子里的，好像弱不禁风。那些窗半开着，在外面嫩绿的草地的映衬下，闪烁着白光，仿佛那片草再长一点儿，就要长到房子里面来了。一阵微风吹过房间，一端的窗帘被刮进来，另一端的被吹到外面，像一面面苍白的旗，卷动着，拂向天花板上那些撒着糖霜的结婚蛋糕似的花饰，然后涟漪般掠过酒红色的地毯，像风吹过海面时那样留下一片暗影。

房间里唯一纹丝不动的物体是一张巨大的无靠背长沙发，两个年轻女子在上面浮着，活像浮在一只拴住的氢气球上。她们俩都穿着白衣，衣裙起着波纹，飘舞着，仿佛她们绕房子飞了一圈，刚刚被风吹回到房间里来似的。想必我听着窗帘呼呼啦啦的拍打声和墙上一幅画像的吱嘎声，呆立了一会儿。这时砰的一声响，汤姆·布坎南关上了后窗，被关住的风在房间里渐渐平息下来，窗帘、地毯、两个年轻女子像气球般缓缓落回到地板上。

两个女子中年纪小的那一位我不认识。她在长沙发上的一端将身体完全舒展开，纹丝不动，下巴颏儿微微翘起，仿佛上面顶着一个很可能会掉下来的东西，在保持它的平衡。如果说她从眼角瞥见了我，她可是一点儿迹象也没露出来。其实我倒是吃了一惊，差一点儿要咕哝说对不起，因为我进来打扰了她。

另一个女子，戴茜，做了个要站起来的样子——脸上露出诚恳的表情，稍稍欠了欠身。接着她笑了，轻轻的一声笑，有些滑稽的一声娇笑。我跟着笑起来，趋前几步，进了房间。

“我开心得要……要瘫掉了。”

她又笑了一声，仿佛自己说了句机智风趣的话。她牵住我的手握了一会儿，仰望着我的脸，仿佛在请我相信，我是天底下她最想见到的人。那是她特有的表达方式。她用眼神示意一下，低声说那个在做平衡的姑娘姓贝克。（我曾听人说，戴茜低声说话只是为了让人将身体凑近她，这种不着边际的闲话丝毫无损其魅力。）

贝克小姐总算翕动了一下嘴唇，几乎让人察觉不出来地朝我点点头，然后迅速恢复到仰头的姿势——她在平衡着的那样东西显然有点儿摇晃，让她吃了一惊。类似于道歉的话再次溜到我嘴边。几乎每一次面对这种完全自我满足式的展示时，我都会愕然，不知说些什么称赞的话好。

我的目光回到表妹身上，她开始用她那种动人心魄的低柔声音向我发问。那是一种不由你不侧耳倾听的声音，仿佛每一句话都是一组永远不会重奏的音符。她的脸忧伤而娇美，透着明媚，明媚的眼睛，明媚而多情的嘴。而她的声音里却含有一种令人激动的东西，令曾经钟情于她的男人们觉得难以忘怀：一种抑制不住的唱歌的冲动，一声悄悄的“听我说”，一个保证——在刚才她做了一件很开心很刺激的事，而且下一个钟点还有会很开心很刺激的事。

我告诉她，我来东部的路上，曾经在芝加哥停留一天，有十几个人托我向她问好。

“他们想念我吗？”她欣喜若狂地嚷道。

“全城一片凄凉。所有的汽车把左后轮漆成黑色当花圈，北岸[1]整夜哀声不绝。”

---

① 北岸，芝加哥河横贯芝加哥城，这里的北岸其实特指城区的北片，为富人区。

“太棒啦！我们回去吧，汤姆。明天就走！”然后，她加上一句不相干的话：“你该去看看宝宝。”

“我很想去看。”

“她睡着了。她三岁。你不曾见过她吧？”

“不曾。”

“嗯，那你该去看看她。她……”

汤姆·布坎南刚才一直在不安地走来走去，这时停下来，一只手搭在我的肩膀上。

“你在做什么事，尼克？”

“做债券。”

“跟谁一起？”

我告诉了他。

“从来没听说过那些人。”他断言道。

我听了很生气。

“你会听说的，”我不耐烦地回敬道，“你在东部待下去，就会听说。”

“哦，我会在东部待下去的，别担心。”他说，瞥了一眼戴茜，然后又望望我，仿佛是在提防别的花样再冒出来，“我要是住到别的地方去，那就是个该死的大傻瓜。”

就在这个时候，贝克小姐开言道：“绝对！”突如其来的一声，吓了我一跳。这是我进来后她第一次发声。很明显，她本人同我一样吃惊，因为她打了个哈欠，动作迅速而且灵巧地起身，挺立在房间里。

“我僵了，”她抱怨道，“我已经记不得在那张沙发上躺了多长时间。”

“别看着我，”戴茜将她堵了回去，“整个下午我都在想办法拉你去纽约。”

“不想去，谢谢啦。”贝克小姐对着刚从配餐室端进来的四杯鸡尾酒说道，“我在锻炼，绝对的。”

男主人用不相信的目光看着她。

“是嘛！”他将酒咽下去，仿佛那只是杯底里的一滴酒，“我想不明白，你怎么可能做成一件事。”

我看着贝克小姐，很纳闷儿她“做成”的是什么事。我喜欢看她。她是个身材苗条、胸很小的姑娘，像个年轻的军校学员那样肩膀部位向后一仰，显得体态挺拔。她那双被阳光照得眯缝起来的灰色眼睛也在看我，一张没有血色、娇媚、不满的脸上，礼貌地透着好奇之情。这时我突然想起来，好像在什么地方见过她，或者她的照片。

“你住在西卵，”她轻蔑地说，“我认识那边一个人。”

“我一个人也不……”

“你一定认识盖茨比。”

“盖茨比？”戴茜追问道，“哪个盖茨比？”

我还没来得及回答说他是我的邻居，就听到通知说开饭了。汤姆·布坎南不容分辩地将一条绷紧的手臂插进我胳膊下面，将我推出房间去，仿佛在推一颗西洋棋棋子到另一个格里去似的。

两个年轻女子轻轻将手搭在臀后，袅袅娜娜，懒洋洋地在我们前面走出去，来到一条迎着夕照敞开的玫瑰色门廊上。减弱了的风中，餐桌上的四支烛火闪烁不定。

“干吗点**蜡烛**[①]？”戴茜皱起眉头，表示反对。她飞快地用手

① 翻译时参照的牛津大学英文版（2008年再版）中，此处即使用特殊字体。本书予以保留。下文中所有特殊字体均为此情况，不再一一作注。——编者注

指将烛火掐灭了。“再过两个礼拜，就到了一年里面白昼最长的一天。”她容光焕发地看着大家，“你们可曾老是守候一年里面白昼最长的一天，然后却错过了它？我老是守候一年里面白昼最长的一天，然后老是错过它。”

“我们应该有点儿计划。”贝克小姐打着哈欠在餐桌旁坐下，那架势倒像是上床去睡觉。

“行啊，”戴茜说，“计划些什么好呢？”她转过脸来对着我，一副无助的表情：“人家都是怎样做计划的？”

我还没来得及作答，她已经露出畏怯之色，眼睛死死地盯住自己的一根小手指。

“瞧！”她抱怨道，“我把它弄伤了。”

大家都去瞧——那个指关节青紫了。

“是你干的，汤姆。”她责怪道，“我知道你不是故意的，但**肯定**是你干的。谁叫我嫁了个人面野兽呢，一个粗大笨重四肢发达的标本……”

“我讨厌‘笨重’这个词，”汤姆生气地抗议道，“开玩笑也不行。”

“笨重。”戴茜不让步。

有时她和贝克小姐同时说话，但毫不张扬，也就是东一句西一句开些善意的玩笑，根本算不上喋喋不休，语气冷淡得如同她们的白色衣裙，如同她们不含任何欲念、不带个人色彩的目光。她们坐在这儿，应酬汤姆和我，只是在客客气气、和颜悦色地款待客人和接受款待。她们知道，此时的晚餐会结束，稍后这个黄昏也会过去，在不经意中被忘怀。这一点与西部截然不同，西部的黄昏是一个阶段接一个阶段地匆忙赶奔结尾，在期待中不断感到失望，不然就是对结束时刻本身纯粹地感到紧张和恐惧。

“你让我觉得自己不文明了，戴茜。”举起第二杯虽有软木塞气味却相当不俗的红葡萄酒时，我坦承道，“你不能谈点儿农作物之类的事情吗？”

我这番话并没有特别的意思，却被人以一种意料之外的方式接了过去。

“文明正在瓦解，”汤姆突然凶巴巴地说，“我变成一个对世事极其悲观的人了。你有没有读过戈达德这个人写的《有色帝国的兴起》[①]？”

“噢，没有。”我答道，他的语气让我很惊讶。

“喂，那是一本好书，人人都该读一读。主要观念是，如果我们不留神，白色人种就会……就会有灭顶之灾。全部是科学的东西，已经得到证明的。”

“汤姆现在变得很渊博了，”戴茜说，脸上流露出一种并不深切的忧伤，“他读一些深奥的书，书里面有些很长的词。那个单词是什么意思来着，我们……”

“嗯，那些书都是有科学道理的，”汤姆不肯打住，不耐烦地瞥了她一眼，“那家伙把整件事情讲解得很透彻。我们作为优势人种，是时候要留神了，不然其他那些人种就会控制一切。”

“我们得打垮他们。”戴茜悄声道，一边恶狠狠地冲着炽热的太阳眨眼睛。

“你们应该住到加利福尼亚去……”贝克小姐开言道，但是汤姆在椅子里沉重地挪动了一下身体，打断了她。

“这个观念就是，我们是北欧日耳曼民族。我是，你是，你

---

① 《有色帝国的兴起》，没有这本书。汤姆指的是二十世纪初流行的“北欧主义”，当时有许多这方面的著作。戈达德实有其人，全名亨利·赫伯特·戈达德，也是这方面的一个作者。

也是，还有……”经过一丁点儿犹豫后，他朝戴茜稍微歪一歪脑袋，将她也包括了进去。戴茜又冲我眨了一下眼睛。“我们产生了形成文明的所有东西，噢，科学和艺术还有其他一切。你们明白了吗？”

他的专注情状里有一种可怜的东西，仿佛他此时的自鸣得意虽然更甚于往日，也已然再不敷使用了。这时候屋子里响起了电话铃声，男管家离开门廊进去接，戴茜几乎是立刻就抓住这刹那间的打岔机会，向我凑过来。

“我要告诉你一个家庭秘密，”她热切地耳语道，“男管家鼻子的事情。你想听听男管家鼻子的事情吗？”

“这正是我今晚过来的目的啊。”

“嗯，他并不是一向都做管家的。从前他在纽约一个人家做擦银器的工匠，那个人家有一套供两百人使用的银餐具。他只好从早到晚地擦，终于有一天，他的鼻子开始出问题……”

“情况越来越严重。”贝克小姐提示道。

“对，情况越来越严重，最后他只好放弃那份工作。”

一时间，夕阳最后的光辉怀着浪漫的情感落在她容光焕发的脸上。她的声音迫使我凑上前去，屏息静气地听。然后，光芒褪了，每一道光线都依依不舍地离她而去，就像孩子们在暮色中离开令他们愉快的街头一样。

男管家回来凑在汤姆耳朵旁边嘀咕了几句，汤姆听后皱起眉头，将椅子往后一推，一言不发走进屋去。他的离场似乎激起了戴茜心里面的某种情绪，她又一次凑上前来，她的声音在发光，在歌唱。

“我真高兴在餐桌上见到你，尼克。你让我想起了……一朵玫瑰，一朵纯粹的玫瑰。他是的吧？”她转过脸去寻求贝克小姐的附和，“一朵纯粹的玫瑰？”

这不是真话。我一点儿也不像玫瑰。她只是在信口胡诌，但从她的话里流淌出来一种搅动人心的温情，仿佛她的心就隐藏在那些上气不接下气、让人直打激灵的话语中，想跑出来见你。然后，她突然就将餐巾往桌上一扔，说声对不起，跑进屋子里去了。

贝克小姐和我迅速交换一下眼神，有意识地不表露出一点儿意味。我正要开言，她却警觉地坐直身子，用警告的语气说了声“嘘”。隐隐约约听得见，那边房间里嘀嘀咕咕压低了声音在激动地交谈着，贝克小姐不害臊地探身想偷听。那嘀咕声颤抖在连贯成句的边缘，低沉下去，激昂地升上来，然后完全停息了。

“你提到过的那位盖茨比先生是我的邻居……”我说。

“别说话，我想听听出了什么事。”

“出事情了吗？”我天真地询问道。

“你的意思是你不知道？”贝克小姐说，着实感到惊讶，“我还以为人人都知道呢。”

“我不知道。”

“嗨……”她犹豫了一下，说道，“汤姆在纽约搭上了个女人。”

“搭上了个女人？”我茫然地重复道。

贝克小姐点点头。

“她起码应该顾一点儿体面，别在吃饭的时候打电话给他呀。你觉得是不？”

我还没来得及领会她的意思，便已听见衣裙飘动的声音和皮靴的嘎吱声，汤姆和戴茜回到了餐桌旁。

“真没办法！”戴茜强颜欢笑着大声嚷道。

她坐下来，用探询的目光先瞥了一眼贝克小姐，然后瞥了我一眼，说道："我去户外看了一会儿，外面真是很浪漫。草坪上有一只鸟儿，我想一定是只夜莺，跟着康纳德公司[1]或者白星公司[2]的船飞过来的。它在放声歌唱……"她的声音也在歌唱，"是不是很浪漫，汤姆？"

"很浪漫。"他答道，然后哭丧着脸对我说，"吃完饭如果天还够亮，我带你过去看看马厩。"

里面电话铃声又响了起来，令人心惊肉跳。戴茜断然地对汤姆摇摇头，于是马厩的话题，事实上所有的话题，都烟消云散了。餐桌旁的最后五分钟在我记忆里只剩下一些碎片，我记得蜡烛毫无意义地又被点亮了，当时我意识到自己想正眼看一看每一个人，然而又想避开所有人的目光。我猜不透戴茜和汤姆心里面在想什么，但我怀疑，对于第三位客人的催促，那尖锐刺耳的金属声音，即便是贝克小姐这样一个似乎很老到地持一种强硬的怀疑主义态度的人，也没有完全充耳不闻的定力。在某种性情的人看来，那种局面也许挺让人感兴趣；而我的本能反应是，立刻打电话报警。

不必说，马的事情没有再提起。汤姆和贝克小姐，两人中间隔着几英尺的暮色，溜溜达达走回书房去，仿佛是去一具看得见摸得着的尸体旁守夜。我则做出一副兴味盎然还有点儿耳背的样子，跟在戴茜后面，走过一连串的游廊，来到房子正面的门廊里。在幽暗的暮色中，我们在一张柳条靠背长椅上并排坐了下来。

---

① 康纳德公司，英国著名的航运公司。

② 白星公司，英国著名的航运公司，泰坦尼克号即隶属于此公司。

戴茜双手捧住脸，仿佛在触摸它的可爱的轮廓，她的目光渐渐地移开去，投向天鹅绒般的暮色。我看得出她的心被狂暴的情绪占据着，于是询问起她家的小姑娘，我觉得这会有一些镇静作用。

"我们虽然是表兄妹，尼克，"她突然说，"彼此之间并不十分熟悉。你都不曾参加我的婚礼。"

"我在打仗还没回来。"

"那倒是真的。"她在犹豫中，"嗯，我的日子过得很不开心，尼克，我已经对样样事情都不怎么当真了。"

她这种状态明显是有原因的。我静待着，但她没再往下说。片刻之后，我颇为低能地回到她女儿这个话题上。

"我猜，她已经会说话，会吃东西……什么都会了吧。"

"哦，是的。"她心不在焉地看着我，"听我说，尼克，我来告诉你她出生时我说的话。你愿意听吗？"

"非常愿意。"

"听完你就会明白，我怎么会这样看待……世事的。嗯，当时她来到世上还不足一个小时，汤姆就天知道跑哪儿去了。我从麻醉中醒来时，有一种完全被遗弃的感觉。我立刻问护士是男孩儿还是女孩儿。她告诉我是女孩儿，我就扭过头去哭了。'好啊，'我说，'是个女孩儿我很高兴。我希望她将来是个傻瓜，这是女孩儿在这世上最好的前程了，做一个美丽的小傻瓜。'"

"你看出来了，我认为不管怎么说一切都是一塌糊涂，"她以深信不疑的口吻继续说道，"人人都这样认为——最先进的人都这样想。我**知道这一点**。我什么地方都去过了，什么东西都见过了，什么事情都经历过了。"她两眼放光，以一种挑衅的姿态环顾四周，与汤姆的模样颇为神似。她以一种令人直打寒战的轻蔑之态大笑起来："老于世故啦——上帝，我已经老于世故啦！"

她的声音刚停下来，不再强迫我注意她、相信她，我便立刻感觉到她说的那些话毫无诚意。这让我很不舒服，仿佛这一晚整个儿就是一场骗局，为的是迫使我捐献出一份情感。我静观其变，果然，片刻之后她望着我时，那张可爱的脸蛋上纯粹是一副假笑，仿佛她已经表明了她属于一个相当出名的秘密社团，她和汤姆都是它的成员。

房子里面，那个绯红色的房间里灯光灿烂。汤姆和贝克小姐各坐在长沙发的一端，她在读《星期六晚邮报》[①]给他听，声音低沉，没有起伏，一个个词串联起来形成一种安抚的语调。灯光照耀下，他的靴子闪着亮，她的秋叶黄的头发暗淡无光，她每翻一页报纸，胳膊上纤细的肌肉便颤动一下，那些纸张也闪闪烁烁地泛起亮光。

我们进去的时候，她举起一只手，让我们噤声了片刻。

"待续，"她将刊物扔在桌上，说道，"请见下一期。"

她的膝盖做了一个不肯安静的动作，身子一挺，站了起来。

"十点钟了，"她说，像是从天花板上看到了时间一样，"本小姐是个好姑娘，是时候去睡觉啦。"

"乔丹要参加明天的锦标赛，"戴茜解释说，"在那一边的韦斯切斯特[②]。"

"哦，你是**乔丹**·贝克。"

现在我明白她的脸为什么眼熟了——它那令人愉快的傲慢表

---

①《星期六晚邮报》，美国很有影响力的一份周报，一九六九年倒闭，两年后以季刊的形式复出。

② 韦斯切斯特，位于纽约市北面的一个县，富人聚居区。

情，曾经从体育生活栏目的许多凹版照相印刷的照片上向外看着我，从阿什维尔①、温泉城②和棕榈滩③。我还听到过她的传闻，一个令人不快的负面传闻，但具体内容我早就忘了。

“晚安，”她柔声道，“八点叫醒我，好不好？”

“只要你肯起床。”

“我会的。晚安，卡拉韦先生。改日再会。”

“你们肯定会再见面，”戴茜确认道，“其实我在想给你们做个媒。你要常常过来，尼克，我要把你们这个……对了……生拉硬拽弄到一起去。呃……不小心把你们俩锁在放亚麻织物的壁橱里啦，把你们俩丢在小船上推下海去啦，诸如此类……”

“晚安，”贝克小姐从楼梯上喊道，“我一个字也没听见。”

“她是个好姑娘，”过了一会儿汤姆说道，“他们不应该让她这样满世界乱跑。”

“你说谁不应该？”戴茜冷冷地问。

“她家里人。”

“她家里只有一个老姑妈，快一千岁了。再说，今后尼克会照顾她的，是不是，尼克？今年夏天她会在这儿过好多个周末。我觉得，家庭氛围会对她大有好处。”

戴茜和汤姆一言不发地互相对视了片刻。

“她是纽约人？”我赶快问他们。

“路易斯威尔④人。我们在那儿一起度过了纯洁的少女时代。我们美丽纯洁的……”

---

① 阿什维尔，美国的旅游胜地，位于北卡罗来纳州。

② 温泉城，美国的旅游胜地，位于阿肯色州。

③ 棕榈滩，美国的旅游胜地，位于佛罗里达州。

④ 路易斯威尔，美国肯塔基州的港口城市，位于俄亥俄河南岸。

“刚才在游廊上，你跟尼克说了些知心话？”汤姆突然质问道。

“我说了吗？”她望着我，“好像记不起来了，不过，我们可能谈论过日耳曼人种。没错，肯定谈论过。不知不觉就谈到那个话题上了，你知道，第一件事情是……”

“你不要听到什么都相信，尼克。”汤姆劝告我。

我若无其事地说压根儿没听到什么，几分钟后，我起身告辞。他们送我到门口，两人并排站在四四方方一片喜洋洋的灯光里。

我发动汽车时，戴茜不容分说地大喊一声：“等一下！”

“我忘了问你一件事，很重要的一件事。我们听说你在西部跟一个姑娘订婚了。”

“对啊，”汤姆和善地附和道，“我们听说你订婚了。”

“那是诽谤。我一个穷光蛋跟谁订婚。”

“可是我们听说了，”戴茜不依不饶，让我很吃惊地又像花儿开放那样直言无忌了，“我们听三个人说过，所以肯定是真事。”

我当然知道他们指的是什么事，但订婚可是影儿也没有的事情。有流言蜚语传开来给我做结婚预告，这正是我来东部的原因之一。你不能因为顾及谣言就停止和一个老朋友交往，另一方面，我又无意被谣言左右跟人家结婚。

他们的关心使我颇为感动，也使这对有钱人显得没那么疏远了。尽管如此，我驱车离开时心里面依然感到困惑，还觉得有点儿厌恶。在我看来，戴茜应该做的事就是抱起孩子，冲出那幢房子，但是很显然，她脑子里并没有这种意图。至于汤姆，他“在纽约有个女人”这样一个事实，真不及他被一本书弄得很沮丧一事让人感到惊讶。有个东西在逼他去啃陈腐思想的饼边子，仿佛他对于自己的健壮肉体的自负，已经不再能滋养他那颗专横跋扈的心。

路边客栈的屋顶上和路边修车店前边，已经是一片仲夏景象。一台台红色的新加油泵蹲在修车店门外，沐浴在池水般的灯光里。到达西卵的住宅后，我将车子开进车棚，在院子里一台废弃的刈草机上坐了一会儿。风已经刮到别处去了，留下一片嘈杂而明亮的夜色：树丛中有翅膀拍打的声音，还有一种持续不断的风琴声，大地鼓满风的风箱在给充满生命力的青蛙们吹气。[①]一只跑动的猫的侧影颠动着从月光中横过，引得我将脑袋转过去看它，我看见自己并非独自一人——在五十英尺开外，一个人影从隔壁公馆的阴影里走了出来，正两只手插在口袋里，站在那儿仰望撒了满天银粉似的星空。看他那悠闲的动作和双脚稳立于草坪上的姿势，应该就是盖茨比先生本人。他大概是出来确定一下，我们本地的天空哪一片属于他吧。

我决意向他打个招呼。晚餐时贝克小姐曾提到过他，那可以当作一个介绍。但我并没有开口，因为他突然做了个动作，暗示他满足于独自待着——他以一种奇怪的姿态向黑暗的海水伸展开双臂。虽然我离他很远，但我还是可以发誓，他在颤抖。我不由自主地向海面上瞟了一眼，什么也看不清，只看得见一星绿色的灯光，很细小，离得很远，也许是一座码头的末端。我收回目光再一次搜寻盖茨比时，他已经不见踪影。不平静的黑夜里，我又是独自一人了。

---

① 管风琴由风箱、风管、键盘和踏板等部件构成，这里将大地比作了管风琴的风箱，将青蛙比作风管。

第二章

在西卵和纽约之间大约一半路程的地方，汽车路着急慌忙地与铁路合拢，跟它并排奔跑了四分之一英里。这样一退缩，便避开了一片荒芜的地带。那是一片属于炉灰的谷地，一个怪诞的农场。那里面，炉灰像小麦一样生长，长成田垄、小丘和奇形怪状的园子。园子里，炉灰堆成房屋、烟囱和升腾的炊烟的形状，最后，经过卓绝的努力，化成人形——一些隐隐约约在移动的人和已经在粉尘飞扬的空气中崩塌的人。偶尔一串车厢沿着看不见的铁轨爬过来，发出吱吱嘎的一声令人毛骨悚然的怪叫，停下来歇歇脚。那些炉灰人便立刻拿着铅一般沉重的铲子蜂拥上前，搅起一片透不过光线的尘雾，从你的视野里遮蔽住他们模模糊糊的动作。

但是，在那片灰色土地和一阵阵没完没了飘浮其上的阴郁尘埃上方，待一会儿，你就会察觉到 T.J. 埃克尔伯格大夫的眼睛。埃克尔伯格大夫的眼睛是蓝色的，一双巨眼——眼瞳就有一码高。它们不是从脸上，而是从一副巨大的眼镜后面朝外看，那副黄色的眼镜则架在一只不存在的鼻梁上。那玩意儿显然是个癫狂爱搞笑的眼科医生竖在那里的，为了在皇后区扩大业务，后来他要么是闭上自己的眼睛堕入了永久的黑暗，要么是搬走的时候忘了处理它。但他落下的一双眼睛，虽然日晒雨淋多时未重新刷漆已有些暗淡，却依然做沉思状，俯视着那一片阴沉沉的垃圾倾倒场。

炉灰谷地的一侧以一条脏臭的小河为界，每当吊桥拉起来让驳船通过时，在等待通行的火车上旅客们可以盯着那一片令人沮丧的风景，一看就是半个小时。平时，火车经过那儿至少也要停靠一分钟，正因为如此，我初次见到了汤姆·布坎南的情妇。

凡有人认识他的地方，他有个情妇都是个不争的事实。他的熟人们憎恶这一事实：他带着她出现在大家喜欢去的餐馆，又丢下她一个人在桌旁，自己溜达来溜达去，看到熟人就找人家聊天。我有些好奇，想看一看她，但并没有同她见面的愿望——然而还是同她见面了。一天下午我和汤姆一同乘火车去纽约，火车在那个大灰堆停下时，他忽地一下跳起来，抓住我的胳膊肘，简直是逼着我往车厢外面走。

“我们下车！”他毫不放松地说，“我要你见见我的女朋友。”

大概因为午餐时灌下去不少黄汤，他决意要我做伴的举动近乎暴力。他十分自负地认定，礼拜天下午我没有更好的事可干。

我跟着他跨过一道低矮的、刷成白色的铁路栅栏，在埃克尔伯格大夫目不转睛的注视下，沿汽车路往回走了一百码。视野里唯一的建筑物是坐落在垃圾场边缘的一小排黄砖房，类似于一条压缩型主街，作为垃圾场的辅助设施，没有任何毗连的房舍。总共有三家店铺：一家在招租；另一家是通宵餐馆，门前有条灰渣小路；第三家是修车店——“修车，乔治·B. 威尔逊，买卖汽车”。我跟着汤姆走了进去。

店里面冷冷清清空空荡荡，只看得见一辆车，一辆落满灰尘的破旧福特，蹲在一个阴暗的角落里。我突然冒出一个念头：这间空架子修车店想必是个障眼之物，楼上掩藏着豪华浪漫的公寓房间。这时店主本人出现在一间办公室的门口，用一块破布擦着手。他是个无精打采的金发男子，面无血色，有那么一丝英俊之气。一看见我们，他那双淡蓝色的眼睛里蓦地闪现出一星暗淡的希望之光。

“你好，威尔逊，老伙计，”汤姆说，快活地拍了拍他的肩膀，“生意怎么样？”

“还行。”威尔逊答道，一点儿说服力也没有，“你什么时候把那辆车卖给我？”

“下个礼拜。我已经在让人拾掇了。”

“他干得挺慢，是不是？”

“不，他干得不慢。”汤姆冷冷地说，“如果你那样想的话，我看呐，终究还是另找个店卖掉它的好。”

“我不是那个意思，”威尔逊赶快解释道，“我只是……”

他的声音渐渐低下去，听不见了，汤姆不耐烦地在店里面东张西望。这时我听见楼梯上响起脚步声，片刻之后，一个相当厚实的女人形体挡住了办公室门里面的光线。她年纪在三十五岁上下，稍有些肥重，但是像某些女人那样，多余的肉长在她身上能引起人的快感。在一件深蓝色的斑点花纹双绉连衣裙上方，她那张脸没有一丝一毫的美；但是，她身上有一种立刻就能感觉到的活力，仿佛她身体里的每一根神经都在不停地闷烧着。她慢慢地露出一丝笑容，从她丈夫身边走过去，仿佛他只是个看不见的幽灵，她走过来跟汤姆握手，目光直视着他的眼睛。然后她润了润嘴唇，头也不回，用温和粗哑的声音对她丈夫说道：

“你怎么不拿两张椅子来，让人家有个地方坐下。”

“哦，对。”威尔逊连忙答应。他朝小办公室走去，背影立刻与墙壁的水泥颜色混为一体了。一层灰白色的尘土笼罩了他的深色外套和淡色头发，笼罩了附近的一切，只除了他的妻子。她凑到汤姆近前。

“我要见你，”汤姆热切地说，“乘下一班火车。”

“行。”

“我在车站下层的报刊亭旁边等你。”

她点点头，从他身边走开，恰好乔治·威尔逊搬了两把椅子从办公室门口出来。

我们沿公路走到没人看得见的地方等她。再过几天就是七月四日[①]，一个灰不溜丢、骨瘦如柴的意大利小孩儿正在沿铁轨摆放一排掼炮[②]。

“很烂的地方，是不是？”汤姆说，皱起眉头回望了一眼埃克尔伯格大夫。

“烂透了。”

“出去走走对她有好处。”

“她丈夫不反对吗？”

“威尔逊？他以为她去纽约看妹妹呢。他太蠢了，连自己活着都不知道。”

于是，汤姆·布坎南、他的女友和我一行三人去纽约。或许算不上真正同行，因为威尔逊太太谨慎地坐到另一节车厢去了。车上可能有东卵人，所以汤姆做这样一个让步，不去招他们反感。

① 七月四日，美国独立纪念日，相当于美国的国庆节。

② 掼炮，又名摔炮，一种触碰地面或他物即炸响的小爆竹，原理类似于鱼雷。

她换了衣服，穿的是一件棕色的平纹细花布连衣裙。车在纽约停下，汤姆扶她下到站台时，裙子紧紧地绷住了她肥大的臀部。她在报刊亭买了一份《城里闲谈》[1]、一本电影画刊，在车站药房买了些冷霜和一小瓶香水[2]。到车站上层后，在有回音的阴沉沉的车道里，她放走了四辆出租车，然后才选中一辆新车，车身淡紫色，车内的衬垫是灰色的。我们坐在这辆车里，缓缓驶出恢宏庞大的车站[3]，来到灿烂的阳光下。她正看着车窗外面，猛地扭转身来，敲敲前挡风玻璃。

“我想要一只那种狗，”她认真地说，“我要买一只养在公寓里。家里养只狗真不错。”

车子倒退到一个头发灰白的老头儿旁边，荒谬得很，此人长得像约翰·D. 洛克菲勒。他脖子上吊着一只篮子，里面蜷缩着一打刚出世不久的小狗崽，不能确定是什么品种。

“是什么品种的狗？”他刚凑到出租车窗子跟前，威尔逊太太便急切地问。

“各种都有。你想要哪一种，太太？”

“我想要一只那种警犬，我看你不一定有吧？”

老头儿犹疑地瞥着篮子里，猛地伸手进去，捏着颈皮揪出一只来，小狗不停地扭动着。

“这不是警犬。”汤姆说。

“对，不一定是警犬，”老头儿说，语气里含着失望，“多半

---

①《城里闲谈》，不存在的丑闻杂志，可能是作者根据当时的流行杂志《城里话题》杜撰的。

② 美国的药房兼售包括香烟糖果在内的许多杂货。

③ 纽约中央车站位于曼哈顿，是全世界最大的交通建筑和公共空间。

是一只艾尔谷梗[1]。"他的手从擦澡毛巾似的棕色狗背上捋过去。"瞧瞧这皮毛，很不错的皮毛。这种狗从来不感冒，不会给你添麻烦。"

"我觉得这狗真逗人喜爱，"威尔逊太太热情洋溢地说，"多少钱？"

"这只狗？"他赞赏地望着它，"你花十美金买它很值。"

毫无疑问，这一只艾尔谷梗某个地方确实跟艾尔谷梗有关联，不过，它的脚爪白得吓人。它易手了，在威尔逊太太腿上安顿下来。她心醉神迷地爱抚着它的不怕风寒的皮毛。

"是男孩儿还是女孩儿？"她温婉地问。

"那只狗？那只狗是个男孩儿。"

"是条母狗。"汤姆断然说道，"给你钱。拿去再买十条狗。"

我们的车驶到了第五大道。夏日里的礼拜天下午，天气温暖和煦，几乎带有田园气息，即便这时看见一大群雪白的绵羊从拐角处转弯过来，我也不会感到惊讶。

"停一下车，"我说，"我得在这儿同你们分手了。"

"不行，你不能走。"汤姆忙插言道，"如果你不上公寓去，会让默特尔伤心的。是不是，默特尔？"

"来吧，"她怂恿道，"我打个电话给我妹妹凯瑟琳。有眼力的人都说她很漂亮。"

"嗯，我倒是想去，但……"

车子继续开，掉过头去再次经过中央公园，向西，朝一百多号街的方向驶去。到达第一百五十八号街后，一片公寓楼群映入眼帘，像一长条白色蛋糕。出租车在其中一块前面停了下来。威

---

① 艾尔谷梗，梗犬中体型最大的一种，脸长，皮毛黑棕相间，其硬毛能防水。

尔逊太太一副王后回宫的派头，瞟一眼左邻右舍，然后抱起小狗，将购买的其他物品收拢来，趾高气扬地走了进去。

“我要把麦基夫妻俩请上来，”乘电梯上楼时她宣布道，“当然，还得打电话叫我妹妹过来。”

那套公寓在顶层，有一间小起居室、一间小餐厅、一间小卧室加上一间浴室。一套铺着织锦的家具实在太大了，将起居室挤得满满当当，人要在里面走动，就会不断绊倒在凡尔赛宫花园里淑女们荡秋千的场景上。唯一的画是一帧过度放大的照片，乍看上去是一只母鸡蹲在一块模模糊糊的石头上。不过离远一点儿看，母鸡便化成了一顶女帽，一位胖老太太的面孔眉开眼笑地俯视着房间里。几份旧的《城里闲谈》搁在桌上，连同一本《名叫彼得的西门》[①] 和几本刊登丑闻的百老汇小杂志。威尔逊太太首先关心的是小狗。一个电梯服务生老大不情愿地被派出去，弄回来一只铺满稻草的盒子和一些牛奶。另外他还出于主动，买了一听又大又硬的狗饼干，其中一块后来泡在一碟牛奶里整整一下午，依然毫无变化。同时，汤姆打开一只上了锁的五斗橱的门，拿出一瓶威士忌。

我一生中只喝醉过两回，第二回便是那天下午。所以后来发生的一切都朦朦胧胧罩在雾里，虽然直到八点钟已过，公寓里还充满了快乐的阳光。威尔逊太太坐在汤姆的大腿上给几个人打电话，后来没香烟了，我便出门，到街角那间药房去买。回来的时候他们俩不见了，我便知趣地在起居室里坐下，读《名叫彼得的西门》里的一章。要么是那玩意儿写得太烂，要么是在威士忌的

① 《名叫彼得的西门》，一本很流行的英国感伤小说，描写的是第一次世界大战期间法国一位神父和一位年轻护士之间的绯闻故事，书名出自《圣经》里耶稣给西门改名为彼得的典故。

作用下东西走了样，我读下来完全不知所云。

汤姆和默特尔（第一杯酒下肚后，威尔逊太太和我就已经互相直呼名字了）刚重新露面，伙伴们便开始陆陆续续登公寓的门。

那位妹妹，凯瑟琳，是个苗条而俗不可耐的女子。三十岁上下，一头红发束成密密实实黏糊糊的一个发髻，一张脸上粉抹得像牛奶一样白。她的眉毛是拔掉后又重新画上的，描成了一个比较俏皮的角度，但天然的力量却努力要恢复原先的直线排列，将她的面容弄得有些模糊不清。她走来走去的时候身上叮叮当当响个不停，仿佛她胳膊上有无数陶瓷手镯在上上下下碰撞作响。她进来时急匆匆好一副业主的派头，环顾周围的家具时又是一脸物主的神气，弄得我很纳闷儿，以为她就住在这里。但我询问她时，她狂笑不止，大声重复我的问题，然后告诉我，她同一个女朋友一起住在旅馆里。

麦基先生是个有点儿娘娘腔的男人，住在下面一层。他刚刮过胡子，因为他颧骨上还有一点儿白色肥皂沫。他跟房间里每一个人打招呼时都毕恭毕敬。他告知我他是“玩艺术的”，后来我才弄明白他是个摄影师。威尔逊太太的母亲那幅模模糊糊、像一团灵质般盘旋在墙上的放大照片，正是他的作品。他的妻子尖声尖气，无精打采，模样俊俏又令人讨厌至极。她很得意地告诉我，结婚以来，她丈夫已经为她拍照一百二十七次。

威尔逊太太不知什么时候已经换了装，现在的打扮是一身奶油色的雪纺绸连衣裙，很精致的下午茶礼服。她拖着裙裾在房间里走来走去时，不停地发出窸窸窣窣的声音。由于这身衣服的影响，她的个性也随之起了变化。先前在修车店里时如此令人瞩目的旺盛的生命力，变成了令人印象深刻的傲慢自大。她的笑声、她的姿势、她的决断的言语，时时刻刻在变得越来越矫揉造作。随着她的膨胀，房间在她周围变得越来越小，到最后，她仿佛是套在了一根吱吱嘎嘎吵闹的转轴上，在烟雾弥漫的空气中旋转着。

“亲爱的，”她装腔作势地高声喊叫着对她妹妹说，“那些家伙里面的大多数人总是想着骗你。他们心里只想着钱。上礼拜我叫了个女人上这儿来给我看脚，等她给我账单时，你还以为她给我割了阑尾呢。”

“那女人叫什么名字？”麦基太太问。

“埃伯哈特太太。她四处走动，上门给人家看脚。”

“我喜欢你这件裙子，”麦基太太评论道，“挺招人喜爱的。”

威尔逊太太不屑地抬了抬眉毛，不接受这番恭维。

“不过是一件傻乎乎的旧玩意儿，”她说，“我不在乎自己的模样时，才随手套在身上。”

“可穿在你身上显得漂亮极了，不知道你可明白我的意思。”麦基太太紧赶着说道，“我看，切斯特只要能拍下你这样一个姿势，就肯定能够弄出点儿名堂来。”

大家静静地望着威尔逊太太。她撩开眼睛上的一绺头发，粲然一笑，回眸望着我们。麦基先生头偏向一侧，聚精会神地端详着她，然后一只手举在眼睛前方，缓缓地往前往后移动。

“应该改变一下光线，”过了一会儿他说，“我想把面部的立体感拍出来。我要想办法把后面的头发全部捕捉到。”

“我认为不应该改变光线，”麦基太太嚷道，“我认为……”

她丈夫说了一声“嘘”。大家的目光又重新回到拍摄对象身上，于是汤姆·布坎南出声地打了个哈欠，站起身来。

“麦基家的两口子，你们喝点儿什么吧。”他说，“再去弄点儿冰块和矿泉水，默特尔，别等到大家都睡着了。”

“我吩咐过那小子送冰来。”默特尔抬了抬眉毛，对下等人的懒惰无能表示绝望，“这些人！非得一直盯着他们。”

她望着我，无缘无故地大笑起来。然后她猝然跑到小狗跟前，欣喜若狂地亲亲它，接着又神气十足地走进厨房，让人以为里面有一打大厨在等候她的指令。

“我在长岛那边拍过几张好东西。”麦基先生很肯定地说。

汤姆茫然地望着他。

“其中有两幅镶了相框，挂在楼下。”

“两幅什么？”汤姆追问道。

“两幅习作。一幅叫《蒙托克角[①]——海鸥》，另一幅叫《蒙托克角——大海》。”

那位妹妹凯瑟琳挨着我在长沙发上坐了下来。

“你也住在长岛那边吗？”她询问道。

“我住在西卵。”

“真的？一个月前我去那儿参加过一个晚会，在一个姓盖茨比的人家里。你认识他吗？”

“我住在他隔壁。”

“嗯，他们说，他是德国皇帝威廉[②]的外甥或者表弟。他的钱全都是这个来头。”

“真的？”

她点点头。

“我害怕他。我可不愿意让他沾上我。”

---

① 蒙托克角，长岛的东端。

② 德国皇帝威廉（1859—1941），一八八八年至一九一八年任德国皇帝和普鲁士国王。

关于我邻居的这条引人入胜的消息被麦基太太打断了，她突然指着凯瑟琳：

“切斯特，我觉得你可以在**她**身上做点儿文章。”她一下子嚷嚷起来，但麦基先生只是厌烦地点了点头，就把注意力转向汤姆。

“要是能找到门路的话，我很想在长岛多干点儿活儿。我只要求有人帮我开个头儿。”

“你找默特尔吧，”汤姆说，突然发出一阵短促的大笑声，正好威尔逊太太端着托盘走进来，“她会帮你写一封引荐信的，是不是，默特尔？”

“写什么？”她吃惊地问。

“你帮麦基写一封引荐信给你丈夫，那样他就可以给你丈夫拍些习作了。”有一会儿他不出声地嚅动着嘴唇，心里面在胡编乱造，“《乔治 · B. 威尔逊在汽油泵前》，诸如此类的。”

凯瑟琳俯身凑近我，耳语道：“他们俩都受不了跟自己婚配的那个人。”

“是吗？”

“真的**受不了**。”她望望默特尔，又望望汤姆，“要我说，既然受不了干吗还继续在一起过日子？要是换了我，干脆各自离婚，离完两个人就结婚。”

“她这边也一样，不喜欢威尔逊？”

回答出人意料，来自默特尔。她无意中听到了我的问题，她的回答粗暴而且下流。

“你看到了吧？”凯瑟琳得胜似的嚷道，然后又压低了声音，“他俩走不到一起，其实是他妻子在作梗。她是天主教徒，信天主教的不赞成离婚。”

戴茜不是天主教徒，费心编造这样一个谎言让我有点儿震惊。

"哪天他们真结了婚，"凯瑟琳接着说道，"他们会去西部住一段时间，等风头过去。"

"还是去欧洲更谨慎些。"

"哦，你喜欢欧洲？"她令人诧异地惊叫了一声，"我刚从蒙特卡洛回来。"

"真的？"

"就在去年。我和另一个姑娘一起去的。"

"待了很久？"

"没有，我们只去蒙特卡洛打了个来回。我们取道马赛过去的。动身的时候我们身上有一千两百多美金，但在包间里两天就让人骗光了[①]。我跟你说吧，回来的一路上我们心情真是坏极了。天哪，我好恨那个城市！"

从窗口望去，傍晚的天空一时间鲜艳如地中海那一潭蔚蓝色的蜜——这时，麦基太太尖锐的声音将我唤回到了房间里。

"我也差一点儿犯错，"她精神头十足地发着公告，"我差一点儿嫁给一个追了我好几年的小个子犹太佬。我知道他配不上我。每个人都不停地对我说：'露西尔，那人的条件比你差远了！'可是假如我没遇见切斯特，他肯定会把我弄到手的。"

"没错，可是你听我说，"默特尔·威尔逊不住地点着头，说道，"起码你并没有嫁给他。"

"我知道我没有嫁给他。"

"咳，我却嫁给他了。"默特尔的话含混不清，"这就是你的情况和我不同的地方。"

"你干吗嫁给他呢，默特尔？"凯瑟琳质问道，"没人逼你。"

---

① 蒙特卡洛是著名的赌城，这里的"包间"指的是赌场里的小包房。

默特尔想了想。

“我嫁给他是因为我觉得他是个绅士，”最后她说道，“我以为他懂一点儿教养，可是他连给我舔鞋都不配。”

“有一阵子你挺痴迷他的。”凯瑟琳说。

“痴迷他？！”默特尔嚷道，表示不相信，“谁说我痴迷他？我对他的痴迷程度从来不曾超过痴迷那边那个人。”

她突然指着我，于是人人向我投来谴责的目光。我做出一副无辜的表情，表示我不曾在她过去的历史中扮演过角色。

“我唯一的痴是在我跟他结婚的时候。我立马就知道自己犯了个错误。他是借了人家最好的一套西装结婚的，还一直瞒着没告诉我。有一天他不在家，那人来讨要。‘哦，是你的西装？’我说，‘这还是我第一回听说呢。’但我还是把衣服还给了他。然后我就躺在床上号啕大哭，哭了整整一下午。”

“她真的应该离开他，”凯瑟琳接着前面的话，对我说，“他们已经在那家修车店楼上住了十一年。而且汤姆是她的第一个情人。”

那瓶威士忌——第二瓶了——人人都在不断往杯子里倒，只除了凯瑟琳，她“一滴没沾，同样觉得飘飘欲仙”。汤姆按铃叫来看门人，派他去买几个很有名气的三明治来，可以当晚餐吃个饱的那种。我想出去走走，在柔和的暮光中往东走，去公园；但每一次起身要出门，都被一阵乱哄哄夹杂着刺耳尖叫声的争吵纠缠住，仿佛有根绳子牵着似的，被拽回到椅子里。然而，我们这一排透着黄色灯光、高踞于城市上方的窗户，一定将它们知悉的那一份世人的秘密，贡献给了夜色正在降临的大街上某一位偶然抬头观望的路人。我也是那个人，在一边仰望一边沉思着。我既置身其中又置身其外，人生无穷尽的变化令我着迷，同时又使我感到厌恶。

默特尔将椅子拖过来靠近我，突然间她那热烘烘的呼吸喷过来将我裹住，开始倾倒她和汤姆初次相逢的那一段故事。

“事情发生在两个面对面的小座位上，火车上最后剩下来的总是那两个座位。我是去纽约看妹妹的，准备当天晚上就待在城里。他穿的是晚礼服和漆皮鞋，我忍不住眼睛老是往他身上瞟，但每次他一看我，我就只好假装在看他头顶上的广告。进站下车后，他挨着我往前走，白衬衫前襟贴住我的胳膊。我就对他说我要叫警察了，但他知道我不是说真格的。我好兴奋，跟着他上了一辆出租车，稀里糊涂都没闹明白并不是上的地铁。我心里面一遍又一遍只在念一句话：‘你又不能长生不老，你又不能长生不老。’”

她转了个身，跟麦基太太聊起来，房间里充满了她做作的笑声。

“亲爱的，”她嚷嚷着说道，“我这件裙子脱下来就送给你。我明天得去另买一件。我要开个单子，把必须得办的事全列出来。做个按摩，烫个发，给小狗买个颈圈，买一个那种带弹簧的、小巧玲珑的烟灰缸，再给妈妈坟上买一只带黑丝绸蝴蝶结的花圈，摆放一个夏天不坏的那种。我得开个单子写下来，那样必须得办的事就一件也不会忘了。”

九点钟了。一转眼我再去看表，发现已经是十点钟。麦基先生已经在椅子里睡着，两只手攥成拳头放在大腿上，像一幅实干家的照片。我掏出手绢，擦去了残留在他脸上、让我愁了一个下午的那一点儿干肥皂沫。

小狗蹲在桌上，两只眼睛透过烟雾不知在看什么，不时地轻轻呜呜几声。房间里人不见了，又出现了；商量要去什么地方，然后找不着对方了；互相寻找，发现对方居然就在几步之外。将近午夜时分，汤姆·布坎南和威尔逊太太脸对脸站着，声音里充满了激情，在争论威尔逊太太是否有权提戴茜的名字。

"戴茜！戴茜！戴茜！"威尔逊太太喊叫着，"不管什么时候，我想说就说！戴茜！戴……"

汤姆·布坎南一个短促而熟练的动作，一巴掌将她的鼻子打破了。

然后染血的毛巾扔在了浴室地板上，女人们骂骂咧咧的声音响起来，混乱中压倒一切的动静是一种断断续续经久不衰的痛苦哀号。麦基先生从瞌睡中醒来，迷乱中蹦起来就朝门口跑。他跑了一半又回过身来，呆呆地看着眼前的景象：他的妻子和凯瑟琳一边骂人一边说安慰的话，手里拿着急救用品，在拥挤的家具中间磕磕绊绊往前走；长沙发上那个绝望中的人形在畅通无阻地流着血，一边还在摊开一份《城里闲谈》，想盖住织锦坐垫上的凡尔赛宫图景。于是麦基先生转身继续朝门外走。我从枝形吊灯上取下帽子，跟了上去。

"改天过来吃午饭。"我们哼哼唧唧乘电梯下去时，他提议道。

"在哪儿？"

"哪儿都行。"

"你的手别碰开关。"电梯服务生厉声道。

"对不起，"麦基先生不失尊严地说，"我不知道我碰到它了。"

"好吧，"我表示同意，"我愿意效劳。"

……我站在麦基先生床边，他只穿内衣，屁股下面坐着一条床单，身上披着一条床单，双手捧着一本大相册。

“《美女和野兽》……《杂货店老马》……《布鲁克林大桥》……”

然后我就半睡半醒地躺在宾夕法尼亚车站[1]下层冷飕飕的候车室里了，眼睛瞪着早版《论坛报》，等候凌晨四点那班火车。

① 宾夕法尼亚车站，这里的宾夕法尼亚只是站名，此站位于美国纽约市曼哈顿中城的地下。

第三章

整个夏季的夜晚都有音乐声从我邻居的房子里飘过来。在他的蓝色花园里，男女们像飞蛾般来往穿行于喁语、香槟和繁星中间。下午大潮的时候，我看着他的客人们从他的浮台跳水塔[①]上面往下跳，或者躺在他的海滩上的热沙上面晒太阳；而他的两艘摩托艇则在海湾里破开水浪，拖着滑水板翻过泡沫飞溅的浪峰。周末的时候，他的劳斯莱斯便成了公共汽车，从早晨九点起直到午夜后很久，载着参加聚会的人往返于城里和他的公馆之间；而他的旅行车则像一只动作敏捷的黄色甲壳虫，来回奔驰接送所有的火车班次。每逢礼拜一，八个仆人包括一个临时增加的园丁，拿着拖把、板刷、锤子和园艺大剪刀，辛苦工作一整天，修复前一天晚上的蹂躏造成的创伤。

每逢礼拜五，五箱橙子和柠檬从纽约一家水果行送达。到了礼拜一，还是那些橙子和柠檬，由整个变成半个半个，没有了果肉，堆成个小金字塔从他的后门运走。厨房里有一台机器，能够在半小时里榨出两百个橙子的汁，一位男管家的大拇指在一个小按钮上摁两百次即可。

---

① 浮台跳水塔，在水上浮台上搭建的跳水塔。

至少两个礼拜一回，承办酒宴的大队人马从城里开过来，带来几百英尺的帆布和足够多的彩灯，将盖茨比的巨大花园变成一棵圣诞树。自助餐桌上，亮晶晶的开胃菜做点缀，一条条加了香料的烤火腿、一盘盘拼成五彩图案的色拉、一只只用魔法烤成金黄的酥皮乳猪和火鸡，摆得满满当当。主厅里设一个带有真黄铜扶栏的吧台，备有多种杜松子酒和烈性酒，还有多年不常见的各种加香料的甜酒；他的大多数女客人太年轻，根本分不清这一种和那一种。

七点钟前乐队便已经到达。不是什么单薄的五人小乐队，而是整个乐池都搬来了：双簧管、长号、萨克斯管、维奥尔六弦提琴、短号、短笛、低音鼓和高音鼓。这时最后一批游泳的人已经从海滩回来，正在楼上换衣服；从纽约来的汽车每五辆一排停在车道上；各个大厅和客厅还有游廊里已经是满目的艳丽，有五颜六色的服饰、种种奇异的新式发型，还有卡斯蒂利亚人[①]做梦也想不到的一款款披肩。吧台那边气氛如火如荼，一轮一轮传送到外面的鸡尾酒散布到整个花园，最后整个空气里都洋溢着人声：谈话声、笑声、不经意的调侃、转眼即忘的相互介绍，还有始终不知对方姓名的女人们充满热情的聚谈。

大地蹒跚着渐渐离开太阳，灯光变得越来越明亮。此刻管弦乐队在演奏黄色鸡尾酒乐曲，人声的歌剧演出便又提高了一个音调。很容易就笑起来，一分钟比一分钟更容易；笑声恣意地洒泼着，一个可乐的字眼触一下，笑声便哗地倾倒出来。人群组合的变化加快了，人群随着新来的人而膨大，散开后一转眼又重新组

---

① 卡斯蒂利亚人，卡斯蒂利亚是西班牙中北部的一个古王国，现代大多数西班牙人是卡斯蒂利亚人，披肩是卡斯蒂利亚女性的传统服饰。

合起来。已经有人在东游西荡：一些自信的女郎穿梭来往于比较持久稳定的人群之间，成为一群人的中心，一时间让气氛变得欢快热烈，然后又得意扬扬地溜走，在不断变幻的灯光下，从变化万端的面孔、声音和色彩中间悄然而过，去往下一处。

忽然，这些吉普赛人似的女郎中一位浑身珠光宝气的，横空抓过一杯鸡尾酒，一口气灌下去壮了壮胆子，便独自从人群中出来跑到帆布舞台上，像跳弗里斯科舞①一样舞动起双臂。片刻的寂静。管弦乐队指挥殷勤地为她改变了节奏，忽然响起一阵叽叽喳喳的声音，一条错误的消息四下里传开来，说她来自时事讽刺舞台剧团，是吉尔达·格雷②的替角。晚会正式开始了。

我相信，我第一次去盖茨比宅邸的那个夜晚，包括我在内，真正受到邀请的宾客寥寥无几。人们并未受到邀请——他们是自己去的。他们钻进汽车，车子载着他们出城来到长岛，不知怎么最后就停在了盖茨比的门前。一旦到了门口，便有认识盖茨比的人替他们引荐，此后他们便按照游乐场的行为准则来行事为人。有时他们从光临到离去根本就不曾去见过盖茨比，以一片诚心来赴会，本身便是一张入场券了。

我确实受到了邀请。那个礼拜六一大早，一位身穿欧鸲蛋蓝制服的私人司机穿过我的草坪，替他的雇主送来了一封正式得出人意料的请柬。上面写道，如蒙我光临当晚举行的“小小聚会”，盖茨比将感到不胜荣幸。并说此前他曾数次看见我，并早已有意

---

① 弗里斯科舞，评论家们认为这里的“弗里斯科”暗指乔·弗里斯科。弗里斯科是二十世纪二十年代美国一位著名的杂耍演员，他发明了一种爵士舞，最初即以爵士舞者成名。作者这样写是为了突出女郎无所顾忌的冒险精神。

② 吉尔达·格雷（1901？—1959），因出演曾风靡百老汇二十多年的戏剧《齐格菲歌舞团》而闻名，此剧一九四六年拍成电影。

登门拜访，但碍于一种特殊的复杂情况，未能遂愿。杰伊·盖茨比署名，字迹非常有气势。

七点多一点儿，我穿上一身白色法兰绒套装，走过去到了他的草坪上，颇不自在地在一个个旋涡中间转来转去——虽然时不时地瞥见一张在往返火车上曾经注意过的面孔，但是那些人我都不认识。我立刻就发现各处散布着英国年轻人，不禁惊讶于其人数之多。他们一个个衣着整齐，一个个都透着点儿饥渴的神情，一个个都在找殷实富裕的美国人攀谈，声音低低的、很诚挚。不必说，肯定是在推销什么，债券、保险或者汽车。至少，他们痛苦难耐地意识到容易赚到手的钱就在眼前，并且确信，只需几句对路子的话，钱就是他们的了。

我一进场便谋见主人一面，但问了两三个人他在什么地方，他们都十分惊讶地瞪着我，竭力否认知道他的行踪。我只好悄声朝鸡尾酒桌方向溜过去——花园里只有这一块地方，一个单身汉可以逗留一会儿，而不显得漫无目的和孤单。

我尴尬至极，正准备喝个烂醉，乔丹·贝克从房子里走了出来。她站在大理石台阶顶上，身子微微后仰俯视着花园里，满脸的不屑。

欢迎也好不欢迎也罢，我必须找个人依附一下，再这样下去，我恐怕要开始找过往的陌生人谈心了。

“嗨！”我大喊一声，大踏步向她走去。我的声音在花园里那么响，响得似乎有些不自然。

“我料想到你也许会来的，”我走到近前时她心不在焉地应道，“我记得你住在隔壁……”

她淡淡地拉拉我的手，作为待会儿她会照应我的允诺，然后便去听停步在台阶底下的两位黄裙子姑娘说话了。

"嗨！"她们齐声喊道，"真可惜你没赢。"

她们说的是高尔夫锦标赛。上个礼拜她在决赛中输了。

"你不认识我们，"两位黄裙子姑娘中的一位说道，"可是大约一个月前，我们在这儿跟你见过面。"

"上次你们没染头发。"乔丹说。我一惊，但两个姑娘已经漫不经心地继续往前走，她那句话算是说给过早露头的月亮听了。毫无疑问，和晚餐一样，那轮明月也是从酒宴承办人的篮筐里拿出来的。乔丹纤细的金黄色手臂挽着我的手臂，我们走下台阶，在花园里闲逛起来。一托盘鸡尾酒穿过暮色飘到我们面前，我们在一张桌子旁边坐下，同桌的有那两位黄裙子姑娘还有三个男子，他们含糊地自我介绍是某某先生。

"你们经常来参加这里的聚会吗？"乔丹问身旁那位姑娘。

"最近一次就是遇见你那一回。"姑娘答道，声音里透着机警和自信。她转过身去对着同伴："你也是吧，露西尔？"

露西尔也是。

"我喜欢来这儿，"露西尔说，"我从来不在乎做什么，所以我总是玩得很开心。上次来这儿，我的裙子钩在椅子上撕破了，他就问我的名字和地址。不到一个礼拜，我收到克瓦里耶公司寄来的一个包裹，里面是一件新的晚礼服。"

"你收下了？"乔丹问。

"当然啦。本来我今晚会穿的，可是衣服胸口开得太大，得改一下才能穿。浅蓝色的，缀着淡紫色的珠子。两百六十五美金。"

"这家伙真有意思，居然做这样的事，"另一位姑娘殷切地说，"他不愿意同**任何人**之间有任何麻烦。"

"谁不愿意？"我询问道。

"盖茨比。有人对我说……"

两位姑娘和乔丹脑袋凑到一起，很诡秘的样子。

“有人对我说，他们认为他杀过一个人。”

我们全体打了个激灵。三位“含糊先生”向前俯着身子，竖起耳朵听。

“我看没**那么**严重，”露西尔将信将疑地争辩道，“多半是说他在大战时当过德国间谍。”

三个男子中有一个点头予以证实。

“我听一个人说过间谍的事，那人同他一起在德国长大，对他知根知底。”他言之凿凿地对我们说。

“哦，不是的，”第一位姑娘说，“不可能，因为大战期间他在美国军队里呀。”看见我们将轻信的目标重新换成了她，她便十分起劲地俯过身来。“你们趁他以为没人看着他的时候注意看他。我敢打赌他杀过人。”

她眯缝起眼睛，打着哆嗦。露西尔也在打哆嗦。大家环顾四周，寻找盖茨比。他们这样的人，早已经觉得天底下没什么事有必要小声议论了，竟也窃窃私语说起盖茨比来，可见他真是激发起了不少浪漫的臆测。

第一顿晚餐——午夜后还有一餐——已经开始了。乔丹邀我去花园的另一头，跟她那一帮朋友同桌。桌旁已经坐了三对夫妇，加上乔丹的男伴。那是一个执拗的大学生，热衷于咄咄逼人地含沙射影，很明显揣着个想法：或早或晚，或多或少，乔丹会委身于他。这帮人不是在漫无边际地聊，而是同类相聚，持着一副庄严的架势，承担起代表沉稳的乡村贵族的职责——东卵屈尊光临西卵，小心翼翼地防拒着西卵五光十色的欢乐气氛。

“我们走吧，”莫名其妙别别扭扭地浪费了半个小时之后，乔丹悄声道，“这儿对我来说太斯文啦。”

我们站起身，她解释说我们要去找主人。她说，我还从来不曾跟他见过面，这让我觉得不自在。大学生点点头，露出一副玩世不恭又有点儿忧郁的神情。

我们先瞥了一眼吧台，那边挤满了人，但盖茨比不在。她从台阶顶上望出去，没能找到他，他也不在游廊上。我们想碰碰运气，推开了一扇看上去很重要的门，走进去发现是一间高高的哥特式图书室，镶着雕花的英国橡木护壁板，像是从海外某处遗迹上整体拆下后运过来的。

一个矮胖的中年男子，戴着一副巨大的猫头鹰眼眼镜，已经有几分醉了，正坐在一张特大的桌子的边沿上，目光游离不定地瞪着书架上的一排排书。听见我们进门，他兴奋地将身子旋转过来，从头到脚端详着乔丹。

"你们怎么看？"他鲁莽地诘问道。

"什么怎么看？"

他朝那些书架挥挥手。

"那个。其实你们不必费心去查验了。我已经查验过，它们是真的。"

"那些书？"

他点点头。

"绝对是真书——书页什么的全都有。起先我还以为是好看又耐久的硬纸板壳子呢。其实，绝对是真书，书页和……等着！我挠[①]给你们看。"

他认为我们理所当然会有疑心，便冲到书橱跟前，拿着《斯

① 说话者酒醉，说话稍有些短舌头，此处的"我挠（拿）"和后面的"家佛（伙）"皆为此，后文中也有类似的情况，不再作注。

托达德[1]演说集》第一卷跑了回来。

“瞧！”他得胜似的嚷道，“一件真正的印刷品。真把我蒙住了。这家佛是个十足的贝拉斯科[2]。一件大功绩。多么一丝不苟！多么现实主义！懂得适可而止——没有裁开书页。你还想要怎样？你还指望什么？”

他从我手里一把将书夺过去，急忙放回书架上，嘴里嘟囔着什么如果拿走一块砖，整个图书室就可能塌下来。

“谁带你们来的？”他诘问道，“还是你们自己就这样来了？我是有人带的。大多数人都有人带。”

乔丹活泼泼地、快活地望着他，没有回答。

“我是一位姓罗斯福的女人带来的，”他接着说道，“克劳德·罗斯福太太[3]。你们认识她吗？昨晚我在什么地方遇见她了。我已经醉了大概一个礼拜，我觉得到图书室坐一坐也许能帮我醒醒酒。”

“帮到你了吗？”

“我觉得有一点点，还没看出来。我在这儿才待了一个小时。我有没有跟你们讲过这些书？是真书。是……”

“你讲过了。”

我们一本正经地同他握过手，回到了室外。

花园里的帆布舞台上此时已经有许多人在跳舞。几个老男人推着年轻姑娘倒退，没完没了地转圈子，舞姿不怎么优雅；一对对高傲的男女互相搂着，守在一个角落里，曲曲弯弯地走着时髦

---

① 约翰·斯托达德（1850—1931），美国作家、赞美诗创作家和演说家。

② 贝拉斯科，美国舞台导演、剧作家，以舞台布置和灯光效果方面的改进和创新闻名。

③ 克劳德·罗斯福太太，虚构人物。

的舞步；众多没有男伴的姑娘在由着自己的意思跳，也有的跑过去弹一会儿班卓琴，敲一会儿打击乐，给乐手们减轻些负担。午夜时分，气氛愈发热闹起来。一位著名的男高音唱了意大利语歌曲，一位声名狼藉的女低音唱了爵士乐。还有不少人插在两个节目中间，在花园各处表演“绝技”，一阵阵快乐而空洞的笑声蓦然而起，升上夏夜的天空。一对舞台“双胞胎”——居然就是那两位黄裙子姑娘——穿上戏装演了一出娃娃戏。香槟又送来了，盛在比洗手指的碗还要大的玻璃杯里。月亮已经升高，海湾里漂浮着的，是一架三角形的银天平[①]，随着草坪上淅淅沥沥滴落的班卓琴声，微微颤抖着。

我仍然和乔丹·贝克在一起。跟我们同桌的是一个和我年龄相仿的男子，还有一个爱吵闹的小姑娘，稍微受一点点撩拨就会失控大笑。现在我玩得很开心了。我已经喝下去两“洗指碗”的香槟，眼前的景象已经变成某种意义重大、深邃奥妙、是为基本要素的东西。

娱乐活动的一次间隙里，那男子望着我微笑。

“你很面熟，”他彬彬有礼地说，“战争期间你是不是在第一师？”

“呃，是啊。我在第二十八步兵团。”

“我在第十六步兵团，一直待到一九一八年六月。我就知道我在什么地方见过你。”

我们聊了一会儿在法国的日子，说到阴雨中几座灰蒙蒙的小村庄。很明显他就住在这一带，因为他告诉我，他刚买了一架水上飞机，准备早晨试飞一下。

---

① 银天平，指天秤星座。

“想同我一起去吗，老兄？只是沿着海湾靠近岸边转一转。”

“什么时间？”

“随便，你觉得最合适的时间。”

我想问他的姓名，话已到嘴边，乔丹环顾四周对着我笑了。

“这会儿玩开心了吧？”她询问道。

“好多了。”我转过去重新对着我的新相识，“对于我这是个不寻常的晚会。我都连主人的面还没见过呢。我住在那边……”我朝远处那道看不见的树篱挥了挥手，“这家姓盖茨比的人派司机过去送了个请帖。”

有一会儿他望着我，仿佛没听懂我的话。

“我就是盖茨比。”他突然说。

“什么！”我惊呼道，“啊，真对不起。”

“我以为你知道呢，老兄。恐怕我算不上一个很好的主人哟。”

他善解人意地微笑了——远不止善解人意。那是一种罕见的笑容，含有一种让人永远安心的特质，你一生或许有机会遇见四五回。它面对——或者说似乎面对——整个永恒的世界一刹那，然后带着令人无法抗拒的偏爱，凝注**你**。它理解你恰到你想要被理解的程度，信任你如同你乐于相信自己，并且让你放心，它对你的印象正是你希望在自己状态最佳时给人的印象。就在这样一个点上，那笑容恰到好处地消失了——我眼前是年轻优雅的一条壮汉，年纪三十一二岁，说起话来很费心地讲究礼节，差一点儿就要显得可笑了。一段时间过后他才做自我介绍，但我已经有了一个强烈的印象，他说话时字斟句酌。

几乎就在盖茨比先生说明自己身份的那一刻，一位男管家急匆匆地走过来，向他通报芝加哥来电找他，电话没挂。他微微躬身道失陪，向我们一一致歉。

"有任何需要请尽管开口，老兄，"他叮嘱我说，"请原谅。稍后再来奉陪。"

他走后我立刻转向乔丹——迫不及待地要让她确信我很惊讶。我原以为盖茨比先生可能是个红光满面肥头大耳的中年人。

"他是什么人？"我追问道，"你知道吗？"

"一个姓盖茨比的男人呗。"

"我的意思是，他是什么地方的人？做什么事情的？"

"现在**你**也开始关心这个话题了。"她慵懒地一笑，答道，"嗯……有一回他告诉我他是个牛津人[①]。"

一个模糊的背景开始在他身后成形，但是随着她的下一句话又渐渐淡去。

"不过，我不相信。"

"为什么不信？"

"不知道，"她固执地说，"我就是不相信他上过牛津。"

她语调里有一种东西，让我回想起另一位姑娘那一句"我觉得他杀过人"，起到了刺激我好奇心的效果。若有消息说盖茨比是从路易斯安那州的沼泽地里冒出来的，或者说他来自纽约东城南区[②]，我都会毫不怀疑地接受。那是可以理解的。但一个年轻人不可能从容不迫地从无人知道的地方漂出来，在长岛海湾买下一座豪宅。至少以我一个乡下人的孤陋寡闻见识短浅来看，我相信那不可能。

"不管怎么说，他举办大型晚会，"乔丹说，她带着城里人那种厌恶具体说明的情绪，换了个话题，"我喜欢大型晚会，亲亲

---

① 牛津人，这里指的是读过牛津大学的人。

② 纽约东城南区，或称纽约下东城，移民聚居地、贫民区、纽约唐人街所在地。

热热的。小聚会没有私下里谈心的机会。”

低音鼓嘭嘭一阵敲，突然响起管弦乐队指挥的声音，盖过了花园里叽叽喳喳鹦鹉般的人声。

“女士们、先生们，”他喊道，“应盖茨比先生的要求，现在为大家演奏弗拉迪米尔·妥斯陀夫先生的最新作品。今年五月，这部作品在卡内基音乐厅[1]曾引发众多关注。各位看过报就知道，曾经造成很大的轰动。”他一副快活的屈尊俯就的神情，微笑着补上一句：“少许的轰动！”逗得众人哄堂大笑。

“这支曲子，”他精神头十足地结束了讲话，“叫作《弗拉迪米尔·妥斯陀夫的世界爵士乐史》。”

妥斯陀夫先生的曲子有什么特征，我完全没有印象，因为刚开始演奏，我的目光就落在了盖茨比身上。他独自一人站在大理石台阶上，透着满意的神情，正一群人又一群人地望过去。他脸上的皮肤晒成了褐色，紧绷绷的，非常引人注目，一头短发好像每天都修剪。在他身上我看不出丝毫凶险的东西。我很纳闷儿，是不是他不喝酒这一事实助了一把力，将他和客人们分开了。因为在我看来，随着友好的欢闹气氛的高涨，他愈发显得端正得体了。《弗拉迪米尔·妥斯陀夫的世界爵士乐史》演奏完毕，有的姑娘像小狗狗一样快快活活地将脑袋靠在男人肩膀上；有的姑娘开玩笑地一个后仰晕倒在男人臂弯里，甚至仗着有人会接住故意倒向人群——但是没有人一个后仰晕倒在盖茨比身上，没有女人的法国式短发触碰到盖茨比的肩，没有一个男声四重唱组队时将盖茨比拉进去算一个人头。

“对不起。”

---

① 卡内基音乐厅，位于纽约市第五十七号街的大型音乐厅，由美国钢铁大王、慈善家安德鲁·卡内基建造。

盖茨比的男管家忽然就站在了我们旁边。

“是贝克小姐吗？”他询问道，“对不起，盖茨比先生想单独和您谈谈。”

“和我谈？”她诧异地叫了一声。

“是的，小姐。”

她慢慢站起身，冲着我讶异地抬了抬眉毛，跟着男管家向房子走去。我注意到，她穿晚礼服，穿所有的衣服，都像穿着运动服——她的动作里有一种轻快活泼的调子，仿佛她第一次学走路是在一个清新凉爽的早晨，在高尔夫球场上开始的。

我一个人待着，时间已快到两点钟。已经有好一阵子，从悬在露台上的一个很长且有很多窗户的房间里，传出令人好奇的杂乱声响。此刻乔丹的那个大学生正忙着跟两位歌舞团女演员大谈妇产科的事，恳求我也加入。为了躲开他，我走到里面去了。

大房间里全是人。两位黄裙子姑娘中的一位正在弹钢琴，旁边站着一位高个子红头发的年轻太太，她是一家著名歌舞团的演员，正伴着钢琴唱歌。这位太太已经喝下去大量的香槟，在唱歌过程中又很不相宜地断定一切都非常非常凄惨——她不只是在唱，还在哭。一到歌中停顿的地方，她就用一阵阵断断续续的抽泣将它填满，然后再接着用颤声女高音唱那支抒情歌曲。泪水沿着她的双颊往下淌，不过并非畅通无阻，因为一接触到她画着浓重眼线的睫毛，泪水便呈现出墨水的颜色，在继续余下的行程时变成了两条缓缓流动的黑色小溪。有人提了个幽默的建议，叫她唱自己脸上的音符，她听后双手向上一甩，陷进一张椅子里，深深地沉入了酒气熏天的梦乡。

“她跟一个自称是她丈夫的人吵了一架。”一位贴着我胳膊肘的姑娘解释说。

我环顾四周。剩下的女人中的大多数，此刻正在跟据称是她们丈夫的人吵架。就连乔丹那一帮从东卵来的四重唱小组，也因为意见分歧而四分五裂了。其中一个男的正异常起劲地跟一位年轻女演员交谈，他妻子起先做出一副持重端庄和漠不关心的样子，想一笑置之，然后彻底崩溃，采取了侧面攻击的手段——在他们谈话的间隙突然出现在他身边，像一条被激怒的菱背响尾蛇，对着他的耳朵咝咝地说："你保证过的！"

不甘愿回家的并不限于任性的男人们。门厅此刻被两个可悲的毫无醉意的男人和两位义愤填膺的太太占领了。两位太太稍稍提高了一点儿嗓门儿，正在相互表示同情。

"每次他一看见我玩得开心了，就想回家。"

"这辈子我从来没听说过这么自私的事情。"

"我们总是最先走。"

"我们也是。"

"哟，今晚我们可差不多是末尾了，"其中一个男人怯懦地说，"乐队半小时前就已经走人。"

尽管两位太太一致认为无法相信竟有这样的坏良心，这场争吵还是终结于很短暂的一番搏斗，两位太太都两脚离了地乱踢着，消失在夜色中。

我在门厅里等帽子送过来时，图书室的门开了，乔丹·贝克和盖茨比一起走了出来。他正在对她最后说一句什么话，可是几个人已走到近前向他道别，他的热切神态蓦地绷住，变成了拘谨。

乔丹的那帮人在门廊里不耐烦地唤她，但她还是滞留了片刻同我握手道别。

"我刚听说了一件最令人吃惊的事情，"她悄声说，"我们在里面待了多久？”

“嗯……大约一小时。”

“这事……实在令人吃惊，”她出神地重复道，“我发过誓不说出去的，却在这儿吊你的胃口。”她当着我的面温文尔雅地打了个哈欠。“请过来看我……电话簿……用的是西戈尼·霍华德太太的名字……我姑妈……”她一边说一边急匆匆地离去。她活泼泼地挥了挥晒得黝黑的小手作别，便在门口融入她那帮人中去了。

第一次露面就待到这么晚，我颇有些难为情地加入到围着盖茨比的最后一群客人中去。我想解释一下，傍晚时分我就在到处找他；还想道个歉，在花园里我跟他相逢却不相识。

“何足挂齿，”他热切地止住了我，“别再放在心上，老兄。”这是个亲昵的表示，但还有更亲昵的，他抬手轻轻地碰碰我的肩膀，叫我安心。“别忘了明天上午九点，我们要乘水上飞机到天上去转转。”

这时男管家开口了，从他肩膀后面：

“费城来电话要你去接，先生。”

“好的，等一分钟。告诉他们我马上……晚安。”

“晚安。”

“晚安。”他微笑着——忽然之间，我落在最后一批走的客人中间这一点似乎有了令人愉快的意味，仿佛这是他自始至终所想望的，“晚安，老兄……晚安。”

但是我走下台阶的时候，发现晚会并没有完全结束。离门口五十英尺的地方，十几只车前灯将一片奇异而混乱的场景照得通亮。路旁壕沟里躺着一辆崭新的单排座双人小轿车，离开盖茨比的车道不到两分钟车程。它右边车身朝上，一只轮子经过猛烈的撞击已经脱落。车轮和车身分离的责任归咎于一堵墙的尖锐的突出部分，此刻它已招来五六个好奇心强的司机，受到他们相当大的关注。不过，他们自己的车子被丢下堵住了路，后面的车子已经吵闹了好一会儿，那声音乱糟糟一片十分刺耳，给原本就混乱不堪的现场又添了几分乱。

一个身穿长风衣的男子已经从失事汽车里出来，此刻正站在路中央，目光从车子移向轮胎，又从轮胎移向旁观的人们，露出一副迷迷瞪瞪让人觉得可喜的神情。

“看！”他解释道，“它到沟里去了。”

对于他，这是一个无限惊讶的事实。我首先辨认出的是声音里那种不寻常的惊讶特质，然后认出了说话的人——不久前光临盖茨比图书室的那个主顾。

“怎么出的事？”

他耸耸肩。

“我对机械一窍不通。”他断然说道。

“但是怎么出的事呢？你撞到墙上了？”

“别问我，”“猫头鹰眼”[1]说，将事情推得一干二净，“我不懂开车，几乎完全不懂。出事情了，我就知道这个。”

“哎呀，你技术差就不应该晚上试着开车呀。”

“可是我连试也没试，”他愤慨地解释道，“可是我连试也没试。”

看热闹的人们愕然，一下子寂然无声了。

“你想自杀吗？”

“只撞掉了一个轮子，你真幸运！一个差劲的司机，而且连

① 猫头鹰眼，这里的猫头鹰眼代指前文中出现的戴猫头鹰眼眼镜的人。

试也不试！”

“你们不明白，”犯人解释道，“不是我开的车。车里面还有一个人。”

随此声明而来的震惊通过一连串的“啊……啊……啊！”表达了出来，同时轿车门开始缓缓打开。人群——现在已经是一大群人了——身不由己地退后几步，车门敞开，接下来是一个阴森森的停顿。随后，一点儿一点儿地，一部分一部分地，一个苍白的、晃晃悠悠的人形从失事车里面跨步出来，一只迟疑不决的大舞鞋先试探着踩了两下地面。

这幽灵被车前灯晃得睁不开眼，又被汽车喇叭不停歇的抱怨弄得昏头昏脑，摇摇晃晃站了好一会儿才认出来穿风衣的那个人。

“怎么回系[1]？”他平静地问，“我们模汽油了？”

“瞧！”

五六根手指一齐指向掉下来的车轮。他盯着它看了片刻，然后仰起头往上看，仿佛怀疑它是从天上掉下来的。

“轮子掉了。”一个人解释说。

他点点头。

“起先我没就意到车停了。”

片刻停顿。接着他长长地吸了口气，将肩膀绷绷直，用决断的口气发话道：

“不鸡道能不能告诉我哪儿有加油站？”

至少五六个人，其中有些人状况比他稍好些，向他解释说，

① 这里使用“回系（回事）”是为了体现此人的“昏头昏脑”，非错。后文的“模（没）”“就意（注意）”“鸡道（知道）”情况类似。——编者注

轮子和车子之间已经不再有物理上的结合。

“把车倒出来，”片刻之后他有了主意，“挂倒挡。”

“可是**轮子**掉了呀！”

他犹豫着。

“试试没害处的。”他说。

猫叫春似的汽车喇叭声达到了顶峰，我转身离去，抄近路穿过草坪朝家里走。我回头瞥了一眼。一轮圆月在盖茨比的宅邸上空闪耀着清辉，使夜色同先前一样美好，使依然灯光闪烁的花园里欢声笑语恍若犹在。仿佛一种蓦然而生的空虚此刻正从那些窗、那些特大的门里面流淌出来，将全然的孤寂赋予门廊上站着的主人的身影。他正举着一只手，做出正式告别的姿势。

将以上文字读过一遍后，我发现我已经给人一种印象，仿佛我的全部心思都放在相隔几个礼拜的那三个夜晚所发生的事情上了。其实正相反，在一个日程排得满满当当的夏季，那只是些不期而至的事罢了。而且此后的很长一段时间里，相对于我自己的私事，我用在那些事情上的心思还不到万分之一。

大部分时间我在工作。每天清晨，太阳将我的影子投向西边时，我便沿着纽约南城高楼大厦之间的罅隙匆匆地走向正诚信托公司。我同其他职员和那些年轻的债券推销员之间已经熟到了直呼名字的程度，我同他们一起在阴暗拥挤的餐厅里吃午饭，吃些猪肉小香肠、土豆泥，喝一杯咖啡。我甚至跟会计部一个家住泽西城[①]的姑娘有过一小段风流韵事。后来她哥哥开始不给我好脸色看，我便趁她七月份去度假的机会悄悄地让这事吹了。

① 泽西城，泽西城属新泽西州，在哈德逊河西岸，与纽约城隔水相望。

晚饭我通常到耶鲁俱乐部[1]去吃，不知什么缘故，那是我一天中最愁闷的事情。然后我去楼上图书室，认认真真地学一个小时投资和证券知识。俱乐部平日里总有几个爱闹的人，但他们从来不去图书室，所以那是一个做功课的好地方。如果是个晴和的夜晚，看完书后我就沿着麦迪逊大道溜达，经过古老的默里山大饭店[2]，横穿过第三十三号街，走着去宾夕法尼亚车站。

我开始喜欢纽约，喜欢它夜晚那种充满活力和冒险气氛的感觉，喜欢川流不息的男女和车辆闪闪烁烁给应接不暇的眼睛带来的满足。我喜欢在第五大道上走，从人群中挑出浪漫多情的女人来，想象自己几分钟后就开始进入她们的生活，永远不会有人知道或者表示不赞成。有时候，在我脑海里，我跟着她们走到某条隐秘大街的拐角处她们的公寓，她们回过头来还我一个微笑，然后才走进一扇门，消失在温暖的黑暗之中。在大都市被施了魔法的黄昏时分，有时我会有一种挥之不去的孤独感，并且感觉到别人的孤独——穷困的年轻小职员在橱窗前徘徊，等时间到了孤身一人去餐馆吃一顿晚饭——暮色中的年轻小职员，在虚度夜晚和生命中最触动心魂的时刻。

再者每晚八点钟，第四十几号街那些幽暗的巷子里会每五辆一排，停着许多微微颤动着准备开往剧院街区的出租车。这时候我心里会有一种失落感。等待通行的出租车里，人影依偎在一起，唱歌似的声音传出来，听不见里面讲的笑话但是听得见笑声，点燃的卷烟勾画出看不懂的手势。我想象自己也在匆匆赶去作乐，在分享他们的亲昵与兴奋，我在心里面祝福他们。

---

① 耶鲁俱乐部，为耶鲁大学毕业生和教师开的私人俱乐部，位于第四十四号街和范德比尔特大道交界处，对面即是中央车站。

② 默里山大饭店，位于纽约市曼哈顿区公园大道一百一十二号。

有一段时间我没有看见乔丹·贝克，然后在仲夏时节我又见到了她。起先我陪她出去时有种虚荣心得到满足的感觉，因为她是高尔夫冠军，人人都知道她的大名。后来这种感觉里多了些成分。我并没有真的爱上她，但对她产生了一种带有亲切感的好奇心。她给世人看的那一张透着厌倦和高傲的面孔后面掩藏着某种东西——大多数矫揉造作的行为最终都在掩藏一些东西，即便起初并非如此——有一天我发现了那东西是什么。当时我们一起去城外的沃威克村参加乡村别墅招待会[1]，她将借来的汽车停在雨里没拉上车顶篷，后来又在这件事情上撒谎。忽然间我记起了她的一个传闻，就是在戴茜家的晚宴上我记不起来的那件事。她初次参加高尔夫大赛时，比赛过程中发生争吵，差一点儿登了报纸——有人暗示她在半决赛时将自己的球移出了不良球位。事情发展到了快要成为丑闻的份儿上，后来才渐渐平息下去。一个球童收回了他的陈述，仅有的另外一位证人也承认自己可能弄错了。那个事件和当事人的姓名留在了我的脑子里。

乔丹·贝克本能地回避聪明机灵的男人。现在我明白了，那是因为她觉得，坐在一架被认为不可能偏离任何规则的飞机上，会更加安全。她的不诚实是不可救药的。她不能忍受置身于不利的地位。我猜想，她如此的好强，大概从很小的时候起就开始玩弄欺骗手段，为的是面对世人保持住那种冷淡傲慢的笑容，同时又让她那健壮活泼的肉体的需求得到满足。

我无所谓。女人的不诚实是一件你永远不会苛责深究的事。我漫不经心地感到有点儿遗憾，随后便忘了。就在那次乡村别墅招待会上，我们之间有过一番奇特的对话，主题是开车。起因是

---

① 乡村别墅招待会，这种聚会招待客人过夜，甚至连续数日。

她从几个工人身边开过去时挨得太近，挡泥板刮到了一个人外套上的纽扣。

“你是个烂司机，”我抗议道，“你该多加小心，不然就干脆别开车。”

“我很小心的啊。”

“不，你不小心。”

“嗯，别人会小心的。”她满不在乎地说。

“那跟你有什么关系？”

“他们会躲着我的，”她固执地说，“两个人都不小心才会出事故。”

“假如遇到一个跟你一样不小心的人呢？”

“希望永远不会，”她答道，“我讨厌不小心的人。所以我喜欢你呀。”

她那双被太阳晒得绷紧了皮肤的灰色眼睛直视着前方，但这句存心的话已经改变了我们的关系，有一会儿我以为自己爱上了她。但我脑子迟钝且装满了不足以与外人道的规则律条，它们对我的欲望起到了刹车的作用。我知道，首先我得从家乡那段纠葛中明确地解脱出来。我一直在写信给那位姑娘，每礼拜一封，末尾还署上“爱你的尼克”，而我能想起她的只有一件事：她打网球时上嘴唇会出现一串细细的汗珠，像一溜儿淡淡的小胡子。尽管如此，我们之间确实有过一种含含糊糊的默契。先得巧妙地将它解除，然后我才是自由之身。

每个人都估摸着自己至少有一种主要的美德，这是我的：我认识的人中诚实的人少之又少，而我是其中的一个。

第四章

礼拜天上午教堂的钟声在海湾沿岸的村子里响起时，世界和它的情人回到了盖茨比的宅子，兴高采烈地在他的草坪上闪烁着。

“他是个私酒贩子。”年轻的女士们一边说，一边在他的鸡尾酒和他的花之间的某个地方走动，“有一回他杀了一个人，那人发现他是冯·兴登堡[①]的外甥，魔鬼的远房表亲。递一朵玫瑰给我，宝贝儿，再帮我给那只水晶杯里倒最后一滴酒。”

我曾在一张火车时刻表的空白处记下那年夏天去过盖茨比宅邸的人的姓名。现在它已是一张很旧的时刻表了，折痕已经裂开，起首处印着一行字：“本时刻表自一九二二年七月五日起生效。”但我依然能辨认出变淡了的字迹。那些名字会给你一个比我的笼统表述更为具体的印象。他们接受盖茨比的款待，给他的回报是对他的一无所知，那是一种微妙的敬意。

嗯，从东卵来的有切斯特·贝克尔夫妇、利奇夫妇、我在耶

① 保罗·冯·兴登堡，第一次世界大战时的德国元帅，后当选为德国总统，曾委任希特勒组阁。

鲁认识的一个姓本生[1]的人，还有韦伯斯特·西维特医生，去年夏天他在缅因州淹死了。有霍恩比姆夫妇、威利·伏尔泰夫妇，还有一大家子姓布莱克巴克的，这家人总是聚在一起待在一个角落里，无论见谁走近，都像山羊似的翘起鼻子。有伊斯梅夫妇、克里斯蒂夫妇（更确切地说是休伯特·奥尔巴赫和克里斯蒂先生的妻子），还有埃德加·比弗，据说在一个冬日的下午，他的头发无缘无故就变成雪白的了。

我记得，克拉伦斯·恩迪弗是从东卵来的。他只来过一次，穿一条白色的灯笼裤，在花园里跟一个姓埃蒂的二流子打了一架。更远些从长岛来的有奇德尔夫妇、O.R.P. 施雷德夫妇、乔治亚州的斯通沃尔·杰克逊·艾布拉姆夫妇，还有菲什加德夫妇和里普利·斯内尔夫妇。斯内尔进监狱的前三天还来过，烂醉如泥地躺在砾石铺的车道上，被尤利西斯·斯韦特太太的汽车从右手上压了过去。丹西夫妇也来过，还有六十好几的 S.B. 怀特贝特、莫里斯·A. 弗林克、哈默海德夫妇、烟草进口商贝卢加和他的几个姑娘。

从西卵来的有波尔夫妇、穆尔瑞迪夫妇、塞西尔·罗巴克、塞西尔·舍恩、州参议员古利克、卓越影业公司控股人牛顿·奥基德、艾克豪斯特·科恩和克莱德·科恩、唐·S. 施瓦茨（小）和亚瑟·麦卡蒂，这几位都与电影业有这样或那样的关联。有凯特利普夫妇、本伯格夫妇，还有 G. 厄尔·马尔杜恩，就是后来勒死妻子的那位马尔杜恩的兄弟。推销商达·冯塔诺也来过这儿，还有艾尔·勒格罗、詹姆斯·B.（绰号“烂肚肠”）费里特、德·容格夫妇和厄内斯特·利利。他们是来赌钱的，费里特一溜

---

① 本生，德国姓氏。作者列举的多为非英语国家的姓氏，不再作注。

达进花园，就意味着他会输个精光，第二天联合牵引机车公司的股价又得为制造赢利机会而波动一番了。

一个姓克里普斯普林格的人来得特别勤，待的时间特别长，后来大家只知道他叫“寄宿生”了，我则怀疑他已经没有别的家了。来这儿的戏剧界人士有格斯·威兹、贺拉斯·奥多纳万、莱斯特·迈耶、乔治·达克维德和弗朗西斯·布尔。从纽约城里来的还有克罗姆夫妇、巴克希森夫妇、丹尼克尔夫妇、拉塞尔·贝蒂、科里根夫妇、凯利赫夫妇、迪尤尔夫妇、斯卡利夫妇、S.W.贝尔彻、斯默克夫妇、现在已经离婚当时很年轻的奎因夫妇，还有亨利·L.帕尔梅托，他后来在时代广场跳地铁自杀了。

本尼·麦克莱纳汉来的时候总是带着四个姑娘。每一次都是不尽相同的四个自然人，但她们长得一模一样，所以不可避免地让人觉得她们以前来过。我已经忘了她们的姓名，可能是杰奎琳，不然就是康斯薇拉、格洛丽娅、裘迪或琼。她们的姓要么是音调悦耳的花名和月份名，要么是美国大资本家的令人生畏的姓氏。你逼问一下，她们便会供认自己是他们的堂妹。

除了这些人之外，我记得福斯蒂娜·奥布莱恩也至少来过一次，还有贝德克尔家的姑娘们、大战中被削去鼻子的小布鲁尔、阿尔布拉克斯伯格先生和他的未婚妻哈格小姐、阿尔迪塔·菲兹彼得斯、曾经当过美国退伍军人协会主席的P.朱伊特先生、克劳迪娅·希普小姐和同来的一个被誉为她的私人汽车司机的男子，还有一位哪个国家的亲王，我们叫他公爵，他的名字我即使知道，也已经忘了。

那年夏天，所有这些人都来过盖茨比的宅子。

七月下旬的一天上午九点钟，盖茨比的豪华汽车颠簸着驶上石块儿铺的车道，停在我门前，从三音符喇叭里发出一阵悦耳的声音。我已经两次参加他的晚会，乘过他的水上飞机，还在他的强邀之下经常使用他的海滩，但是他来登我的门还是头一回。

"早上好，老兄。今天你陪我吃午饭，我们一起坐车进城去吧。"

他正在汽车保险杠上做身体平衡，那种善于随机应变的动作是美国人所特有的。我估摸着，那是由于青春年少时没干过重活儿，很少僵坐不动；甚至更是由于我们不定时地做一些神经处于兴奋状态的运动，培养出了无定形的优雅。这种特质不断以好动的形式突破他的拘谨举止流露出来。他从来不肯安安静静完全不动，总是有一只脚在东叩一下西拍一下，不然就是有一只手在不耐烦地一张一合。

他看见我在用羡慕的目光看他的车。

"很漂亮，是不是，老兄？"他跳下来，让我看个分明，"这辆车你以前可曾看到过？"

我看到过。人人都看到过。外观是鲜丽的奶油色，镀镍的部位亮闪闪的，奇长无比的车身得意扬扬地四处鼓起着，那是帽子盒、晚餐盒和工具盒；层叠式的挡风玻璃像一个迷宫，映出十几个太阳。我们在许多层玻璃后面坐下，置身于一个绿色的皮革温室里，起程去城里。

过去一个月我同他交谈过六七次。令我失望的是，我发现他没什么话说。因此，最初我觉得他是个身份不明的大人物的印象，已经渐渐淡去。现在我觉得，他就是隔壁一家装饰讲究的路边饮食店的东家。

接下来便是那一趟狼狈的驱车进城之行。我们还没到西卵村，盖茨比就丢下说到一半的优雅句子，开始欲言又止地拍打他那身焦糖色西装的膝盖。

“听我说，老兄，”他突然出人意料地开言道，“你对我是个什么看法，总之？”

我一下子有点儿不知所措，开始说些含糊其词的话来回避他的问题。

“好吧，我来给你讲讲我的身世。”他打断了我，“你听了一大堆传闻，我不希望你从中得出一个错误的看法。”

这样说来，他注意到了那些离奇古怪、给他家门厅里的谈话增添风味的指控。

“上帝在上，我告诉你实情。”他突然举起右手，吩咐神明的惩罚待命，“我是中西部一个有钱人家的儿子，家人已经全去世了。我在美国长大，然而是在牛津受的教育，因为我的祖上都在牛津受教育多年。家族传统。”

他斜眼看着我——我明白乔丹·贝克为何坚信他在撒谎了。“在牛津受的教育”一句他匆匆带过，说得含含糊糊有点儿吞吞吐吐，仿佛此前这句话一直就让他有些犯难。有了这个疑点，他的整个自述就崩塌了，我怀疑他终究还是有点儿劣迹的。

“中西部哪一片？”我随便问了一句。

“旧金山[①]。”

“我明白了。”

“家人都去世了，我继承了一大笔钱。”

他的声音很严肃，仿佛记起整个家族突遭灭门惨祸，至今仍

---

① 旧金山，在美国西海岸，不属于中西部地区。

让他不能释怀。有一会儿我怀疑他在作弄我，但瞥了他一眼之后，我确信并非如此。

“此后我像一个年轻的印度王公一样生活在欧洲一些国家的首都：巴黎、威尼斯、罗马。我收藏珠宝，主要是红宝石；狩猎大型猎物；作几张画，只是自娱自乐。我试着忘掉很久以前发生在我身上的惨痛之事。”

我心里面怀疑，使劲儿忍住没笑出声来。这套说辞简直老掉牙了，让我无法做别的想象，只仿佛见到一个包着头巾的“人物”，在布隆公园[①]里追猎一只老虎，自己身上却每一个毛孔都在往外漏锯木屑。

“接下来就开战了，老兄。这对我是个大解脱，我铆足了劲儿去找死，却好像被施了魔法一样命大。战争开始时我被任命为中尉。在阿尔贡森林[②]，我带着两个机枪分遣队突上去，太靠前了，造成两翼都有半英里的缺口，步兵无法补上去。我们在那个位置待了两天两夜，一百三十个人十六挺刘易斯机枪。步兵终于推上来之后，他们在一堆堆死尸中找到了三个德国师的番号徽章。我被提升为少校，每个同盟国政府都授予我一枚勋章，甚至包括蒙特内哥罗[③]，亚得里亚海那边的小小的蒙特内哥罗！”

小小的蒙特内哥罗！他把这几个字提溜起来，冲它们点点头——带着他特有的笑容。那笑容里包含着对蒙特内哥罗的动荡

---

① 布隆公园，巴黎郊外一公园，面积有两千多英亩。

② 阿尔贡森林，第一次世界大战时德军防线最坚固也是最重要的地方，战争开始和结束时都爆发过战役。但作者描述的盖茨比的战争经历并非基于那两次战事，而是基于一八一八年美军“默兹-阿尔贡攻势”中的战事。

③ 蒙特内哥罗，旧时塞尔维亚西南的一个小王国，现黑山共和国。

历史的理解，对蒙特内哥罗人民的英勇抗争的同情。那笑容完全了解蒙特内哥罗国内的一系列状况，正是那些状况触动这个国家那颗小小的热情的心献上了这一份谢礼。我的怀疑此刻已淹没在入迷的心境中，如同匆匆浏览十几本杂志时那样。

他把手伸进口袋，于是一片吊在绶带上的金属落在了我的掌心里。

“这就是蒙特内哥罗给我的那一枚。”

让我吃惊的是，那东西看上去是真的。

“达尼洛勋章”，上面的一圈铭文是，“蒙特内哥罗，尼古拉斯国王。”

“翻过来。”

“杰伊·盖茨比少校，”我读道，“英勇非凡。”

“还有一样我随身携带的东西，一件牛津岁月的纪念物。在三一学院[1]拍的，我左边那个人现在是唐卡斯特伯爵。”

那是一张五六个年轻人的合影，穿着运动上衣悠闲地站在一道拱门下，透过拱门看得见许多塔尖[2]。其中有盖茨比，看上去比现在年轻些，但并非年轻很多，手里拿着一根板球棒。

这样看来一切都是真的。我仿佛看见大运河[3]旁他的豪宅里，虎皮闪耀着火焰般的光芒；我仿佛看见他打开一箱红宝石，借那一片灼灼的深红，缓解他那颗破碎的心所受的啃啮之痛。

“今天我要请求你帮个大忙，”他满意地将纪念物放回口袋，说道，“所以觉得该让你知道些我的事情。我不想让你觉得我只不过是个不知从哪儿冒出来的人。你知道，我经常发觉自己的周

---

① 三一学院，牛津大学的一个学院，创办于一五五五年。

② 牛津大学的建筑多为哥特式的，高耸修长，带塔尖。

③ 大运河，这里指威尼斯的主运河。

围都是陌生人，因为我四处漂泊，想忘掉我遭遇的那件伤心事。”他犹豫了一下。“今天下午你会听到的。”

“吃午饭的时候？”

“不，今天下午。我碰巧发现你约了贝克小姐喝下午茶。”

“你的意思是你爱上了贝克小姐？”

“不，老兄，我没有。但贝克小姐已经好意应承我给你讲一讲这件事。”

“这件事”是什么，我一点儿概念也没有，不过我感到心烦多于感兴趣。我请乔丹喝下午茶并不是为了讨论杰伊·盖茨比先生的事情。不必说，他请求的肯定是一件极其离谱的事。一时间，我都有点儿后悔自己的脚踏上他那一片人太多的草坪了。

他不肯再多说一句话。我们渐渐地离城里近了，他越来越一副坐得端行得正的样子。我们经过罗斯福港，瞥见几艘船身有一圈红漆的远洋轮船；然后沿着一条鹅卵石路快速穿过贫民区，路两旁排列着一间间阴暗的酒吧，是二十世纪初已褪色的镀金时代[①]遗留下来的，未废弃仍在营业。接着炉灰谷地在我们两侧伸展开来，我瞥见了威尔逊太太，车子经过时她正在修车店前面，充满活力、气喘吁吁地按动着加油泵。

汽车挡泥板像翅膀一样张开，我们将车灯的光撒了半个阿斯托里亚[②]——只有半个，因为车子在高架铁路的柱子中间绕来绕去时，我听到了熟悉的“嘟——嘟——哧！”的声音，那是一辆摩托车，一个气急败坏的警察在和我们并行着。

---

① 镀金时代，指美国南北战争结束至二十世纪初。

② 阿斯托里亚，纽约皇后区的一个街区。但阿斯托里亚并无高架铁路，作者实际上指的是长岛城。

“好吧，老兄。”盖茨比喊道。我们减慢了车速。他从皮夹里抽出一张白色卡片，在警察眼前晃了晃。

“没错，您呐。”警察认可了，他碰了碰帽檐，“下回就认识您啦，盖茨比先生。请原谅！”

“那是什么？”我询问道，“那张牛津的照片吗？”

“我曾经有机会帮了警察局长一个忙，他就每年给我寄一张圣诞卡。”

大桥上，阳光透过一根根钢梁照下来，连续不断地在一辆辆行驶的汽车上营造着光影交错的效果；城市在河对面升起来，一堆堆的白色一块块的方糖，全是怀着一个愿望用没有铜臭的钱造起来的。从皇后区大桥上望过去，这城市永远恍如初见，永远怀着最初的疯狂应许，许给你这世上全部的神秘和美丽。

一辆装着死人的灵车从我们旁边驶过，车上堆满了鲜花，后面跟着两辆放下帘子的四轮马车，再后面几辆载亲朋好友的四轮马车比较有精神些。那些亲友从马车里向我们张望，从他们透着悲痛的眼睛和比较短的上唇，看得出是东南欧一带的人。我很高兴他们在阴郁的日子里观赏到了盖茨比的豪华汽车。我们穿过布莱克威尔岛[①]时，被一辆豪华大轿车超了过去，开车的是个白人司机，车子里坐着三个时髦的黑人——两个黑小子和一个姑娘。他们几个朝我们翻动着蛋黄一般大的眼珠子，一副目中无人争强斗狠的神情，逗得我放声大笑。

“过了这座桥，就什么事情都可能发生了，”我心想，“什么事情都可能……”

---

① 布莱克威尔岛，伊斯特河（纽约市连接上纽约湾与长岛湾的通航海峡）中的一座河心岛，现名罗斯福岛，位于曼哈顿和皇后区之间。

甚至可能出现个盖茨比，那也没什么可大惊小怪的。

喧闹的正午时分。在第四十二号街一间电风扇大开的地下餐馆，我跟盖茨比碰头，一起吃午饭。从外面明亮的大街进到里面，我眨了几下眼睛后才适应过来，在前厅里模模糊糊地辨认出他来。他正在跟另一个人说话。

“卡拉韦先生，这是我的朋友沃尔夫希姆。”

一个塌鼻头小个子的犹太人抬起大脑袋来注视着我，两只鼻孔里栽着两撮茁壮成长的鼻毛。半明半暗中，过了片刻我才发现他的两只小眼睛。

“……于是我看了他一眼……”沃尔夫希姆先生边说边一本正经地跟我握手，“……你猜我是怎么做的？”

“怎么做的？”我彬彬有礼地问。

但很明显他不是在对我说话，因为他放下我的手，将那只富有表情的鼻子对准了盖茨比。

“我把钱递给凯茨波夫，说：‘好吧，凯茨波夫，他不把嘴闭上，就一个子儿也别给他。’他立马就把嘴闭上了。”

盖茨比拉住我们一人一只胳膊，向餐厅里面走去。于是沃尔夫希姆先生将刚开始说的一句话咽了回去，陷入一种梦游般的出神状态中。

“高杯酒[①]？”服务生领班问。

“在这附近，这是一家不错的餐馆，”沃尔夫希姆先生抬头看着天花板上的长老会仙女，“但我更喜欢街对面那一家！”

“好的，高杯酒。”盖茨比表示同意，然后对着沃尔夫希姆先

① 高杯酒，用威士忌或白兰地等烈酒掺苏打水加冰块制成的饮料。

生说，“那面那一家太热了。”

“没错，又热又小，”沃尔夫希姆先生说，“可是充满了回忆。”

“那是个什么地方？”我问。

“老大都会[1]。”

“老大都会，”沃尔夫希姆先生郁闷地沉思着说道，“在那儿聚过的好多张面孔不是死了就是走了。好多朋友永远地去了。只要我活着，就忘不了他们在那儿开枪打死罗西·罗森塔尔的那个夜晚。那张桌子坐了我们六个人，整个晚上罗西吃了不少，喝了很多。差不多要天亮的时候，服务生神情怪怪的走到他跟前，说外面有人想跟他说句话。‘行。’罗西说着就要站起来，我伸手一拽将他拉回到椅子上。

“‘那些杂种想找你，就让他们进来好了。罗西，千万听我一句，你别到外面去。’

“当时是凌晨四点钟，我们要是拉开百叶窗的话，肯定能看见天已经亮了。”

“他出去了没有？”我天真地问。

“当然出去了，”沃尔夫希姆先生的鼻子冲着我气哼哼地一掀，“他走到门口时转过身来说道：‘别让那个服务生撤了我的咖啡！’然后他走出门去站在人行道上，他们朝他装满酒菜的肚子连开三枪，开动车子跑了。”

“那些人里面有四个坐了电椅。”我说，我想起来了。

“五个，加上贝克尔[2]。”他的鼻孔以一种表示感兴趣的态势

① 老大都会，大都会饭店坐落在百老汇附近的第四十三街。

② 查尔斯·贝克尔，涉黑警官，因一九一二年的罗森塔尔被杀案，于一九一五年和四个黑帮分子一同被处死。

转过来冲着我，“我明白，你在找生意关继[1]。”

这两句话并在一起说很让人吃惊。盖茨比代我作了答：

“哦，不，”他喊道，“这不是那个人！”

“不是？”沃尔夫希姆先生看上去挺失望。

“这只是我的一位朋友。我对你说过，那件事情换个时间谈。”

“对不起，”沃尔夫希姆先生说，“我弄错人了。”

一盘鲜嫩多汁的回锅土豆肉丁端上来，沃尔夫希姆先生忘掉了比较感伤的老大都会气氛，斯斯文文地大吃起来。同时他的眼睛非常缓慢地转动着，溜溜达达地将整个餐厅瞟了一遍，最后转过身去察看他正后方的人，完成了一个弧圈。我心想，要不是我在场，他肯定桌子底下也会瞟一眼。

“喂，老兄，”盖茨比凑过来说道，“恐怕今天上午在车子里我有点儿惹你生气了吧。”

又是那种笑容，但这一回我顶住了。

“我不喜欢神神秘秘的，”我回应道，“我不明白，你为什么不能有话直说，告诉我你想要什么。何必非要全部由贝克小姐转达呢？”

“哦，绝不是什么见不得人的事，”他向我保证道，“你知道，贝克小姐是个了不起的运动员，不对头的事她决不会做。”

他突然看看表，跳起来匆忙离开餐厅，将我和沃尔夫希姆先生丢在餐桌旁。

“他得打个电话。”沃尔夫希姆目送着他，说道，“挺棒的家伙，是不是？长相又帅，一个十足的绅士。”

---

① 关继，关系。此处为犹太人口音重的关系。

“是的。”

“他是个油津[①]人。”

“哦！”

“他上过英国的油津学院[②]。你知不知道油津学院？”

“听说过。”

“它是世界上最有名的一所学院。”

“你认识盖茨比很久了吗？”我询问道。

“好几年了，”他答道，一副称心如意的样子，“刚打完仗我就捞到个机会认识了他。和他聊了一个小时我就知道，我发现了一个非常有教养的人。我对自己说：‘这是你愿意带回家介绍给你母亲和妹妹的那种人。’”他停顿了一下。“我看见你在看我的袖扣。”

刚才我并没有看，但此刻我在看了。是几颗象牙做的袖扣。奇怪得很，看上去眼熟。

“做工最精美的几颗样品，是人的臼齿。”

“哇！”我仔细察看着，“很有趣的主意。”

“是的。”他将衬衣袖口翻起来，掖到外套袖子里面去了，“是啊，盖茨比在女人的事情上非常小心。朋友的老婆他都不会定睛去看。”

沃尔夫希姆先生本能地予以信任的对象回到桌旁，坐了下来；他却一口喝干杯中的咖啡，站起身来。

“我已经享受完我的午餐了，”他说，“趁着还没有惹你们两位年轻人生厌，我现在就溜走吧。”

---

① 油津，应为“牛津”，类似于前文中的“关继”，此为口音之误。

② 油津学院，应为“牛津大学”，此为暗示沃尔夫希姆没文化。

“别急着走呀，迈耶。”盖茨比说，口气并不热情。沃尔夫希姆先生举起一只手，表示一种祝福。

“你们对我以礼相待，但我属于另一代人了。”他一本正经地说，“你们在这儿坐着，谈谈体育，谈谈年轻女人，谈谈……”他又挥了一下手，代替他想不出来的一个字眼，“至于我，我已经是五十岁的人，就不再勉强往你们中间挤了。”

跟我们握手作别转身离去时，他那只悲剧性的鼻子在颤抖。我不知道自己是不是说了什么冒犯他的话。

“有时候他变得非常伤感，”盖茨比解释说，“今天是他的一个伤感的日子。他在纽约还真是个人物——百老汇的常客。”

“那他是干什么的，演员？”

“不是。”

“牙医？”

“迈耶·沃尔夫希姆？不，他是个赌徒。”盖茨比犹豫了一下，然后淡然地加上一句，“他就是一九一九年操纵世界棒球联赛[①]的那个人。”

“操纵世界棒球联赛？”我重复道。

我听了十分错愕。我当然记得一九一九年世界棒球联赛被人操纵了，但即便我关心和琢磨过那件事，也只会认为那仅仅是个**巧合**，是一连串不可避免的环节的末端。我从来不曾想到过，一个人居然有本事玩弄和骗倒五千万人，像夜贼开保险箱时那样心无旁骛。

“他怎么会碰巧干那样一件事呢？”过了一分钟我才发问。

---

① 一个著名的舞弊事件。被看好的白色短袜队的部分球员与赌徒勾结，在联赛中输给了辛辛那提红队。

“他只不过是看到了机会。”

“他怎么会没坐牢呢？”

“他们抓不到他的把柄，老兄。他是个机敏的人。”

我坚持付账。服务生将找的钱送过来时，我一眼看见汤姆·布坎南在人头济济的餐厅的另一边。

“跟我来一下，”我说，“我得跟一个人打个招呼。”

汤姆一看见我们便跳了起来，朝我们的方向跨过来五六步。

“你去哪儿啦？”他热切地质问我，“戴茜气坏了，你连电话都不打一个。”

“这位是盖茨比先生，这位是布坎南先生。”

他们握了握手，盖茨比的脸上突然现出一种不自然、不常见的尴尬表情。

“你到底过得怎么样啊？”汤姆问我，“怎么会碰巧到这么远的地方来吃饭？”

“我是过来和盖茨比先生一起吃午饭的。”

我转过身去对着盖茨比先生，但他已经不见了。

一九一七年十月的一天——（那天下午，乔丹·贝克说道。在广场饭店[1]的下午茶花园里，她身体笔直地坐在一张直背椅上。）——我从一个地方走着去另一个地方，一半路在人行道上走，一半路走草坪。走在草坪上时我更开心，因为我穿的是一双英国鞋，鞋底有橡皮圆头，踩在柔软的地面上会留下凹痕。我还穿了一条新的格子花呢裙，风起的时候会微微飘扬。我的

① 广场饭店，坐落在中央公园南端附近。

裙子一飘，所有房子前面的红白蓝三种颜色的旗子[1]就会直挺挺地展开来，发出“啧——啧——啧——啧”的声音，表示不以为然。

最大的一面旗和最大的一片草坪都属于戴茜·费伊家的宅子。她刚满十八，比我大两岁，是路易斯威尔所有年轻女孩儿中最受人追捧的。她穿一身白，开一辆白色跑车，家里面的电话整天响个不停，泰勒军营[2]那些个兴奋的青年军官都请求她给一份特权，独占她一个晚上的时间。“一个小时也行！”

那天早晨我来到她家对面时，那辆白色跑车正停在车道边沿上，她同一位我从未见过的中尉一起坐在车里。他们的心思都在对方身上，我走到离他们五英尺的地方，她才看见我。

“嗨，乔丹，”没料到她喊我，“请你过来。”

她想和我说话，这让我受宠若惊，因为在所有比我大的女孩子里，我最崇拜的就是她。她问我会不会去红十字会做绷带。我说是的。嗯，那么，我可不可以跟他们说一声，今天她不能去了？她说话的时候，那位军官一直看着她，那种眼神是每个年轻女孩儿都希望有时会落在自己身上的。那种情景在我眼里很浪漫，所以我一直没忘。他名叫杰伊·盖茨比，后来有四年多的时间我再也没看见过他，甚至在长岛遇见他以后，我都没有意识到是同一个人。

那是一九一七年。第二年我自己有了几个追求者，而且开始参加锦标赛，就不常见到戴茜了。她跟一帮年纪稍大些的人交

① 红白蓝三种颜色的旗子，指的是美国星条旗。

② 泰勒军营，位于肯塔基州的最大城市路易斯威尔附近。菲兹杰拉德本人所在的部队曾短时期驻扎在此军营，一九一八年被调往亚拉巴马州蒙哥马利城附近的谢立丹军营。

往——假如说她还跟人有交往的话。谣言疯传开来，说在冬天的一个夜晚，她母亲发现她在打点行装，要去纽约给一个即将开赴海外打仗的军人送行。她被拦了下来，没去成，但好几个礼拜不跟家里人说话。事情过去以后，她再也不跟当兵的一起玩了，只跟城里几个因为平足或近视不能参军的年轻人厮混。

下一年秋天她又快活起来了，像从前一样快活。停战后她参加了初次进入社交界的舞会，二月份的时候有人推测她跟一个新奥尔良人订了婚。六月份她和芝加哥人汤姆·布坎南结婚，婚礼场面之大在路易斯威尔从来不曾见过。他包下四节车厢带上一百个人过来，在塞尔巴赫大酒店[1]租了整整一层楼面。婚礼前一天，他送给她一串价值三十五万美金的珍珠。

我是伴娘。婚礼晚宴前半小时，我走进她的房间，发现她躺在床上，穿着花朵纹样的裙子就像那个六月的夜晚一样可爱，醉得像个猴子。她一只手里攥着一瓶白葡萄酒，另一只手捏着一封信。

“恭喜我吧，”她咕哝道，“从来没喝过酒，可是，啊，真痛快。”

“怎么啦，戴茜？”

我吓坏了，真的，我从来不曾见过哪个女孩子这副模样。

“喂，亲爱的。”一个字纸篓被她拿到床上，她在里面摸索着，将那串珍珠提溜了出来。

“拿到楼下去，是谁的东西就还给谁。告诉他们戴茜改赌意了。就说戴茜改赌意了！”

---

① 塞尔巴赫大酒店，全称塞尔巴赫·希尔顿·路易斯威尔大酒店，简称希尔顿酒店，是路易斯威尔最豪华的酒店。

她开始哭，哭个不停。我冲出去，把她妈妈的侍女找了来。我们将房门反锁上，把她弄到浴室里给她洗冷水澡。她不肯放开那封信。她带着它进浴缸，将它捏成了个湿纸团，直到看见它变成了雪花似的碎片，才肯让我将它丢在肥皂碟子里。

但她再没有说一句话。我们给她闻阿摩尼亚水[①]，把冰块放在她额头上，像摆弄死猪似的给她重新穿好衣服。半小时后我们走出房间时，那串珍珠已挂在她的脖子上，一场小风波就此结束。第二天下午五点钟，她连哆嗦也没打一个就跟汤姆·布坎南结了婚，然后动身去南太平洋，开始三个月的蜜月旅行。

他们回来后，我在圣巴巴拉[②]见到他们。我心想，还从来不曾见过哪个女孩儿这样迷恋丈夫呢。他离开房间一分钟，她就会不安地四处张望，念叨着："汤姆去哪儿了？"一副最魂不守舍的神情，直到看见他走进门里来。她常常整小时整小时地坐在沙滩上，让他的脑袋枕着她的大腿，手指摩挲着他的眼睛，眼睛看着他，眼神里透着深深的喜悦。看到他们在一起的样子真让人感动，你会心向往之，不出声地笑起来。当时是八月。我离开圣巴巴拉一个礼拜后的一天晚上，汤姆在文图拉公路[③]上跟一辆旅行车相撞，一个前轮撞掉了。同他在一起的那个女孩儿也上了报，因为她断了一条胳膊。她是圣巴巴拉酒店一个打扫房间的服务员。

第二年四月，戴茜生下了她的小女孩儿，他们去法国待了一

---

① 阿摩尼亚水，氨水的俗称，用途之一是用于晕倒和昏厥病人的急救。

② 圣巴巴拉，加利福尼亚州海岸城市，度假胜地。

③ 文图拉公路，文图拉是加利福尼亚州的一个县，文图拉公路连接圣巴巴拉和洛杉矶。

年。有一年春天我在戛纳见到他们，后来又在多维尔[①]见到他们，然后他们回到芝加哥安顿下来。你知道的，在芝加哥有很多人喜爱戴茜。他们跟一群放荡的人交往，都是些年轻有钱而且很疯野的人，但她直到最后也是名声绝对清白。也许是因为她不喝酒。在喝酒很凶的人中间不喝酒就占了很大的便宜。你能够管住自己的舌头，另外，可以瞅准时机来点儿小小的违规，其余的人都跟瞎子似的，不是看不到就是不关心。也许戴茜根本就不喜欢红杏出墙，可是她说话时那种声音里有一种东西……

嗯，大约六个礼拜之前，她又听到了盖茨比这个名字，这是许多年来的第一回。当时我问你是否认识住在西卵的盖茨比，你还记得吗？你回家后，她跑到我房间里来把我弄醒，问我："什么样的盖茨比？"我在半睡半醒中描绘了一番，她说，一定就是她从前认识的那个人，声音怪怪的。到了这个时候，我才把这一位盖茨比和坐在她的白色跑车里的那个军官联系在一起。

乔丹·贝克讲述完这一切的时候，我们已经离开广场饭店半小时，正坐在一辆维多利亚马车[②]里穿过中央公园。太阳已经落到西区第五十几号街电影明星们住的高层公寓楼后面，女孩子们已经像蟋蟀一样在草地上聚集起来，她们清脆的声音透过热烘烘的薄暮升向天空：

"我是阿拉伯的酋长，
你的爱归我独享。

① 多维尔，法国西北部海滨小城，著名度假胜地。

② 维多利亚马车，一种双座四轮折篷马车，广场饭店前面总是有一长排这种马车做游客生意。

只等你夜里睡着
我就溜进你的篷帐。”[1]

“真是个奇怪的巧合。”我说。

“可这根本就不是巧合。”

“为什么？”

“盖茨比买下那所宅子，正是因为戴茜就住在海湾对面。”

这样说来，那个六月的夜晚他所仰望的就不只是群星了。他在我眼前活了起来，一下子从他那无目的的豪华排场的子宫里分娩了出来。

“他想知道，”乔丹接着说，“你能不能哪天下午邀请戴茜去你家，然后让他也顺便过来看看你。”

这个要求如此谦恭，使我感到震撼。他已经等了五年，还买下一座公馆，待在里面发放星光给碰巧路过的飞蛾，只为了某一天下午能“顺便过来”，看看一个陌生人的花园。

“非得先让我知道这一切，然后他才请我办这样一件小事吗？”

“他不敢呐，他已经等了好久了。他觉得可能会冒犯你。你看出来了吧，他骨子里十足是个坚忍的人。”

我有些顾虑。

“他为什么不请你安排一次会面呢？”

“他想让她看看他的宅子，”她解释说，“而你家就在他的隔壁。”

“哦！”

---

① 一首由三位歌手创作于一九二一年的流行歌曲。

“照我看，他本来有点儿希望她哪天晚上出来逛，逛到他的晚会上来，”乔丹继续往下说，“可是她一直没有去。然后他就开始装作很随意地打听有没有人认识她，我是他找到的第一个人。就是跳舞时他派人叫我过去的那个晚上。可惜你不在场，没有听到他费了多少心思才慢慢地说到正题上。当然啦，我马上建议约到纽约城里吃个午饭——我觉得当时他发急了：‘我可不想做什么出格的事！’他不住地说，‘我只想在隔壁人家见一见她。’

“我说起你是汤姆的一个特殊朋友，他就开始放弃了，想把整个计划丢掉。他对汤姆不太了解，不过他说，他读一份芝加哥报纸读了好几年，只为了碰巧能看到戴茜的名字。”

此时天已经黑了，我们的马车驶下斜坡从一座小桥下面经过时，我搂住乔丹金黄色的肩膀，拉她往我身上靠，请求她同我一起吃晚饭。忽然之间，我脑子想着的已不再是戴茜和盖茨比，而是这个干净、结实、思维能力有限的人儿，她沉溺于针对万事万物的怀疑主义，她活泼泼地往后一靠，被我的臂弯完全搂住了。一个警句开始敲击我的耳膜，以一种兴奋得飘飘然的节奏：“世上只有被追求者和追求者，忙碌的人和疲惫的人。”

“戴茜的生活应该有点儿内容。”乔丹喃喃地对我说。

“她想见盖茨比吗？”

“先不让她知道。盖茨比不想让她知道。你请她过去喝茶就行了。”

我们从一排黑幢幢的树旁经过，然后驶过第五十九号街的一间间门面房，一大片柔和的苍白的灯光，从上面投映到公园里。我跟盖茨比和汤姆·布坎南不一样，没有情人虚幻的面容在眼前沿着黑乎乎的檐口和令人目眩的标牌飘浮。所以我将身旁的姑娘拉得更近些，搂得更紧些。她那苍白的、总带着一丝轻蔑意味的嘴唇上漾起了笑意，于是我再将她拉近些，这一回，贴到了我的脸上。

第五章

那天夜里我回到西卵时，有一会儿很担心自己的住宅着了火。已经是深夜两点，半岛的那个角却整个儿在耀眼的光亮中。灯光下的灌木丛给人一种不真实的感觉，路旁的电线变成了一根根闪闪发光的长长的细线。拐弯以后我才看出来那是盖茨比的宅子，从塔楼到地窖，灯火通明。

起初我以为又在开晚会，一个演变成了“藏猫猫”或“沙丁鱼进盒子”的疯狂聚会，整个宅子完全开放，让大家玩游戏。但是没有一点儿声音。只有树林里的风声，风吹动电线，使得灯光忽暗忽明，仿佛这宅子朝黑暗眨了几下眼睛。出租车哼哼唧唧地开走时，我看见盖茨比穿过草坪向我走来。

“你府上像是在开世界博览会。”我说。

“是吗？”他心不在焉地扫了一眼，“我刚才到几个房间里转转看看。我们去科尼岛[①]吧，老兄。坐我的车。”

“太晚了。”

“嗯，那跳到游泳池里游一圈怎么样？整个夏天我还没下去过呢。”

---

① 科尼岛，纽约布鲁克林区南端的半岛，海滩疗养和娱乐中心。

"我得上床睡觉了。"

"好吧。"

他等待着，克制住自己的急迫心情望着我。

"我和贝克小姐聊过了，"片刻之后我说道，"明天我会打电话给戴茜，邀她过来喝茶。"

"哦，那好啊。"他淡漠地说，"我不想让你为难。"

"你哪一天比较方便？"

"**你**哪一天比较方便？"他赶快纠正我，"我不想让你为难，你是知道的。"

"后天可以吗？"

他考虑了片刻，然后，勉勉强强地开了口：

"我想把草坪修剪一下。"他说。

我们俩都看着草坪。我那一片草坪乱蓬蓬的，他这一大片草坪保养得很好而且更绿，两片草坪的衔接处有一条清晰分明的分界线。我猜他指的是我那一片草坪。

"另外还有一件小事。"他犹豫不决地说，迟疑着不说下去了。

"你想再推迟几天？"我问。

"哦，不是这个问题。至少……"他笨嘴拙舌，一连串开了好几个头，"呃，我想……呃，听我说，老兄，你挣的钱不是很多，是不是？"

"不是很多。"

这个回答似乎让他放了心，他的语气中多了些信心，继续往下说。

"我想也是这样，如果你能原谅我的……你看，我附带做点儿小生意，算是一种副业吧，你明白的。我想如果你挣的钱不是很多——你在卖债券，是吧，老兄？”

“在学着做。”

“那好，你会对这件事感兴趣的。不会花你很多时间，可以不费力地好好赚一笔。碰巧是一件相当机密的事。”

现在回想起来，如果当时的情形不一样，那次谈话很可能成为我人生的一个转折点。但是，帮忙的事还没有办，这个表示未免显得露骨和不够圆滑，我别无选择，只有就此打断他的话。

“我手头的事情已经排满。”我说，“非常感激，但我无法再接活儿了。”

“你不必和沃尔夫希姆有任何生意来往。”很明显，他认为我是在回避中午提到的那种“关继”。我请他放心，他多虑了。他又等了一会儿，希望我重开个话题，但我的心思不在这里，没有响应，他便不太情愿地回了家。

那一晚让我晕晕乎乎的很快乐。大概我边走睡意边上来，一进家门便倒头大睡，所以我不知道后来盖茨比有没有去科尼岛，不知道他让宅子炫耀着光亮，“在房间里转转看看”又熬了几个时辰。第二天上午，我从营业所里打电话给戴茜，邀请她过来喝茶。

“别带汤姆过来。”我警告她。

“什么？”

“别带汤姆过来。”

“汤姆是谁？”她装无辜地问。

约定的那天大雨瓢泼。十一点钟时，一个穿雨衣的人拖着一台刈草机敲开了我家的大门，说是盖茨比先生派他来给我修剪草坪。此人的到来提醒我，我忘记把芬兰女佣叫回来了。于是我开车去西卵村，在那些粉刷成白色的黏湿小巷里寻找她，还买了几只杯子、一些柠檬和鲜花。

鲜花真没必要买，因为两点钟时从盖茨比家送来了整整一暖房的花，还有无数插花的器皿。一小时后，大门被紧张兮兮地推开，盖茨比穿了一套白色法兰绒西装、一件银色衬衣，打了一只金色的领结，匆匆走进来。他脸色苍白，下眼睑发黑，显然没睡好觉。

“都准备妥了吗？”他进门就问。

“草看上去不错，不知道你说的是不是草。”

“什么草？”他茫然地询问道，“哦，院子里的草。”他透过窗户朝外看，但从他的表情判断，我相信他没看出什么来。

“看上去很好。”他含含糊糊地评论道，“有一张报纸说，四点钟左右雨会停。我记得好像是《日报》[①]。东西都齐全了吗——下午茶需要的？”

我带他去配餐室，进去后他看着芬兰女佣，眼神里透着些许责备。我们一同细细地察看了一番从食品店买来的十二块柠檬蛋糕。

“你看行不行？”我问。

“当然行！当然行！很好的糕点！”他声音空洞地补上一句，“……老兄。”

三点半前后，雨势减弱，变成了水雾，雾气里零零星星飘浮着露珠般的小雨滴。盖茨比眼神茫然地翻看着一本克莱的《经济学》[②]，厨房里时不时地传来荷兰女佣脚步震动地板的声音，他便时不时地一惊，朝水汽模糊的窗户瞟一眼，仿佛外面正在发生一

---

①《日报》，纽约报纸，在报业大王威廉·兰道夫·赫斯特旗下。

②《经济学》，经济学入门书。作者亨利·克莱爵士（1883—1954），英国人。

连串看不见但令人惊恐的事情。最后他站起身来，用一种迟疑不决的语气告诉我，他要回家了。

“这是为什么呀？”

“没人来喝茶了，时间已经太晚啦！”他看着手表，仿佛别处还有急迫的事，他时间很紧，“我不能等上一整天。”

“别傻了，才四点差两分呢。”

他可怜兮兮地坐下来，仿佛是被我推了一把，被逼的似的。与此同时，传来一辆汽车拐弯驶上我家小路的声音。我们俩都跳了起来，我自己也有点儿慌张，走出门去来到院子里。

没开花的紫丁香树在滴着水，一辆大型敞篷车正沿着车道从那些树下面开过来。车停了。戴茜的脸从一顶淡紫色三角帽下面侧斜着露出来，望着我，灿烂的笑容里透着痴迷般的欣喜。

“这绝对是你住的地方了，是吧，我最亲爱的人儿？”

在雨中，她声音里荡漾开来的欢快涟漪太让人受用了。我得随着它上下起伏一会儿，让耳朵空闲着，先不让那些话语进去。一绺湿头发像一抹蓝色油彩般贴在她的脸颊上；我搀她下车时握住的那只手是湿的，沾着亮晶晶的水珠。

“你爱上我啦，”她对着我的耳朵低低地说，“不然干吗非让我单独过来？”

“那是拉克伦城堡的秘密[①]，吩咐你的司机把车开到远处去待上一个小时吧。”

“过一个小时再回来，费迪。”然后她一本正经地低声说，“他的名字叫费迪。”

---

① 拉克伦城堡的秘密，《拉克伦城堡》是英国小说家玛丽亚·埃奇沃思（1767—1849）创作的一篇小说。

“汽油味儿影响他的鼻子吗？”

“我觉得不会，”她装无辜地说，“干吗这样问？”

我们进了屋。我惊呆了，起居室里没有人影。

“哟，真滑稽！”我嚷道。

“什么滑稽？”

她转过头去，因为有人很庄重地在大门上轻轻敲了一下。我跑出去开门。盖茨比面如死灰，两只手像灌了铅一样插进上衣口袋，正站在水洼里，神情悲惨地瞪着我的眼睛。

他仍旧两只手插在上衣口袋里，大步从我身边走过去，进了门厅，然后仿佛踩着钢丝一般唰地回一下头，便走进起居室不见了。一点儿也不滑稽。我意识到自己的心也在怦怦直跳。我关上门，外面雨又大了起来。

有半分钟时间没有一点儿动静。然后我听见起居室里一阵哽咽似的低语和一阵断断续续的笑声，接下来是戴茜清晰而做作的声音：

“又见到你，我肯定是高兴极了呀。”

停顿。持续的时间长得可怕。我在门厅里没事做，便走进房间里。

盖茨比的双手依然在衣袋里，他正倚在壁炉台上，不自然地装出一副无拘无束的模样，甚至显得有点儿厌倦。他的脑袋向后仰，竟至于搁在了一座早就不走了的壁炉座钟的钟面上；他的一双透露出烦乱心情的眼睛，从这样一个位置直勾勾地俯视着戴茜。她坐在一张硬椅子的边沿上，神色惶恐，但姿势优雅。

“我们以前就认识。”盖茨比喃喃地说。他瞟了我一眼便收回目光，他咧开嘴想笑一笑，却没有笑出来。幸好座钟在他脑袋的压迫下挑中这一刻做了一个危险的倾斜动作，他借机转过身去，用颤抖的手指抓住它重新放好。然后他直僵僵地坐下，一只胳膊肘支在沙发扶手上，用手托着下巴。

“抱歉，我压到钟了。”他说。

我自己的脸也涨红了，好像被热带阳光灼过一样。脑子里有千百句套话，却一句也集拢不起来。

“是一座很旧的钟。”我像白痴一样对他们说道。

我觉得当时有好一会儿，我们每个人都相信座钟已经在地板上摔得粉碎。

“我们已经有好几年没见了。”戴茜说，尽量让语气显得平淡。

“到十一月整整五年。”

盖茨比的应答没经过大脑，又至少造成了一分钟的冷场。绝望之余，我提议他们到厨房帮我一起预备茶，他们俩站起来正要跟我去，恶魔一样的芬兰女佣端着托盘走了进来。

端茶递糕点，在这个受欢迎的忙乱过程中，一种合乎礼仪的有形氛围自动形成了。盖茨比在一旁闷声不响，看着戴茜和我说话，很用心地望望我又望望她，眼神里透着紧张和愁苦。不过，平静本身并不是了结，所以我一有机会便找了个借口站起身来。

“你要去哪里？”盖茨比立刻惊慌地盘问道。

“我一会儿就回来。”

“你走之前我得跟你说点儿事。”

他发疯似的跟着我走进厨房，关上门，低低地说了声：“哦，上帝！”语气很痛苦。

“怎么啦？”

“这是个可怕的错误，”他摇着头说道，“一个非常、非常可怕的错误。”

“你只是尴尬，没别的。”还好我又加了一句，“戴茜也尴尬。”

“她也尴尬？”他不相信地重复道。

“和你一样尴尬。”

“别这么大声。”

“你的行为就像个小男孩儿，”我不耐烦地发作了，“不仅如此，你还无礼。戴茜孤零零一个人坐在那儿呢。”

他举起一只手止住我的话，以一种我忘不了的责备眼神望着我，小心翼翼地打开门，回到另一个房间去了。

我从后门走了出去。半小时前，盖茨比就是这样出去的，因为紧张，绕房子转了个圈。我跑向一棵黑黝黝多节疤的大树，它的树叶密密地交织在一起，可以当遮雨篷。又是大雨如注了，我那一块形状不规则的草坪虽经盖茨比的园丁修剪整齐，但此时已布满了小泥沼和“史前湿地”。

从树下望出去，除了盖茨比的庞然大屋外什么也看不到，我便盯着它看，像康德凝望着他的教堂尖塔[①]一样，看了半个小时。一个啤酒酿造商十年前造的它，那时是“仿古”热的初期。有一个传闻，说他表示如果邻近小别墅的主人们愿意在屋顶上铺稻草，他就同意为所有那些房子交五年的税。也许他们的拒绝使他的**创建群落**计划丧失了元气——他的身体立刻开始走下坡路。办丧事的花圈还没有从门上撤下来，他的儿女们就把房子卖了。美国人虽然偶尔愿意当一回农奴，却从来都是很顽固地不肯当农民的。

---

① 伊曼努尔·康德（1724—1804），德国人，哲学大师，生平有在晚间凝视教堂尖塔思考问题的习惯。

大约半小时后，太阳再一次照耀大地。食品商的货车驶过盖茨比的车道的弯弧，给他的仆人们送来了晚餐的原料——我确信他是一口也吃不下的。一个女佣开始打开楼上的窗子，她在每个窗口露一下头，最后从中央凹弯处很大的一面窗户里探出身子，若有所思地朝花园里啐了一口。是我回去的时候了。刚才下着雨的时候，那雨声就仿佛是他们的喁语声，随着一阵阵的情感激荡，时不时地稍稍变高变响。但是在这新的寂静中，我感觉到寂静也降临到了屋子里。

我走进去。进起居室前我先在厨房里尽可能地弄出声响，只差把炉子推倒了，但我相信他们一点儿也没听见。他们正分坐在长沙发的两端，互相对视着，仿佛有什么问题提了出来，或者悬而未决，所有的尴尬迹象都消失了。戴茜满面泪痕，看见我进去她便跳起来，对着一面镜子用手绢擦拭。不过盖茨比身上却发生了一种只让人感到困惑的变化。他简直容光焕发，虽没有一句话或一个手势显露出他内心的狂喜，却有一种新的幸福在他身上熠熠生辉，溢满了小小的房间。

“哦，嗨，老兄。”他说，好像和我久别重逢似的。有一会儿我还以为他要跟我握手。

“雨停了。”

“停了？”当他看见房间里闪烁着阳光的金铃，并且终于领悟了我的话时，他脸上笑容绽开了，像一个天气播报员，像一个欣喜若狂的重现之光守护神。他把这消息转播给戴茜听：“你觉得怎么样？雨停了。”

“我觉得很高兴，杰伊。”她的嗓音里充满了揪人心肺的美，却只是道出了喜出望外的感觉。

“我要你和戴茜过去，”他说，“我想带她到我家里四处看看。”

“你真的要我一起去？”

“绝对，老兄。”

戴茜去楼上洗脸，我想到我的毛巾，感到很丢人，可是太晚了。这时盖茨比和我已经到了外面，在草坪上等她。

“我的房子看上去挺漂亮，是不是？”他询问道，“瞧，整个正面都很聚光。”

我表示赞同，说它富丽堂皇。

“是啊。”他的目光缓缓移动着，从每一道拱门、每一座方塔上滑过去，“我只花了三年时间就挣下了买这幢房子的钱。”

“我还以为你的钱是继承来的。”

“我是继承了遗产，老兄，”他不假思索地说道，“可是在那场大恐慌中损失了一大半——战争恐慌。”

我想他大概不知道自己在说些什么，因为我问他做的是什么生意时，他答道：“那是我的事情。”话已出口，他才意识到这样回答不妥。

“哦，我干过好几个行当，”他自己改口道，“我做过药品生意，然后又做石油生意。但是现在两样生意我都不做了。”他看着我，目光里多了几分关注。“你的意思是，那天晚上我的提议你重新考虑过了？”

我还没来得及回答，戴茜已从屋里走出来，连衣裙上的两排铜扣子在阳光下闪闪发亮。

“**那边**那座大宅子？”她指着它叫道。

“你喜欢吗？”

“太喜欢了，但我不明白你独自一个人在那里面是怎么过日子的。”

“我让它日夜都不空着，装满有趣的人，做有趣的事情的人，名人。”

我们没有抄近路从海湾边上走，而是沿大路过去，从宽大的后门进宅邸。望着那中世纪建筑在天空映衬下的剪影，戴茜用她迷人的低语赞叹它的方方面面，赞叹花园，赞叹长寿花闪着火花的香气、山楂花和李子花冒着泡沫的香气、金银花淡金色的香气。走到大理石台阶前的时候，看不到鲜艳的衣裙搅动着空气在门口进进出出，除了树林里的鸟鸣听不到任何声响，还真感到有些异样。

进去后我们溜溜达达穿过一间间玛丽·安托瓦内特[1]式的音乐室和王政复辟时期[2]风格的大客厅，我觉得仿佛有客人隐藏在每一张长沙发和桌子后面，奉命屏息静气地等我们走过去。盖茨比关上了“莫顿学院图书室”[3]的门，不然我真可以发誓，我听见那个戴猫头鹰眼眼镜的人突然发出一阵幽灵似的笑声。

我们上了楼，穿过一间间缠裹着玫瑰色和淡紫色丝绸、因新换的鲜花而生机盎然的仿古卧室，穿过一间间更衣室、台球房和带浴缸的浴室，然后闯进一间寝室，看见一个头发蓬乱穿着睡衣的人在地板上做锻炼肝脏的运动。此人是克里普斯普林格先生，那个“寄宿生”。当天上午我曾看见他在海滩上转悠，一副很饥饿的样子。最后我们来到盖茨比本人的套房，包括一间卧室、一

---

① 玛丽·安托瓦内特，原奥地利公主，法王路易十六的王后，一七九三年在法国大革命中被送上断头台。

② 王政复辟时期（1660—1688），英国第一次宪政革命失败后到“光荣革命”期间。

③ 莫顿学院图书室，莫顿学院是牛津大学的第一个学院，成立于一二六四年；它的图书馆始建于一三七八年，是英国仍在使用的最古老的图书馆，藏有许多珍贵的古籍。

间浴室和一间亚当式[1]书房。我们在书房里坐下，喝了一杯他从壁橱里取出来的某种察吐司酒[2]。

他一刻不停地看着戴茜。我想，他是在衡量他深爱的那双眼睛里的反应，据此对房子里每一件物品重新估价。有时，他也目光迷乱地环顾四周，盯着他的财物看，仿佛她的存在既然是真实而且令人惊骇的，周围的一切在她面前便不再是真实的了。有一次他摔倒了，差一点儿滚下一段楼梯。

他的卧室是所有房间里最简朴的一间，只有一处例外——梳妆台上有一套色泽已经变暗的纯金梳妆用品做装饰。戴茜欣喜地拿起发刷，将头发刷刷整齐。盖茨比见了便坐下，遮住眼睛笑出声来。

“这是最好笑的事情，老兄，”他非常快活地说，“我忍不住……我想忍来着……”

看得出来，他已然经历了两种状态，现在正进入第三种。先是局促不安，然后是缺乏理性的快乐，接下来便是不敢相信她就在眼前，在惊疑中耗尽心力。他满脑子想着这一天已经想了那么久，自始至终坚守着这个梦想，咬紧牙关等待着，可以说，到了一种难以想象的强烈程度。现在由于反作用力，他就像一只发条上得太紧的钟，要停转了。

他歇了一分钟，恢复了一下精神，然后打开两只笨重而别致的衣橱给我们看。里面装着他的大量西装、晨衣和领带，还有一

---

① 亚当式，十八世纪后期英国新古典主义风格的一种，是以罗伯特·亚当为首的亚当四兄弟开设的设计事务所形成的家具设计风格，主要特点是古典简朴，严谨细致。

② 察吐司酒，由法国加尔都西会修士首创，用芳香草加白兰地制成，呈黄、绿或白色。

打一打像砖块一样摞起来的衬衣。

“我在英国找了个人帮我买衣服。春秋两季开始的时候，他挑选一些衣物寄给我。”

他取出一摞衬衣，一件一件地丢到我们面前，薄亚麻布的、厚丝绸的、细法兰绒的，一件件抖散开落下来，五颜六色胡乱摊在桌子上。我们在那儿欣赏着，他接着搬，那个柔软精美的小山堆越升越高——条纹的、涡卷形花纹的、方格子珊瑚色的、苹果绿的、淡紫色的、浅橘色的，一件件衬衣上都绣着靛蓝色的花押字[①]。突然，戴茜发出一个绷紧了的声音，将脑袋埋进衬衣堆里，号啕大哭起来。

“那么美的衬衣，”她抽泣着说，声音闷在厚厚的布堆里，“真伤心，我从来没见过这么……这么美的衬衣。”

看过房子以后，我们本来还要去看庭园、游泳池、水上飞机和仲夏的花草。可是在盖茨比的窗外，雨又下起来了，所以我们站成一排，眺望着海湾里波纹荡漾的水面。

“如果不是有雾气，我们能看见海湾对面你家的房子，”盖茨比说，“你家码头的末端一直有一盏绿灯，整夜都亮着。”

戴茜突然一下子挽住了他的胳膊，可他似乎依然沉浸在自己方才所说的情景里。可能他忽然意识到，那盏绿灯的巨大意义现在已经永远消失了。将他和戴茜隔开的距离曾是那样的遥阔，与之相比，那盏灯曾经似乎离她很近，几乎触得到她，仿佛月亮旁边的一颗星星。现在，它又只是码头上的一盏绿灯了。他醉心的东西里面少了一样。

---

① 花押字，姓名首字母交织成的图案。

我开始在房间里走动，在半明半暗的光线中察看各种模模糊糊的物件。挂在书桌上方墙上的一幅大照片引起了我的注意，那是个上了年纪的男人，一身游艇装。

“这是谁？”

“那个人？那是丹·科迪先生，老兄。”

这名字听上去有点儿耳熟。

“他已经死了。多年前他是我最好的朋友。”

镜台上有一张盖茨比的小照片，也是一身游艇装。照片里盖茨比仰着头，一副很叛逆的神气，显然是他十八岁左右照的。

“我太喜欢了！”戴茜叫道，“大背头！你从来不曾告诉我你梳过大背头发型——还有游艇。”

“瞧这个，”盖茨比赶快说道，“这儿有许多剪报，都是关于你的。”

他们并肩站着仔细看剪报。我正要说想看红宝石，电话铃响了，盖茨比拿起听筒。

“是的……嗯，我现在不方便谈……我现在不方便谈，老兄……我说的是一个**小城**……他一定知道一个小城是什么意思……好吧，如果在他脑子里一个小城的概念就是底特律的话，那他对我们就没什么用处了……”

他挂上了电话。

“**快**过来！”戴茜在窗口喊道。

雨仍然在下着，但西边的乌云已经散开，海面上空出现了粉色和金色的云霞，翻卷着，像一道泛着泡沫的巨浪。

“瞧啊。”她轻轻地说。片刻之后她又说道：“我真想采一朵那种粉色的云，把你放在上面推来推去。”

这时我开口说要走，可他们连听也不想听。也许有我在场，他们两人单独在一起觉得更舒心。

“我知道我们该干什么了，”盖茨比说，“让克里普斯普林格来弹钢琴。”

他跑出房间，喊了声“尤因”。几分钟后，盖茨比带着一个表情尴尬、稍有些憔悴的年轻人跑了回来。他戴着一副玳瑁框眼镜，一头稀稀拉拉的金发。现在他的穿着比较体面了：一件敞领运动衫、运动鞋、一条色调模糊的鸭鸭裤[①]。

“刚才我们打断你做运动了吧？”戴茜有礼貌地询问道。

“刚才我在睡觉，”克里普斯普林格先生突然一阵窘迫，嚷嚷着说道，“我是说，我**先前**在睡觉。然后我起来了……”

“克里普斯普林格会弹钢琴，”盖茨比打断他，说道，“是不是，尤因，老兄？”

“我弹得不好。我不……我根本就不大弹。我已经好久没练……”

“我们去楼下。”盖茨比打断了他。他拨了个开关。房子里灯火通明，那些已经变灰暗的窗一下子都消失不见了。

在音乐室里，盖茨比只开了钢琴旁的一盏灯。一根火柴在他的手指间颤抖着，点燃了戴茜嘴里的卷烟。盖茨比和她一同远远地在房间对面的一张长沙发上坐下，那边没有灯光，只有地板从门厅里反射过来的一点儿幽微的光亮。

克里普斯普林格弹完一曲《爱的小巢》[②]，在凳子上将身子转过来，不高兴地向幽暗处搜寻盖茨比。

“我已经好久不练了，你看，我告诉过你，我弹不起来的。

---

① 鸭鸭裤，一种紧身弹力薄棉布衣，上衣叫鸭鸭衫。

②《爱的小巢》，一首流行歌曲，最先出现在一九二〇年百老汇的一部音乐喜剧《玛丽》中，后成为一九二三年三月美国上映的一部同名电影短片的插曲。

我已经好久不……”

“别说那么多，老兄，”盖茨比命令道，“弹！”

在早晨，
在黄昏，
我们其乐融融……[1]

外面风声很响，沿着海湾滚过一阵隐隐的雷声。此刻西卵所有的房子灯都亮了，从纽约来的电动火车正载着归客，穿过风雨纵身驰来。这是人的性情发生深刻变化的时辰，刺激的因素正在空中生成。

有一件事最千真万确：
富人生财，穷人生孩，
其时其间，
在此期间……

我走过去告辞的时候，看见那种惶惑的神情又回到了盖茨比脸上，似乎他对眼前幸福的性质隐隐地产生了一点儿怀疑。差不多已经五年了！即使在那一个下午，一定也有一些时刻戴茜与他的梦想相距甚远——并不是她本人的错，而是因为他的梦幻有巨大的活力。他的梦幻超越了她，超越了一切。他带着具有创造力的激情投身到那梦幻之中，一直不断地给它增添内容，把飘到他眼前的每一根鲜艳的羽毛捡起来装点它。再多的激情与生气，也

① 流行歌曲《我们其乐融融》中的一段，出自百老汇的一部音乐喜剧。

抵不过一个男人在他幽灵般的心底里积聚起来的渴念。

看得出来，就在我注视着他的时候，他稍稍调整了一下自己。他的手伸过去将她的手握住，她低低地在他耳边说了句什么，他便把身子转过去对着她，情绪一阵激动。我觉得她声音里最能抓住他的东西是那种波动起伏、能让人发热病的温情，因为那是再怎样做梦都无法超越的——那声音是一支不朽的歌。

他们已经把我忘了，不过戴茜还是仰起脸来瞟了我一眼，并伸出了手；而盖茨比此时此刻已经根本不认识我了。我又望了他们一眼，他们也回望我一眼，仿佛隔得很远似的。他们的心已经被生命之火占据。于是我走出房间，走下大理石台阶，走进雨中，留下他们两人在一起。

第六章

大约就在这段时间，有一天上午，从纽约来了一个有抱负的年轻记者。他来到盖茨比的门口，问他有没有话要说。

“哪方面的话？”盖茨比彬彬有礼地问。

“呃……发表个什么声明。”

费了五分钟的劲儿才弄清楚事情的原委。此人在办公室里到处听见有人提到盖茨比的名字，说他卷入了一种关系。至于是哪一种关系，此人要么不肯透露，要么自己也没完全弄明白。这一天他休息，便匆匆忙忙主动跑出来“看看”，精神可嘉。

这是随机采访，然而记者的直觉没有错。成百上千的人受到盖茨比的款待，然后就成了了解他的过往经历的权威。他的名声被成百上千的人传扬开来，一整个夏季越传越广，到最后他就差成为新闻人物了。当时诸如“通往加拿大的地下管道”等神奇传说[1]也勾连上了他；还有一个经久不衰的传闻，说他根本不住在房子里，而是住在一只形状像房子的船上，沿着长岛海岸来来回回秘密地移行。这些虚构的故事为何成了北达科他州的詹姆斯·盖兹满足感的一个源泉，还真不容易说清楚。

---

① 美国禁酒时期一个广为流传的传闻，称烈性酒通过管道从加拿大输送进美国。

詹姆斯·盖兹——那是他的真姓名，至少是他法律意义上的姓名。他是在十七岁时改名换姓的，那个特殊的时刻见证了他的人生大业的开启。那一刻他看见丹·科迪的游艇在苏必利尔湖[1]最危险的浅滩上抛了锚。那天下午，穿一件破旧的绿色运动衫和一条帆布裤子沿着湖滩游荡的是詹姆斯·盖兹；但借了一只小划子划出去，来到托洛米号跟前，告诉科迪半小时后可能会有大风来袭让他船毁人亡的，已经是杰伊·盖茨比了。

我想，即便在当时，他想好这个名字也已经很长时间了。他的父母是碌碌无为的种田人，他在自己的想象世界中从来就不曾真正将他们认作父母。事实真相是，长岛西卵的杰伊·盖茨比是从他的柏拉图式自我理念中生出来的。他是上帝之子——这个词就从字面上去理解吧，并没有别的意思。他必须去从事他的天父的事务[2]，为一种博大、庸俗、徒有其表的美服务。因此，他所创造的杰伊·盖茨比正是一个十七岁的男孩儿很有可能创造的那种类型，这个理念他一直坚守到了最后。

之前的一年多，他一直无票乘车，一路沿苏必利尔湖南岸打短工，挖蛤蜊，捕大马哈鱼，什么活儿都干，只要有吃住就行。那些日子真让人长精神，他有时拼命工作，有时偷懒不干，过着朴实自然的生活，身体晒得黝黑，越长越结实。他很早就跟女人发生关系了，她们宠他，他便渐渐地瞧不起她们。他瞧不起年轻的处女，因为她们幼稚无知；也瞧不起其他女人，因为她们遇到一些事情会歇斯底里，而他太专注于自我了，觉得那些事情都算

---

① 苏必利尔湖，世界上面积最大的淡水湖，被美国的明尼苏达州、威斯康星州、密歇根州和加拿大的安大略省环绕。

② 典出《圣经·新约·路加福音》第二章第四十九节，耶稣：“岂不知我应当以我父的事为念吗？”

不得一回事。

但他的内心时常处于一种激流澎湃、骚动不安的状态之中。夜晚他一躺到床上，便会有最光怪陆离的奇想萦绕在心头。小闹钟在脸盆架上嘀嗒作响，水一样的月光浸泡着地板上乱七八糟的衣裳，而在他的头脑中，一个不可言喻的绚丽宇宙在旋转。每一个夜晚，他都在自己的幻想图案上添加笔触，直到睡意悄然降临，在不知不觉中笼罩了他眼前的生动场景。那些白日梦在一段时间里给他的想象力提供了一个发泄口。它们是一个暗示，让他觉得现实并不真实，令他感到满意；它们是一个应许，向他承诺世界的基石很牢靠地奠立在一个小仙子的翅膀上。

几个月前，一种指向未来之光荣的本能，引导他去往明尼苏达州南部的路德教派小圣奥拉夫学院①。他在那儿只待了两个礼拜。因为它很残忍，对他的命运的鼓声充耳不闻，对命运本身漠不关心，令他沮丧；而且为了支付读书期间的各种费用要做房屋维修管理工，他看不上那份工作。然后他又漂回到苏必利尔湖，就在他仍然在找活儿干的那一天，丹·科迪的游艇在靠近湖岸的浅滩上抛了锚。

当时科迪五十岁，他是内华达州银矿、育空区②金矿和一八七五年以来每一次金属采矿热的产物。蒙大拿州的铜矿交易使他成了身家好多个百万的富翁，也让人看出他虽然身体强壮，脑瓜却已经到了容易让人摆布的边缘。对此有所察觉的无数女人，纷纷设法要让他跟他的钱分手。女记者埃拉·凯利用他的弱点扮演

---

① 小圣奥拉夫学院，成立于一八七四年，现名奥拉夫学院，已经是一所顶级文理学院。

② 育空区，加拿大的三个自治区之一，位于加拿大西北部，十九世纪末叶发现新金矿。

曼特农夫人[1]的角色，并打发他开着游艇去海上转悠。她为此弄出来的枝枝杈杈的事情，被一九〇二年那些言过其实的报章杂志弄得尽人皆知。科迪出现在小姑娘湾并成为詹姆斯·盖兹的命运之神时，已经沿着所有过分热情好客的河海湖岸航行了五年。

在年轻的盖兹眼里，那艘游艇代表了世界上所有的美和魅力，他靠在船桨上，仰望着后甲板。我猜想他当时在冲着科迪微笑——他大概已经知道，他微笑的时候很讨人喜欢。不管怎么说，科迪问了他几个问题（其中一个问题引出了那个全新的名字），发现他机敏伶俐而且胸怀大志。几天后科迪带他来到德卢斯[2]，给他买了一件蓝色外套、六条白色鸭鸭裤和一顶游艇帽。托洛米号起程去西印度群岛和巴巴里海岸[3]时，盖茨比也跟着去了。

他以一种不太明确的私人雇员身份跟着科迪，先后当过管家、大副、船长、秘书，甚至还当过看守。因为清醒时候的丹·科迪知道，醉酒时候的丹·科迪太慷慨大方，立刻会干出怎样的事情来。为了防备这样的意外事件发生，他越来越依赖盖茨比。这种状态持续了五年，在此期间那艘船环绕美洲大陆[4]航行了三圈。它本来可以无限期地继续下去，可实际情况是：一天夜里在波士顿，埃拉·凯上了船，一个礼拜之后，丹·科迪招呼也不打一声就死了。

我记得盖茨比卧室里他的那幅照片。一个头发花白、气色很

① 曼特农夫人，法国国王路易十四的情妇，后成为他的第二个妻子。

② 德卢斯，明尼苏达州东北部的港口城市。

③ 巴巴里海岸，埃及以西的北非沿海地带。

④ 原文不明确，也可能仅指北美大陆。

好的男子，一张生硬而且毫无表情的脸——生活放荡的拓荒者形象，有一段时间，在美国人的生活中，他们把边界地带[①]妓院和酒吧的野蛮与暴力带回到了东部沿海地区。盖茨比几乎滴酒不沾，这要间接归功于科迪。晚会过程中有时候嬉闹起来，女人们往往会把香槟揉进他的头发里；他本人则养成了习惯，不碰烈性酒。

他正是从科迪那儿继承到钱财的，一笔两万五千美金的遗赠。他没有拿到手。他永远弄不明白那些用来对付他的法律手段，但是数百万遗产的其余部分全被埃拉·凯弄到了手。留给他的是他所受到的异常适合他的教育，于是杰伊·盖茨比的模糊轮廓变丰满了，成了一个有血有肉的人。

这些事情都是很久以后他讲给我听的，我记述在此处是出于戳穿谣言的考虑——最初那些关于他的家世和经历的荒唐传闻，都是一点儿影子也没有的无稽之谈。再者，他是在我脑子很混乱的时刻讲给我听的，当时我对有关他的种种传闻，已经到了忽而全信忽而全不信的地步。所以我利用这个短暂的停顿，可以说是趁盖茨比停下来喘口气的机会，澄清那一系列的误解。

我与他的私事之间的关联，也处于暂停阶段。我已经有好几个礼拜没有见到他，也没有在电话里听到他的声音。我大部分时间在纽约，和乔丹一起东跑西颠，并且设法讨好她那位老迈的姑妈。但是在一个礼拜天的下午，我终于还是去了他的宅子。我在那儿还没待满两分钟，就有人带着汤姆·布坎南进来喝一杯。我自然吃了一惊，但真正令人惊讶的是，之前从来不曾发生过这样

① 边界地带，这里指西部未开拓时，开拓地与未开拓地之间的地带。

的事。

来的是一行三人，骑马过来的——汤姆和一个姓斯隆的男子，还有以前来过的一个穿褐色骑装的漂亮女人。

“很高兴见到你们，”盖茨比站在他的门廊上说，“很高兴你们顺便过来看看。”

好像他们在乎似的！

“快请坐。来根香烟或雪茄。”他快步在房间里跑来跑去，摁铃叫人，“稍等一分钟，马上就会有人送喝的过来。”

汤姆在他们之中，这样一个事实使他的情绪大受影响。但他隐约明白，他们过来只是为了喝一杯，无论汤姆在与不在，喝的东西送到之前，他都会觉得不自在。斯隆先生什么都不要。来杯柠檬水？不用，谢谢。来点儿香槟？什么也不用，谢谢……对不起……

“你们骑马骑得很惬意吧？”

“这儿周边的路面很好。”

“我估摸着路上的汽车……”

“是啊。”

受一种无法抗拒的冲动的驱使，盖茨比转过脸去对着汤姆。刚才做介绍时，汤姆认为是初次见面。

“我觉得我们以前在哪儿见过，布坎南先生。”

“哦，是的，”汤姆粗声粗气却有礼貌地说，但显然并没有想起来，“我们见过。我记得很清楚。”

“大约两个礼拜之前。”

“对。当时你和尼克在一起。”

“我认识你妻子。”盖茨比接着说道，几乎是带着挑衅的口吻。

“是吗？”

汤姆转过脸来对着我。

“你住在这附近，尼克？”

“就在隔壁。”

“是吗？”

斯隆先生懒洋洋大模大样地靠在椅子上，没有参加交谈；那女的也没说什么，喝下去两杯高杯酒后，才出人意料地变热情了。

“你下一次聚会我们大家过来参加，盖茨比先生，”她提议道，“你看怎么样？”

“当然好啊。有你们参加，我太高兴了。”

“挺好。”斯隆先生不领情地说，“嗯……该动身回去了。”

“别着急啊。”盖茨比劝他们。他现在已经控制住自己，想对汤姆多一些了解。“何不……你们何不留下来吃晚饭呢？可能还会有纽约的客人来，常有的事。”

“你们去**我**那儿吃晚饭吧，”女士热情洋溢地说，“你们俩。”

这也包括了我。斯隆先生站起身来。

“走吧。”他说，但只对着她一个人。

“我是认真的，”她固执地说，“非常希望你们能参加。地方很大的。”

盖茨比用询问的目光看着我。他想去，他没有看出来斯隆先生决意不要他去。

“我恐怕去不了。”我说。

“嗯，那你去吧。”她瞄准盖茨比，力劝。

斯隆先生凑到她耳边咕哝了句什么。

“现在就动身的话来得及赶到的。”她大声坚持道。

"我没有马，"盖茨比说，"我在军队里经常骑马的，但自己从来不曾买过马。我只好开车跟着你们了。对不起请稍等一会儿，我就来。"

我们其余的人来到外面门廊上，斯隆和女士走到一旁，激动地交谈起来。

"上帝啊，那人真的要去了，"汤姆说，"难道他不知道，她不想要他去？"

"她说她想要他去。"

"她办的是个大型晚宴，那儿的人他一个也不认识。"汤姆皱起了眉头，"我真纳闷儿他是在什么鬼地方认识戴茜的。上帝作证，我可能脑筋有点儿守旧，可如今女人们整天到处乱跑，我看不惯。她们什么样的怪家伙都见。"

突然斯隆先生和那位女士走下台阶，上了马。

"来吧，"斯隆先生对汤姆说，"要来不及了。我们得走了。"然后对我说："告诉他我们不能等了，好吗？"

汤姆和我握手，其余的人彼此冷冷地点了个头，他们便沿着车道快步小跑起来。盖茨比拿着帽子和一件风衣走出大门的时候，他们刚好消失在八月的树荫里。

戴茜独自一人到处跑明显让汤姆心烦意乱了，因为接下来的那个礼拜六晚上，他陪她一起来参加盖茨比的晚会。也许他的在场给了晚会一种特别的压抑气氛——在那个夏季盖茨比的所有晚会中，那一次在我记忆里的印象最突出。同一批人，至少是同一类的人，同样喝不完的香槟，同样乱哄哄、色彩缤纷、人声嘈杂，但我感觉到空气里有一种不快的氛围，一种之前从未有过的无所不在的不和谐。或许，只是我渐渐习惯了这一切，渐渐地认同了西卵是一个自成一体的完美世界，有它自己的标准和自己的大人物，天下第一，因为它就没有居于任何地方之下的意识。而此刻，我在通过戴茜的眼睛重新看这一切。用新的眼光去看一样你曾花了不少力气去适应的事物，感到难过那是一定的。

他们在暮色中来到。我们溜溜达达走到外面几百个令人眼花缭乱的客人中间时，戴茜的声音又在她喉咙里玩起了柔声细语的把戏。

“这些东西**太**让我兴奋了，”她悄声说，“今晚任何时候你想吻我，尼克，告诉我一声就行，我会很高兴为你安排的。只要提一下我的名字就行，或者出示一张绿色名片。我正在散发绿色的……”

“四处看看吧。”盖茨比提议道。

“我正在四处看啊，真是妙极了，我……”

“你们一定看到了许多听说过的人物的面孔。”

汤姆的目光在人群中傲慢地漫游了一遍。

“我们不常在外面走动，”他说，“说实在话，我觉得这儿的人我一个也不认识。”

“也许你认识那位夫人。”盖茨比指向白梅树下坐着的一位美若天仙、雅如兰花的女子。汤姆和戴茜瞪大眼睛，认出来那是一位迄今为止只见过其影像的电影明星，心里面顿时生出了在此情境下才会有的那种不真实的感觉。

“她真可爱。”戴茜说。

“俯身对着她的那个人是她的导演。”

他郑重其事地领着他们一群人一群人地介绍过去：

“布坎南太太……布坎南先生……”犹豫片刻之后他加上一句，“马球运动员。”

“哦，不，”汤姆马上表示反对，“我不是。”

但显然盖茨比很喜欢这个词的发音，因为那天晚上的其余时间里汤姆仍然是“马球运动员”。

“我从来不曾遇到过这么多名人！”戴茜嚷道，“我喜欢那个人……他叫什么名字？……鼻子有点儿发青的那一个。”

盖茨比认出了那个人是谁，并补充说他是个小制片商。

“好吧，不管怎么说，我喜欢他。”

“我有点儿不大情愿做马球运动员呢，”汤姆快活地说，“我宁可看着所有这些有名的人——在默默无闻中。”

戴茜和盖茨比跳了舞。我记得，看到他优雅守旧的狐步舞步时我很惊讶，此前我从没见过他跳舞。然后他们逛到我家去，在台阶上坐了半小时。我应她的请求在花园里望风。“以防万一失火或者发洪水，”她解释说，“或者发生别的天灾。”

我们一起坐下来正要吃饭时，汤姆从他的默默无闻中出现了。“我想同那边几个人一起吃饭，你们不介意吧？”他说，“有个家伙在讲笑话。”

“去吧，”戴茜亲切地答道，“拿着我的小金铅笔，说不定你要记人家的地址……”片刻之后她环顾四周，对我说那边一个姑娘“俗气但还算漂亮”，我便知道除了她单独和盖茨比在一起的那半个小时，她玩得并不开心。

我们这一桌人醉得特别厉害。是我的错——盖茨比被叫去接电话了，两个礼拜前我又挺喜欢跟这几位待在一起。但那一晚让我觉得新鲜有趣的东西变了味儿。

“你感觉还好吗，贝德克尔小姐？”

被我问好的那位姑娘正想瘫倒在我肩膀上，没有成功。听到我的询问，她坐直身子，睁开了眼睛。

"啥？"

一个懒洋洋的大块头女人，刚才一直在怂恿戴茜明天跟她一起去当地的俱乐部打高尔夫，这时来为贝德克尔小姐辩护了。

"哦，她现在没事了。她喝下五六杯鸡尾酒后总是这样尖叫。我对她说她不应该去碰酒。"

"我是不曾碰酒呀。"被指控者声音空洞地申明道。

"我们听到你喊叫，于是我对这位西维特大夫说：'这儿有人需要你帮助，大夫。'"

"她肯定很感激你，"另一位朋友说，口吻里并没有感谢的意思，"可是你把她的头摁进游泳池里，她的裙子全弄湿了。"

"我就恨人家把我的头摁进游泳池，"贝德克尔喃喃地说，"有一次在新泽西他们差一点儿把我淹死。"

"那你就不应该再碰酒啦。"西维特医生反驳道。

"还是为你自己辩解一下吧！"贝德克尔小姐激烈地嚷道，"你的手都在打哆嗦了。我可不会让你给我动手术！"

当时就是这样一个情形。我能记起来的差不多最后一件事是，我和戴茜站在一起，观看电影导演和他那位明星。他们仍然在那棵白梅树下，两张脸快贴到一起了，中间只隔着一线淡淡的月光。我忽然想到，整个晚上他一直在慢慢地俯身向她靠拢，这会儿才达到如此之近。就在我观看他们的时候，我看见他弯下最后一点点距离，吻到了她的脸颊。

"我喜欢她，"戴茜说，"我觉得她很可爱。"

但是其余的一切都让她感到不悦，而且不容置疑。因为那不是一种姿态，而是一种情绪。西卵这个史无前例的"地儿"——百老汇在长岛一个渔村产下的蛋，使她感到惊骇。她惊骇于它那不耐烦陈旧的委婉辞令的直露的活力，惊骇于将它的居民驱拢来，沿着一条捷径从乌有驱向乌有的那种太过专横的命运。她从她未能理解的简单之中，看到了某种可怕的东西。

我陪着他们俩坐在正门口的台阶上，等着他们的车子。房子正面的这块地方很暗，只有从明亮的门里面射出来的十平方英尺的光线，投映到凌晨柔和的幽暗之中。上面一间更衣室的百叶窗上，不时地映出一个身影，又让位给另一个身影——一个模模糊糊的影子队列，在对着一面我们看不见的镜子涂脂抹粉。

"不管怎么说，这个盖茨比是个什么样的人？"汤姆突然诘问道，"一个大私酒贩子？"

"你是从哪儿听来的？"我询问道。

"不是听来的。我猜的。你知道，很多这种新富就是大私酒贩子。"

"盖茨比不是。"我不耐烦地说。

他沉默了片刻。车道上的鹅卵石在他脚底下嘎吱嘎吱地响。

"嗯，他肯定使足了力气才把这一帮马戏团里的动物搜罗到这里来。"

一阵微风吹动了戴茜的毛皮衣领上的灰色烟雾。

"至少他们比我们认识的人有趣。"她费力地说。

"你好像对他们不太感兴趣吧。"

"不，我感兴趣。"

汤姆笑了一声，转过来对着我。

"你有没有注意到，那姑娘请求戴茜给她淋个冰水浴时戴茜脸上的表情？"

戴茜跟着沙哑的、温声细语般的音乐唱了起来，每个词都被她唱出了前所未有、今后也不会再有的含义。旋律上扬时，她的甜美嗓音也跟着拔高，用女低音歌手的唱法；她唱到每一处转调的地方，空气里便会泼洒到一点儿她的温馨的人类魔法气息。

“来的人当中许多是未曾受到邀请的，”她突然说，“那个女孩儿就没有受到邀请。他们直接闯进来，他呢又太客气了，来者不拒。”

“我想知道他是什么人，是干什么的，”汤姆固执地说，“我一定会记着打听个明白。”

“我现在就可以告诉你，”她答道，“他开药房，有好多家药房，都是他自己开起来的。”

姗姗来迟的豪华轿车轱辘着开上了车道。

“晚安，尼克。”戴茜说。她的目光离开我，瞟向台阶的顶端，搜寻《凌晨三点钟》[①]的出处——那一年流行的一支优雅哀婉的小华尔兹舞曲，正从敞开的门里面飘出来。说到底，在盖茨比家晚会的随意之中，有着浪漫的可能性，这正是她的世界里完全不存在的。台阶顶上，那支曲子里，有什么东西仿佛在召唤她回到里面去呢？此刻，在这无法预测的昏暗时辰里，会发生什么事？也许会有令人难以置信的贵客来临，一个让人惊艳的绝世佳人，一位真正光彩照人的少女，只要用充满青春活力的目光瞥一眼盖茨比，只要一瞬间的奇妙相逢，便会将他五年来矢志不渝的爱化为乌有。

那一夜我待到很晚。盖茨比要我等到他脱开身，我便在花园里徘徊，等到照例还是那个群体的去游泳的人们，打着冷战，很

---

①《凌晨三点钟》，*Three o'Clock in the Morning*，很有名的流行歌曲，作于一九一九年。

兴奋地从黑魆魆的海滩跑上来；等到头顶上一间间客房的灯全部熄灭。他终于从台阶上走下来了，晒成褐色的皮肤比平日里更紧地绷在他脸上，两只眼睛发亮，但透着倦意。

"她不喜欢这晚会。"他当即说道。

"她无疑是喜欢的。"

"她不喜欢，"他固执地说，"她玩得不开心。"

他默不作声了，我猜他心里有说不出的沮丧。

"我感觉离她很远，"他说，"很难让她理解。"

"你是说舞会的事情？"

"舞会？"他弹了个响指，便把他开过的所有舞会一下子勾销了，"老兄，舞会不重要。"

他对戴茜的希望不啻要她跑去对汤姆说："我从来没有爱过你。"在她一句话将四年的时间抹去之后，他们就可以将下一步要采取的实际措施定下来。其中之一是，在她自由之后，他们会回到路易斯威尔，他会从她父母家迎娶她，就仿佛是五年前一样。

"她不理解，"他说，"从前她是能够理解的。我们在一起一坐就是好几个小时……"

他忽然不往下说了，开始在一条凄凉的小径上走来走去，小径上落满了果皮、丢弃的小饰品和踩烂的花。

"换作是我，就不会向她要求太多，"我大着胆子说，"昔日是不可能重现的。"

"昔日不可能重现？"他大叫着表示不信，"嗨，当然可能！"

他狂乱地环顾四周，仿佛昔日就隐藏在这儿，在他的房子的阴影里，在他的手刚好够不着的地方。

"我要把一切料理妥当，安排得跟从前一模一样，"他毅然决然地点点头，说道，"她会看到的。"

他说了很多往事，我得出的印象是，他想找回某种东西，也许是他的某种自我理念，那种理念已经被他融入他对戴茜的爱里了。从那时起，他的生活变得混乱无序，但如果在将来的某一天，他能够回到某个起始点，慢慢地重新经历一遍，就能弄明白那究竟是什么东西……

……五年前一个秋天的夜晚，他们走在落叶飘零的街上，走到一个没有树木、人行道像月光一样白的地方。他们在这儿停下，转过身来面对面站着。那是一个清凉的夜晚，夜色中弥漫着那种神秘的、一年两度季节变换[①]时降临的兴奋气息。宁静的灯光开始嗡嗡地从一幢幢房子里飞出来，钻进黑暗之中。群星中间也有了动静，开始喧闹繁忙起来。盖茨比从眼角看见一段段人行道其实搭成了一架梯子，升向树顶上空的一个神秘所在——他如果一个人爬那梯子，是有能力爬上去的，一旦爬到那地方，就能够吮吸到生命的浆液，吞咽无与伦比的奇迹之乳。

戴茜仰起洁白的脸庞贴向他的脸时，他的心越跳越快。他知道，当他吻了这位姑娘，将他的无法言喻的梦幻同她的易朽的气息永远结合在一起，他的心灵便再也不能像上帝的心灵那样轻快地驰骋了。所以他等待了片刻，多听了一会儿已经在一颗星星上敲响的音叉。然后他吻了她。经他的唇一触，她便像一朵花一样为他绽放开来，理想的化身就此完成。

他所说的一切，甚至他的极度感伤，使我记起了什么——记忆中一段难以捕捉到的旋律，零零碎碎不成句的遗忘了的歌词，很久以前我曾经在哪儿听到过。有一会儿，一句歌词好不容易快

---

① 我们通常的理解是一年四度季节变换，这里指的是天气渐热和天气渐冷这两次季节变换。

成形了，已经到嘴边，我的嘴却像个哑巴一样张在那儿了，仿佛除了一丝受到惊扰的空气外，还有些东西在我的唇上挣扎着。但它们没有发出声音，我快要记起来的那支歌便永远无法传达出来了。

第七章

就在人们对盖茨比的好奇心达到巅峰的时候，他宅子里的灯在一个礼拜六没有亮——他充当特里马尔乔[①]的一段生涯，悄无声息地开始，又悄无声息地结束了。我渐渐地才注意到，一辆辆汽车满怀期望地拐入他的车道，只停了一分钟，便闷闷不乐地开走了。我纳闷儿他是不是病了，便走过去看看。一个没见过的男管家，长着一张恶棍似的脸，乜斜着眼睛从门里面狐疑地看着我。

“盖茨比先生病了吗？”

“没。”停顿了一下，他才磨磨蹭蹭、很不情愿地加了一声“先生”。

“我没在附近见到他，挺担心的。告诉他卡拉韦先生来过。”

“谁？”他粗鲁地问。

“卡拉韦。”

“卡拉韦。行，我告诉他。”他猝然砰的一下关上了门。

---

① 特里马尔乔，古罗马尼禄皇帝时代一位风趣的抒情诗人盖尤斯·皮特罗纽斯·阿尔比特所作喜剧故事《萨蒂利孔》里的主人公，是个大宴宾客的暴发户。

芬兰女佣告诉我，一个礼拜之前盖茨比遣散了宅子里的所有仆人，另找了五六个人接替他们。那些人从来不跑到西卵村去接受商店老板的贿赂，而是打电话订购适量的生活必需品。食品店的伙计说他家的厨房像个猪圈，村子里的人的普遍看法是，这些新来的人根本就不是什么仆人。

第二天盖茨比给我打了电话。

“准备离开这儿？”我询问道。

“不是的，老兄。”

“听说你把仆人全部解雇了。”

“我想另找几个不传闲话的人。戴茜经常过来——下午的时候。”

她看着不顺眼，整个大客栈便像纸牌屋一样塌陷了。

“新来的几个是沃尔夫希姆想要帮一把的人。他们全是兄弟姐妹，以前开过一家小旅馆。”

“我明白了。”

他是应戴茜的请求打电话来的——我明天去她家吃午饭好吗？贝克小姐会去。半小时后戴茜自己打电话来，知道我会去似乎松了一口气。有事情要发生。但我依然无法相信他们会选择这样一个时机弄出一场事情来，尤其是盖茨比曾经在花园里勾画过的那样一个撕心裂肺的场面。

第二天酷热难当，差不多是那个夏季的尾声了，却无疑是最热的一天。我乘坐的火车钻出隧道来到阳光下时，只有国民饼干公司[1]发烫的汽笛声打破正午时分蒸笼般闷热的寂静。车厢里的草椅垫徘徊在着火的边缘；坐在我旁边的那个女人很斯文地出着

---

① 国民饼干公司，美国纽约皇后区的一家大型饼干公司。

汗，一会儿白衬衫就湿了，接着，报纸也被她手指上的汗濡湿，她悲叹一声，绝望地瘫坐下去，索性由它去热。她的皮夹子啪的一声掉在地上。

“哦，天哪！”她气喘吁吁地说。

我疲惫地弯下腰去捡起来，只捏着皮夹子的一个角，远远地伸出手去递还给她，表示我没有染指它的图谋。但周边的每一个人，包括那个女人，依然怀疑我。

“热！”列车长对熟识的面孔说，“什么鬼天气！热！热！热！你觉得够热了吧？热不热？很热……是吧？”

我的市郊月季票被递还给我时，上面留下了他黑乎乎的手指印。这么热的天气，谁还会在意自己亲吻的是谁的发烫的嘴唇，谁还会在乎是谁的脑袋搁在自己胸口，洇湿了睡衣的口袋！

……微微的一阵风吹过布坎南家的门廊，将电话铃声吹到盖茨比和我的耳边。我们在等开门。

“主人的身体！”男管家对着话筒吼道，“对不起，夫人，我们无法提供，今天中午它太热了，碰不得的！”

其实他说的是：“好的……好的……我去看看。”

他搁好听筒，向我们走过来，脑门上的汗珠亮晶晶的，接过我们的硬边草帽。

“太太在大客厅里等你们！”他喊道，多此一举地为我们指着方向。在这样的暑热之中，每一个多余的动作都是在公然蔑视生命的公共储备。

大客厅外面有遮阳篷蔽光，里面颇为荫凉。戴茜和乔丹躺在一张巨大的长沙发上，像两尊银色的偶像，压着自己的白色裙裾，不让呼呼响的电扇的风把它们吹起来。

“我们动不了了。”她们异口同声地说。

乔丹晒成褐色的手指上扑着白粉，在我的手指上搁了一会儿。

“运动健将托马斯·布坎南先生[1]呢？”我询问道。

与此同时，我听见了他的声音从门厅里的电话那边传过来，生硬、沙哑、闷声闷气听不清楚。

盖茨比站在绯红色的地毯中央，左顾右盼，目光中透着着迷的神情。戴茜望着他笑起来，发出她那种甜美、令人兴奋的笑声，微微的一阵粉尘从她胸口升腾到空中。

“听人家谣传，”乔丹耳语道，“电话那一头是汤姆的情妇。”

我们都不作声。门厅里的声音升高了，带着恼怒：“好啊，很好，我绝对不会把车子卖给你了……我对你根本就没有义务……至于说你在午饭时间打扰我，我是绝对不能忍受的！”

“话筒没拿起来。”戴茜冷笑着说道。

“不，他没在搞鬼，”我向她保证说，“真有那么一桩交易。我碰巧知道。”

汤姆猛地推开门，粗壮的身躯堵住门口片刻，然后匆匆地走进房间里来。

“盖茨比先生！”他心里面厌恶却隐而不露，伸出一只阔大平直的手，“见到你很高兴，阁下……尼克……”

“给我们弄杯冷饮来。”戴茜大声说。

他离开房间后，她站起来走到盖茨比面前，捧住他的脸往下拽，吻了他的嘴。

“你知道我爱你。”她喃喃地说。

---

① 前文一直称他为汤姆·布坎南。汤姆是托马斯的昵称，所以后面是不加“先生”的。这里用正式称呼带有调侃的意味。

"你忘了有一位女士在场。"乔丹说。

戴茜做出一副怀疑的样子，四下里寻找。

"你也吻尼克呀。"

"真是个低俗下流的女孩儿！"

"我不在乎！"戴茜嚷道，在砖砌的壁炉前面跳起木屐舞来。然后她想起来天很热，露出负罪的神情在长沙发上坐下，正好一个保姆穿着新洗的衣服，领着一个小女孩儿走进房间。

"心——肝，宝——贝，"她张开双臂，唱歌似的说道，"到爱你的亲妈跟前来。"

保姆松开手，孩子奔跑着穿过房间，羞答答地将脑袋埋进她母亲的连衣裙里。

"心——肝，宝——贝！妈妈把粉弄到你的小黄头发上了吗？现在站起来，说'你——好'。"

盖茨比和我轮流俯下身去，握一握那只不太情愿的小手。然后他很惊奇地盯着孩子看。我想，此前他大概从未真正相信过这个孩子的存在。

"我午饭前就穿好衣服了。"孩子说，转过脸去，热切地看着戴茜。

"那是因为你妈妈想显摆你。"她低下头，将脸贴在雪白的小脖子上唯一的那道肉褶上面。

"你，你这个梦宝贝。你绝对是个小梦宝贝。"

"是的，"孩子安安静静地承认道，"乔丹阿姨也穿白裙子。"

"你喜欢妈妈的朋友吗？"戴茜将她的脸转过来，让她面对着盖茨比，"你觉得他们漂亮吗？"

"爸爸在哪儿？"

"她长得不像她爸爸，"戴茜解释说，"她长得像我。她的头发和脸型都跟我一样。”

戴茜往后一靠，很宽舒地坐在长沙发上。保姆上前一步，伸出手来。

“来，帕米。”

“再见，甜心！”

被大人教好规矩的孩子不情愿地回过头来望了一眼，伸手抓住保姆的手，被牵着走出门去。这时正碰上汤姆回来，后面跟着四杯杜松子利克酒[①]，酒里面装满了噼啪作响的冰块。

盖茨比端过一杯酒来。

“看上去确实冰冰凉的。”他说，看得出来他有点儿紧张。

我们贪婪地大口大口往下灌。

“我在哪儿读到过，太阳一年比一年热，”汤姆和和气气地说，“好像很快地球就会掉进太阳里去，不对，等一下，正相反——太阳一年比一年冷。”

“去外面吧，”他向盖茨比提议道，“我带你看一看这地方。”

我跟着他们来到外面的游廊上。酷热中，绿色的海湾里海水已经凝滞，一只小帆船正缓缓地爬向更有生气的海面。盖茨比的目光立刻跟上了它，他抬起一只手，指着海湾对面。

“我就在你对面。”

“正是。”

我们的目光掠过玫瑰花圃、热烘烘的草坪和三伏天海岸边那些杂草丛中的垃圾。在清凉的蔚蓝色天际线的映衬下，那只船的白翼正在缓缓移动。再往前是波纹荡漾的扇形大洋和星罗棋布的

---

① 杜松子利克酒，利克酒是一种柠檬汁、苏打水和酒混合调成的饮料，这里加的是杜松子酒。

有福的小岛。

“很好的运动，”汤姆点着头，说道，“我很想同他一起去海上玩个把小时。”

我们在餐厅里吃午饭。餐厅也有挡热的遮蔽，里面很暗，我们把掺杂着紧张情绪的快乐掺在冰凉的麦芽酒里喝了下去。

“今天下午我们干些什么好呢，”戴茜大声说，“还有明天，还有接下来的三十年？”

“别犯神经，”乔丹说，“到了秋天，天气凉爽了，生活就会重新开始啦。”

“可天儿实在太热了，”戴茜固执地说，已经快要掉眼泪，“而且一切都乱七八糟的。我们大家去城里吧！”

她的声音继续在暑热中挣扎着，撞击着它，将它的无知无觉塑造成形。

“我听说过把马厩改造成车库的，”汤姆正在对盖茨比说，“但我是第一个把一间车库改造成马厩的人。”

“有谁想去城里吗？”戴茜固执地询问道。盖茨比的目光飘飘悠悠地向她望过去。“啊，”她嚷道，“你看上去那么凉快。”

他们的目光相遇了，他们一同凝视着对方，旁若无人。她好不容易才垂下眼睛望了一眼桌子。

“你总是看上去那么凉快。”她重复道。

她已经告诉过盖茨比她爱他，汤姆·布坎南也看出来了。他大惊失色。他微张着嘴，看看盖茨比，又看看戴茜，仿佛刚认出来她是自己很久以前认识的一个人。

“你很像广告上的那个人，”她天真地继续往下说，“你知道，广告上那个人……”

“好吧，”汤姆赶快插进来，“我十分愿意去城里。来吧，我们大家进城去。”

他站起身，目光依旧在盖茨比和他的妻子之间掠过来掠过去。没人动弹。

“来呀！”他有点儿发脾气了，“到底怎么回事？要进城就动身啊。”

他的手颤抖着，将杯中最后一点儿啤酒凑到唇边，他在努力克制自己。戴茜的声音促使我们站起身，走到外面灼热的砾石车道上。

“现在就走吗？”她表示反对，“就这个样子走？也不让人先抽根烟？”

“吃午饭的时候每个人都一直在抽烟。”

“哦，让大家开开心心的吧，”她求他，“太热了，别闹。”

他没有搭腔。

“随你的便，”她说，“来，乔丹。”

她们上楼去做些准备，我们三个男人站在那儿，把发烫的小石子踢来踢去。一弯银色的月牙儿已经悬在西天。盖茨比开口要说话又改变了主意，但汤姆已经转过身子面对着他，等他开言。

“你的马厩在这儿吗？”盖茨比问，好不容易找到一句话。

“沿着这条路往前大约四分之一英里。”

“哦。”

一时无话。

“我不明白进城去做什么，”汤姆突然凶巴巴地发作道，“女人总是想到一出是一出……”

“要不要带点儿喝的？”戴茜从楼上的窗口喊道。

“我去拿点儿威士忌。”汤姆应道。他走了进去。

盖茨比直僵僵地转过身来对着我。

“在他的家里，我不便说什么，老兄。”

“她说话不太慎重，”我评论道，“她的声音里充满了……”我迟疑着。

“她的声音里充满了金钱。”他突然接口道。

正是我想说的。此前我从来不曾想透彻过。她的声音里充满了金钱——所以她的声音里波动起伏着耗之不竭的魅力，叮当作响，像铙钹奏出的曲子……高高的在一座白色的宫殿里，国王的女儿，金子做的姑娘……

汤姆用毛巾包着一瓶一夸脱[①]装的酒从房子里出来，后面跟着戴茜和乔丹。她们头上戴着金属线织物做的又小又紧的帽子，胳膊上搭着薄披肩。

“大家都坐我的车去好吗？”盖茨比提议道。他摸了摸发烫的绿色皮革座椅。“我应该把车停在树荫下的。”

“这车是标准排档吗？”汤姆问。

“是。”

“那好，你开我的小轿车，让我开你的车。”

这个提议不合盖茨比的口味。

“我看我的车油不够了。”他表示反对。

“油多得很。”汤姆粗暴地说。他看了看油量表。“如果油用完了，我可以找一家药房停下来。如今药房里什么都买得到。”

这一番显然无意义的话之后是短暂的沉默。戴茜皱起眉头看着汤姆，盖茨比脸上掠过一种难以名状的表情，肯定是我不熟悉的，同时又隐约可辨，仿佛我只听人用言语描述过。

“来吧，戴茜，”汤姆说，用手推着她向盖茨比的车子走去，

---

① 夸脱，容积单位。英制：1 夸脱 =2 品脱 =1.136 升。美制：1 夸脱 =0.946 升。

“我开这辆马戏团的大篷车带你。”

他打开车门，但是她从他的胳膊圈子里钻了出去。

“你带尼克和乔丹。我们开小轿车跟在你们后面。”

她走到盖茨比身边，伸手摸着他的上衣。乔丹、汤姆和我上了盖茨比的车，都坐在前排。汤姆摸索着扳动了不熟悉的排挡，我们呼的一下冲进闷热之中，将他们甩到了视线之外。

“你们看到那个了吗？”汤姆诘问道。

“看到什么？”

他很犀利地看了我一眼，意识到乔丹和我肯定一直就知情。

“你们认为我有点儿傻，是不是？”他提示道，“或许我是傻，但有时候我有一种……差不多是一种第二视觉，它告诉我怎么做。也许你们不相信，但科学……”

他停顿了一下。迫在眉睫的发生意外的可能性赶上他，将他从理论深渊的边缘拽了回来。

“我对这家伙做过一个小小的调查，”他接着说道，“我本可以更深入些的，如果我知道……”

“你是说你去找过灵媒？”乔丹幽默地询问道。

“什么？”他不解，我们大笑，他瞪眼看着我们，“找灵媒？”

“问她盖茨比的事。”

“问盖茨比的事！不，我没有。刚才我说我对他的过去做了个小小的调查。”

“发现他是牛津人。”乔丹帮他说了出来。

“牛津人！”他不相信，“见鬼，他绝对不可能是！他穿一套粉红色西装。”

“不过他还是牛津人呀。”

“新墨西哥州的牛津吧，”汤姆轻蔑地从鼻子里哼了一声，

“或者诸如此类的地方。”

“听着，汤姆，你这样势利眼，干吗还请他请吃午饭呢？”乔丹质问道，故意为难他。

“是戴茜请他的。我们结婚前她就认识他了——天知道在什么地方！”

啤酒的劲儿渐渐消失了，大家的情绪都有点儿烦躁。我们意识到这一点，闷声不响地行驶了一会儿。然后，褪了色的T.J.埃克尔伯格大夫的眼睛出现在路前方的视野里，我想起来盖茨比提醒过，油可能不够。

“我们的油足够开到城里。”汤姆说。

“可是这儿就有一家修车店。”乔丹表示反对，“这种能把人烤焦的大热天，我可不想在半路上抛锚。”

汤姆不耐烦地将两个刹车一下子刹住，车子滑行了一小段后，猛地停在了威尔逊的店招牌下面，扬起一片尘土。过了一会儿，店主从店里面探身出来，两只眼睛茫然地瞪着我们的车。

“给我们加点儿油！”汤姆粗鲁地嚷道，“你以为我们停车是干什么的——为了看风景？”

“我生病了，”威尔逊说，没动弹，“我病了一整天了。”

“怎么回事？”

“我浑身没力气。”

“哟，那我得自己动手了？”汤姆质问道，“电话里听上去你好好的呀。”

威尔逊吃力地脱离门框的支撑，从阴影里走出来，喘着大气将油箱的盖子拧开。阳光下他的脸色发青。

“我不是故意在午饭时间打扰你，”他说，“可是我急等着用钱，想知道你打算怎么处理那辆旧车。”

"这一辆你喜欢吗？"汤姆问，"我上个礼拜刚买的。"

"一辆很漂亮的黄色车。"威尔逊说，使劲儿地按动着油泵把手。

"想买吗？"

"大买卖，"威尔逊淡淡地笑了笑，"不想。不过另外那辆车可以让我赚点儿钱。"

"你什么地方需要花钱，突然有急用？"

"我在这儿待得太久啦。我想离开。我妻子和我想去西部。"

"你妻子想去？"汤姆吃了一惊，叫道。

"这件事她已经唠叨了十年啦，"他手搭凉棚，倚靠在加油泵上歇一会儿，"现在她无论想不想去，都得去。我会把她弄走，离开这儿。"

小轿车从我们旁边掠过，搅起一片尘土，一只手挥动着一晃而过。

"我该付给你多少钱？"汤姆问，声音很刺耳。

"这两天我刚发现一件蹊跷的事情，"威尔逊说，"所以我想离开。所以我才拿那辆车的事情来烦你。"

"我该付给你多少钱？"

"一块两毛。"

酷热无情地锤打着我，弄得我头昏脑涨起来，在那个地方我难受了好一会儿，然后才意识到威尔逊的疑心目前尚未落到汤姆身上。他发现默特尔在另一个世界过着一种跟他不相干的生活，精神上受到重创，然后身体得了病。我注视着他，然后又注视着汤姆——不到一小时之前，汤姆刚有了类似的发现。我突然想到，人与人之间任何方面的差异，包括智力方面和种族方面的，都没有病人和健康人之间的差异来得深刻。威尔逊病得很厉害，看上去就像犯了罪，不可饶恕的罪，仿佛他刚把一个可怜的姑娘的肚子弄大了一样。

“我把车子卖给你，”汤姆说，“我派人明天下午把它送过来。”

那个地方一向让人隐隐约约感到心绪不宁，即便在下午的大太阳底下也是如此。这时仿佛有谁警告我留心背后一样，我把头转了过去。灰堆上方，T.J. 埃克尔伯格大夫的一双巨眼在监视和守护着，但片刻之后我察觉到，在不到二十英尺开外的地方，另一双眼睛正目光灼灼地注视着我们。

修车店楼上的一扇窗户的窗帘被拨开了一点儿，默特尔·威尔逊正窥视着下面的车子。她全神贯注，完全没有察觉到有人在观察自己。她心里的种种情绪接连在脸上缓缓显露出来，就像洗照片时的显影过程一样。奇怪，她的表情很熟悉——我经常在女人的脸上见到那种表情，但是它在默特尔·威尔逊脸上显得没有目的、无法解释。过了一会儿我才明白，她那双圆睁着、充满妒火、让人看了害怕的眼睛，不是盯着汤姆，而是盯着乔丹·贝克。她把乔丹当作他的妻子了。

没有一种混乱状态，可以比拟一个简单的头脑里发生的混乱，我们驱车离开时，汤姆正在感受热辣辣的恐慌之鞭的抽打。他的妻子和情人，一小时前还是安安稳稳没有人染指的，此刻却突如其来地，正从他的掌控下溜走。本能促使他猛踩油门，以达到追上戴茜和甩开威尔逊的双重目的。我们一路以每小时五十英里的速度向阿斯托里亚疾驰，终于在高架铁路蜘蛛网似的纵梁中间，看到了那辆逍遥自在的蓝色小轿车。

“第五十号街附近的那些大电影院很凉快。”乔丹提议道，

“我爱夏日午后的纽约，这时候外面没什么人，有一种让感官很愉快的气氛——熟透了，仿佛各种奇异的果子就要落到你的手掌心里一样。”

“感官”一词起到了让汤姆更加烦躁不安的效果。但他还没来得及编造出反对的理由，小轿车便已经停了下来，戴茜打手势叫我们开上去并排停下。

“我们去哪儿呢？”她喊道。

“去看电影怎么样？”

“太热了，”她抱怨道，“你们去吧。我们去兜一圈，然后和你们碰头。”她费劲地稍稍增加了一点儿谐趣：“我们在街角碰头。我扮那个抽两根烟的男人。”

“我们不能在这儿争论，”汤姆不耐烦地说，后面有辆卡车在骂人似的摁喇叭，“你们跟在我后边，去中央公园南侧，开到广场饭店前面去。”

一路上他好几次回过头去看他们的车有没有跟上，如果他们遇上堵车他便开慢些，一直等到他们进入视野。我想，他是怕他们开进一条巷子疾驰而去，永远从他的生活中消失。

但他们没有那么做。我们大家采取了一个不太好解释的步骤——在广场饭店订了一间套房的休息室。

乱哄哄持续了很长时间、将我们聚拢到一起驱赶进房间后才结束的那一场争吵，我已经记不清楚了。不过我清晰且真切地记得，在此过程中，我的内裤像一条湿漉漉的蛇一样绕着腿往上爬，一粒粒的汗珠冷丝丝地在背上赛跑。那个主意源于戴茜的提议，她说租五间浴室，每人洗个冷水澡。后来采用了比较实在的形式——“找个地方喝一杯冰镇薄荷酒”。我们每个人都一再说那是个“不切实际的疯主意”——我们一齐开口对一个感到为难的接待员说话，心里面觉得或者假装觉得那样很滑稽……

房间很大但很闷，虽然已经是四点钟，打开窗户放进来的却只是从公园里吹过来的一阵带着灌木气息的热风。戴茜走到镜子前面，背对我们站着，整理头发。

“这是个一流的套间。”乔丹带着敬意悄声说，大家笑了。

“把另一扇窗户打开。”戴茜头也不回地命令道。

“没有另一扇窗户了。”

“嗯，我们最好打电话叫一把斧子……”

“该做的事情是忘掉热，”汤姆不耐烦地说，“你这样抱怨个不停只会十倍地难受。”

他松开毛巾，取出那瓶威士忌放在桌上。

“干吗不肯随她去说呢，老兄？”盖茨比评论道，“是你想进城来的。”

片刻的寂静。电话簿从钉子上滑落下来，啪的一声掉在地板上，乔丹悄声说了句“对不起”，但是这一回没有人笑。

“我去捡起来。”我主动表示。

“我已经捡起来了。”盖茨比察看了一下断开的绳子，用颇感兴趣的口吻咕哝了一声“哼！”，将电话簿扔到椅子上。

“那是你一个很了不起的表达方式，是不是？”汤姆尖刻地说。

“什么表达方式？”

“成天‘老兄’‘老兄’的。这一套你是从哪儿捡来的？”

“我跟你说，汤姆，”戴茜从镜子前面转过身来说道，“如果你要进行人身攻击，我就一分钟也不会在这儿待下去。打个电话，叫点儿冰块来冰一下薄荷酒。”

汤姆拿起话筒时，一直憋着气的闷热突然爆发出声音，我们听到的是楼下舞厅里门德尔松《婚礼进行曲》的预示重大变化的和弦。

“真想得出来，这么热的天还有人结婚！”乔丹沮丧地喊道。

“不管怎么说——我就是在六月中旬结婚的，”戴茜回忆道，“六月里的路易斯威尔！有人晕了过去。晕过去的人是谁，汤姆？”

“比洛克西。”他不耐烦地答道。

“一个名叫比洛克西的人。‘块儿料’比洛克西，他是做箱子的，又是田纳西州比洛克西人。”[1]

“他们把他抬到我家去了，”乔丹增补道，“因为我家跟教堂就隔两户人家。他待了三个礼拜，最后爸爸对他说他必须滚蛋了。他走后第二天爸爸就死了。”过了一会儿她觉得自己的话听上去可能有些不恭，又加上一句：“这两件事之间没有关联。”

“从前我认识一位比尔·比洛克西，是孟菲斯[2]人。”我跟着说。

“那是他的堂兄弟。他走之前，我了解了他的整个家族史。他送给我一根铝做的高尔夫球杆，今天我还在用。”

音乐声渐渐停下来，仪式开始了。一阵持续很长时间的喝彩声从窗口飘进来，接下来是断断续续的“好啊——啊——啊”的喊叫声，最后突然响起爵士乐声，跳舞开始。

“我们在变老。”戴茜说，“如果我们还年轻，肯定会站起来跳舞。”

“别忘了比洛克西。”乔丹提醒她，“你在哪儿认识他的，

---

① 比洛克西、块儿料、箱子在英文里是谐音词；小城比洛克西不在田纳西州，而是在密西西比州东南部的半岛上。

② 孟菲斯，位于美国田纳西州。

汤姆？”

“比洛克西？”他聚精会神地使劲儿想，“我不认识他。他是戴茜的朋友。”

“不是，”她否认道，“之前我从来不曾见过他。他是坐你包的车厢过来的。”

“嗯，他说他认识你。他说他在路易斯威尔长大。阿萨·伯德在最后一分钟带他过来，问车厢里有没有位置给他。”

乔丹笑了。

“他大概就是个蹭车回家去的家伙。他告诉我，他是你在耶鲁读书时的班长。”

汤姆和我面面相觑。

“比洛克西？”

“首先，我们根本就没有班长……”

盖茨比焦躁不安地用脚掌叩了几下地板，汤姆突然就瞄上了他。

“顺便问一声，盖茨比先生，我听说你是牛津人。”

“不十分准确。”

“哦，好的，我听说你上过牛津。”

“是，我上过牛津。”

一个停顿。然后是汤姆的声音，用的是不相信和侮辱的口吻：

“你一定是在比洛克西上纽黑文那一段时间上的牛津吧。”

又是一个停顿。一个侍者敲门进来，端来了揉碎的薄荷和冰块。但他的一声“谢谢”和轻轻的关门声也没有将静默打破。这个非同小可的细节终于要得到澄清了。

“我告诉过你了，我上过牛津。”盖茨比说。

“我听到了，但我想知道是什么时间。”

“一九一九年，我只待了五个月。这就是我不能真格儿地自称是牛津人的原因。”

汤姆来回瞟了一眼，看看我们脸上是否映现他的怀疑。但大家都看着盖茨比。

“那是停战后他们提供给一些军官的机会，”他继续往下说，“我们可以上英国或法国的任何一所大学。”

我真想站起来拍拍他的背。我再一次恢复了对他的完全信任，这种感觉是我先前体验过的。

戴茜站起身来，淡淡一笑，走到桌子跟前。

“把威士忌开了，汤姆，”她命令道，“我给你做一杯冰镇薄荷酒。喝了以后你就不会觉得自己那么蠢了……瞧这些薄荷叶子！”

“等一分钟，”汤姆厉声道，“我想再问盖茨比先生一个问题。”

“请继续。”盖茨比很有礼貌地说。

“不管怎么说吧，你想在我家里搞出什么样的乱子来？”

事情终于摊到桌面上来了，盖茨比很满意。

“他没有在搞乱子。”戴茜绝望地看看这一个，又看看那一个，“是你在搞乱子。请你自制些。”

“自制？！”汤姆重复道，表示难以置信，“我估摸着，最新式的事情是宽舒地坐在那儿，听凭不知从哪儿冒出来的无名鼠辈向你妻子示爱吧。如果就是这个意思，请你们别算上我……如今的人，对家庭生活和家庭制度嗤之以鼻只是个开头，接下来就要把一切都扔到海里去，搞黑人和白人通婚了。”

他慷慨激昂地胡言乱语，激动得满脸通红，看见自己独自坚守着文明的最后一道屏障。

“我们都是白人呀。”乔丹嘀咕道。

“我知道，我不是很受大家欢迎。我不开大型晚会。我估摸着，你得把自己的家弄成一个猪圈，才交得到朋友——在这个现代世界。”

我跟大家一样很气愤，但每次他一开口，便逗得我想笑。从浪荡公子到道学先生的转变居然如此彻底。

“我有件事一定要告诉你，老兄……”盖茨比开言道。但是戴茜猜到了他的意图。

“请不要说！”她无助地打断了他，“我们都回家去吧。我们干吗不回家去呢？”

“好主意。”我站了起来，“走吧，汤姆。没人想喝酒。”

“我想知道盖茨比先生有什么事非告诉我不可。”

“你妻子不爱你，”盖茨比说，“她从来没有爱过你。她爱我。”

“你一定是疯了！”汤姆不假思索地嚷道。

盖茨比跳起来，激动得神采奕奕。

“她从来没有爱过你，你听到了吗？”他喊道，“她跟你结婚只是因为我穷，她等我等得厌倦了。这是个可怕的错误，但是在她心里，除了我以外她没有爱过任何人！”

此刻乔丹和我要走，但汤姆和盖茨比争着阻拦，执意要我们留下，仿佛他们俩谁都没有什么可隐瞒的，好像身临其境同甘共苦参与他们感情上的事是一种特权一样。

“坐下，戴茜。”汤姆试探着装出一副父亲的语气，没有成功，“正在发生的是一件什么样的事？我想听听整个经过。”

“我已经告诉过你是什么事了，”盖茨比说，“已经持续了五年，而你不知道。”

汤姆一个急转身，面对着戴茜。

“五年里你一直在和这家伙交往？”

“没有交往，”盖茨比说，“不，我们无法见面。但这五年里我们一直爱着对方，老兄，而你不知道。有时我会发笑，”但他的眼睛里并无笑意，“想到你一无所知。”

“哦，如此而已。”汤姆将粗大的手指并拢来，像牧师那样轻轻拍几下，在椅子里向后一仰。

“你疯了！”他爆发了，“五年前发生的事我没法说，因为那时候我还不认识戴茜。可真该死我就是想不明白，你是怎么进入到离她一英里以内的范围里的，除非你去送食品杂货到她家的后门口。但你刚才说的其他屁话都是该死的谎言。戴茜跟我结婚的时候是爱我的，现在她也爱我。”

“不是。”盖茨比摇摇头，说道。

“随你怎么说，她爱我。问题是，她脑子里有时会生出愚蠢的念头，不知道自己在干什么。”他像个圣人似的点点头，“更重要的是，我也爱戴茜。偶尔我也脱轨放纵一回，干点儿傻事出个丑，但我总是回头，在我心里我始终爱着她。”

“你真令人作呕。”戴茜说。她转过身来对着我，声音压低了一个八度音阶，使整个房间里充满了让人直打激灵的轻蔑：“你知道我们为什么离开芝加哥吗？我真惊讶他们不曾拿那个小小放纵的故事款待过你。”

盖茨比走过来，站在她身边。

“戴茜，那一切现在已经过去了，”他认真地说，“再也无关紧要了。只要告诉他真相——你从来没有爱过他——一切就都永远抹去了。”

她茫然地看着他。“嗨——我怎么会爱他呢——怎么可能？”

“你从来没有爱过他。”

她犹豫了。她的目光落在乔丹和我身上，透着一种哀求的神情，仿佛终于意识到了自己在干什么，仿佛她自始至终，从来就不曾打算干任何事。但现在事情已经干下了。已经迟了。

“我从来没有爱过他。”她说，听得出来很勉强。

“在卡比奥兰尼[1]也没有？”汤姆突然质问道。

“没有。”

声音很闷、令人窒息的和弦，正乘着热烘烘的空气波浪从楼下的舞厅里飘上来。

“那一天，为了不让你湿鞋，我把你从潘趣酒碗[2]上抱下来，那时也不爱？”他沙哑的声音里有一种温柔，“……戴茜？”

“请不要再问了。”她的声音冷冷的，但里面的敌意已经消失。她望着盖茨比。“可以了吧，杰伊。”她说，但是她点烟时手在颤抖。突然她将那支烟和划着的火柴扔在地毯上。

“哦，你要得太多了！”她对盖茨比嚷道，“我现在爱你——这还不够吗？过去的事我无能为力。”她无助地抽泣起来，“我曾经爱过他——但我也曾经爱过你。”

盖茨比的眼睛睁开来又合上。

“你**也**曾经爱过我？”他重复道。

“就连这个也是谎言，”汤姆凶狠地说道，“她都不知道你还活着。呃——戴茜和我之间有些事你是永远不会知道的，那些事我俩谁都忘不掉。”

---

① 卡比奥兰尼，夏威夷州首府火奴鲁鲁（即檀香山，在夏威夷群岛的主岛瓦胡岛上）的一个公园。

② 潘趣酒碗，瓦胡岛上的一座山峰。

这些话好像在身体上刺伤了盖茨比。

“我想单独和戴茜谈几句，”他固执地说，“她现在太激动了……”

“单独谈我也无法说我从来没有爱过汤姆，”她供认道，声音很可怜，“那不是真话。”

“当然不是真话。”汤姆表示赞同。

她转过身去对着丈夫。

“好像对于你这很重要似的。”她说。

“当然很重要。从现在起，我会更好地照顾你。”

“你不明白，”盖茨比说，有一丝惊慌，“你不会再有机会照顾她了。”

“不会？”汤姆睁大眼睛，笑了起来。现在他有本钱控制住自己了。“为什么呢？”

“戴茜要离开你。”

“胡说八道。”

“可我真的要离开。”看得出她说这话有些吃力。

“她不会离开我的！”汤姆的话突然劈头盖脸地砸向盖茨比，“肯定不会为了一个低级骗子，一个给她手指头上套个戒指也得去偷的骗子。”

“我不会容忍你这样说！”戴茜嚷道，“哦，我们出去吧。”

“不管怎么说，你是谁？”汤姆突然大吼，“你是迈耶·沃尔夫希姆那帮街头混混里的一分子。我碰巧知道了这一点。我对你的事情稍微做了些调查，明天我会进一步调查的。”

“你可以随便查，老兄。”盖茨比很沉着地说。

“我已经查出来你那些‘药房’是什么名堂啦，”他转过脸来对着我们，语速很快地说，“在本地和芝加哥，他和那个沃尔夫希姆买下了许多家小街上的药房，在柜台上卖粮食酿造的酒[①]。那是他的小花招之一。第一次见面我就猜他是个私酒贩子，我猜得还不算离谱。”

“是吗？”盖茨比很有礼貌地说，“我猜，你的朋友沃尔特·蔡斯没那么清高，也参与这件事了吧。”

“他落难时你们丢下他不管，是不是？你们让他在新泽西那边坐了一个月的大牢。上帝啊！你真该听听沃尔特谈到**你**时说的那些话。”

“他是身无分文来找我们的。他很高兴不费力气赚了几个钱，老兄。”

“别叫我‘老兄’！”汤姆嚷道。盖茨比没应声。“沃尔特本来也可以告你们违反赌博法的，但是沃尔夫希姆一恐吓，他就闭上了嘴巴。”

那种我不熟悉却又隐约可辨的表情重新回到了盖茨比脸上。

“药房生意只是个小花样，”汤姆缓缓地继续往下说，“现在你又干了一桩买卖，沃尔特都不敢告诉我。”

我瞥了一眼戴茜，她正惊恐地瞪着眼睛，在盖茨比、她丈夫和乔丹之间看来看去。乔丹已经开始在下巴颏儿上平衡一件看不见但引人入胜的东西。然后我回过头去看盖茨比，被他的表情吓了一跳。他看上去就像“杀了一个人”似的——我这样说时完全没有把他花园里那些嘟嘟囔囔的诽谤之词放在心上；但片刻间，他脸上的模样恰好可以用那样一句不可思议的话来描述。

那一刻过去了，接着他激动地对着戴茜解释起来。他否认一

① 美国禁酒时期从一九二〇年开始，到一九三三年底结束。期间禁止生产、运输、进出口和销售所有酒精类饮品。而酒精类饮品大部分是粮食酿造的酒。

切，又为了并未受到指控的事情辩解，维护自己的名誉。但他每说一个字，她便缩回去一点儿，越来越远地缩回到她自己的世界里去。于是他放弃了解释。下午的时间在悄悄溜走，只有死去的梦在继续奋斗着，把手伸向再也触摸不到的东西，愁苦但仍不死心地挣扎着，伸向房间对面那个失落了的声音。

那个声音又在央求离开了。

“拜托，汤姆！我再也受不了啦。”

那双惊恐的眼睛在说，无论她有过什么样的意图，无论她有过怎样的勇气，现在肯定已经无影无踪。

“你们俩动身回家，戴茜，”汤姆说，“开盖茨比先生的车子。”

她看着汤姆，露出惊慌的神色，但他做出一副宽宏大量的轻蔑姿态，坚持这样的安排。

“去吧。他不会惹你生气的。我想他已经意识到，他自以为是的一场小小的逢场作戏已经完啦。”

他们俩走了，一句话没说，啪嗒一声响就不见了，变得无足轻重、与世隔绝，像两个幽灵，甚至连我们的怜悯都接触不到了。

过了一会儿汤姆站起身，用毛巾将没开瓶的威士忌包起来。

“想来一点儿这玩意儿吗？乔丹？……尼克？”

我没应声。

“尼克？”他又问了一声。

“什么？”

“来一点儿？”

“不了……我刚想起来，今天是我的生日。”

我三十了。新的十年，一条不吉祥的、险恶的路，在我面前伸展开来。

我们钻进小轿车和汤姆一同动身回长岛时，已经是七点钟了。一路上汤姆说个不停，大喜若狂，笑声不绝。但在乔丹和我听来，他的声音是那么的遥远，像人行道上外国人的喧嚷声，像头顶上高架铁路发出的喧嚣。人类的同情心是有限度的，我们很乐意让他们的悲剧性争吵随城市的灯火一同渐渐远去，消失在身后。三十岁——应许给你十年的孤独，认识的单身汉的名单变得越来越短，热情的公文包变得越来越瘪，头发变得越来越稀疏。但还有乔丹在我身边，她跟戴茜不一样，非常明智，不会年复一年把早已淡忘的旧梦的影痕留在心底。我们经过黑黝黝的大桥时，她懒洋洋地将带着倦容的脸靠在我肩头。我感到了她的手的压力，在这种力量的抚慰下，三十岁的巨大打击带来的伤痛渐渐消失了。

我们就这样穿过正在变凉的暮色，向死亡驶去。

米凯利斯，在灰堆旁边开小咖啡馆的那个年轻的希腊人，是讯问过程中的主要证人。暑热中他一觉睡到下午五点才起床，溜溜达达走到修车店，发现乔治·威尔逊病恹恹地在办公室里——真的生病了，脸色像他的淡色头发一样苍白，浑身发抖。米凯利斯劝他上床睡觉，但威尔逊不肯，说如果去睡觉，会错过不少生意。这位邻居正设法说服他的时候，头顶上方忽然爆发出一阵狂暴的吵闹声。

“我把我妻子锁在楼上了，”威尔逊平静地解释道，“她会在那儿待到后天，然后我们就搬走。”

米凯利斯吃了一惊，他们做了四年邻居，威尔逊从来就一点儿都不像是能说出这种话的人。总的说来，他属于那种老是觉得疲乏的人，不干活儿的时候便坐在门口的一张椅子里，呆呆地望着路上的过往行人和车辆。有人跟他说话，他总是一如既往地对人笑笑，和和气气，无滋无味。他是他妻子的人，不属于他自己。

所以很自然地，米凯利斯想知道发生了什么事。但威尔逊一个字也不肯说，相反，他开始向这位来访者投去好奇和怀疑的目光，盘问他某几天某某时辰在干什么。后者正渐渐地觉得有些不自在时，几个工人从门口经过，要去他的馆子，米凯利斯便乘机脱身，打算过一会儿再来。但他没有再过来。他估摸着自己是忘了，没别的。七点多一点儿他再到外面来，想起了先前的谈话，因为他听见威尔逊太太的声音，很响的斥骂声，在楼下修车店里。

“打我！”他听见她嚷嚷，“你把我推倒，你打呀，你这个肮脏卑鄙的懦夫！”

片刻之后，她从里面跑出来，冲进暮色之中——他还没来得及离开自己的馆子门口，事情就完结了。

“死亡之车”，恰如报纸对那辆车的称呼，经过的时候没有停。它从正在变浓的黑暗中出现，悲剧性地颠动了一下，驶过前面的一个弯道就消失了。米凯利斯甚至说不准它的颜色，他告诉第一个到现场的警察车子是浅绿色的。开往纽约方向的另一辆车，在开过去一百码后停下来。司机匆忙跑回来，看见生命之火已被碾灭的默特尔·威尔逊跪在路上，她的血浓稠发黑，和尘土混合在一起。

米凯利斯和此人最先赶到她跟前，但他们撕开她的汗水未干的衬衣后，看见她左边的乳房已经像衣袋盖一样耷拉下来，晃荡着。没必要再去听它下面的心跳了。她的嘴大张着，两边嘴角都撕开了一点儿，仿佛她把储存了那么长时间的巨大活力放出来时呛了一口。

我们离得还很远时，就看见前面有三四辆汽车，聚着一群人。

“撞车了！”汤姆说，“好事情。威尔逊终于要有点儿生意了。”

他减慢车速，但仍然没打算停下来。我们开到近前，看到修车店门前那一张张屏息敛气、神情专注的面孔时，他才不由自主地踩下了刹车。

“我们去看一眼吧，”他犹犹豫豫地说，“就看一眼。”

这时我发觉修车店里不断传出来一种沉闷的哀号声。我们下车走向店门时，那声音分解成了一遍又一遍反复叨念的“哦，我的上帝啊！”几个字，伴着喘不上气来的呻吟声。

“这儿出大麻烦啦。”汤姆兴奋地说。

他踮起脚尖，目光从一圈人头上方越过去，向修车店里面张望。只有一盏发黄光的电灯照明，它罩在铁丝灯罩里，晃晃悠悠地吊在头顶上。接着他喉咙里发出一声难听的声响，用粗壮有力的胳膊猛烈地一推，挤了进去。

伴着一阵咕咕哝哝的规劝声，那圈子重新合拢来，最初的一分钟我什么也看不见。然后新来的人把圈子打乱了，乔丹和我突然被挤了进去。

默特尔·威尔逊的尸体被裹在一条毯子里，外面又裹了一条毯子，仿佛在这闷热的晚上她冷得难受似的。尸体躺在靠墙的一张工作台上，汤姆背对我们，正俯身看着它，一动不动。汤姆旁边站着一个骑摩托车巡逻的警察，正在记人名，他的小本子上汗水滴了很多，涂改的地方也很多。

四壁空空的修车店里，闹哄哄地回响着那种高音调的叨念和呻吟。起初我找不到声音的来源，然后我看见威尔逊站在办公室高高的门槛上，双手抓住门框，身体在前后摆动。有个人在低声对他说话，不时地伸出一只手想搭住他的肩膀，但威尔逊既听不见也看不见。他的目光慢慢地从晃晃悠悠的电灯上滑下来，落到靠墙那张停着尸体的台子上，然后猛地弹起来，又回到电灯上面。他不停地发出那种高音调的、可怕的号叫。

“哦，我的上——帝啊！哦，我的上——帝啊！哦，我的上——帝啊！哦，我的上——帝啊！”

这时汤姆猛地一抽，抬起头来，瞪着一双目光呆滞的眼睛，将修车店环视了一遍，然后咕咕噜噜语无伦次地对警察说了一句话。

“M——a——v——”警察在念着，“o——”

“不是的，r——”那人纠正说，“M——a——v——r——o——”

“听我说！”汤姆凶狠地咕哝道。

“r——”警察念道，“o——”

“g——”

“g——”汤姆阔大的手掌急剧地落在他的肩膀上，他抬起头来，“你想干啥，伙计？”

“发生了什么事——这就是我想知道的！”

“她被车撞了。当场撞死。”

“当场撞死。”汤姆重复道，瞪直了眼睛。

“她跑到外面马路上。狗娘养的都没停车。”

“有两辆车，”米凯利斯说，“一辆来，一辆去，明白？”

“去哪儿？”警察很敏锐地问。

“一辆一个方向。嗯，她……”他一只手举起来指向毯子，但举到一半又停住，落下去垂放在身侧，“……她跑到外面那块儿，被纽约来的那辆车撞个正着，车速每小时三四十英里。”

“这地方叫什么名？”另外一位警官问。

“还没有名字。”

一个脸色暗淡、衣着整齐的黑人走到近前。

“是一辆黄色汽车，”他说，“很大的黄色汽车。新的。”

“看到了事故发生吗？”警察问。

“没有，但是那辆车从我旁边的路上开过去，速度超过每小时四十英里，大约五十、六十英里的样子。”

“过来，说一下你的名字。让开点儿。我要记下他的名字。”

这番对话里一定有些字眼，传到了正在办公室门框里摆动身体的威尔逊耳朵里，因为他喘不上气来的号叫里突然有个新主题发声了。

“你们不必告诉我那是一辆什么样的车！我知道那是一辆什么样的车！”

我注视着汤姆，看见他肩膀后边那一块肌肉在上衣里面绷紧了。他快步向威尔逊走过去，站在他面前，两只手紧紧抓住他的上臂。

“你得定一定神。”他声音粗哑，用抚慰的口吻说道。

威尔逊的目光落到了汤姆身上，他突然踮起脚尖站直了，然后瘫下来差一点儿跪倒在地，幸好汤姆扶住了他。

“听着，”汤姆轻轻地晃了晃他，说道，“我刚到这里一分钟，从纽约过来。我是来给你送我们一直在谈的那辆小轿车的。今天下午我开的那辆黄色汽车不是我的，你听见了吗？后来我整个下午都不曾见到过它。”

只有黑人和我离他们比较近，听得清他说的话，但是警察从他的语调里听出了什么，两只眼睛恶狠狠地向这边看了过来。

“在说些什么呢？”他诘问道。

“我是他的一个朋友，”汤姆转过头来，但两只手抓着威尔逊的身体不放，“他说他认得那辆撞……是一辆黄色的车子。”

一种隐隐约约的冲动促使警察用怀疑的目光看着汤姆。

“那你的车是什么颜色？”

“是一辆蓝色的车，一辆小轿车。”

我们后面一辆车的司机证实了这一点，警察把脸转过去。

“呃，再说一遍名字的正确拼法……”

汤姆像挟一只布娃娃一样，将威尔逊挟起来搬到办公室里边，放在椅子上，然后跑出来。

“来个人，陪他坐着！”他用命令的口吻厉声道。他注视着两个离他最近的人，他俩站在那儿互相瞟一眼，很不情愿地走了进去。汤姆紧跟着关上了门，从仅有的一级台阶上走下来，目光回避着那张台子。他从我身边走过时悄声说：“我们走人。”

他用两只很有权威的胳膊开道，我们自觉地从人数依然在增多的人群中挤出去，和一位挟着医药包匆匆赶到的医生迎面而过，他是半小时前有人怀着不切实际的希望去请的。

汤姆慢慢地开着车，驶过那个弯道后他才猛踩油门，小轿车在夜色中疾驰而去。过了一小会儿，我听到一阵低沉沙哑的抽泣声，看见他泪流满面。

“该死的懦夫！”他呜咽道，“他连车都没停一下。”

布坎南的宅子突然穿过沙沙作响的幽暗树丛向我们飘来。汤姆将车停在门廊边，抬头向二楼望去。两扇窗在藤蔓中间大放光明。

“戴茜到家了。”他说。我们下车时，他瞟了我一眼，微微地皱了皱眉。

“我应该在西卵让你下车的，尼克。今夜我们什么事也干不了啦。”

他身上发生了一种变化，语气很严肃，坚决果断。我们穿过月光下的砾石路向门廊走去时，他用很干脆的几句话处置了眼前的情况。

“我打电话叫辆出租车来送你回家。等车的时候你和乔丹最好去厨房，让里面的人给你们做点儿晚饭——如果你们想吃的话。”他打开门，“请进。”

“谢谢，不进去了。你就替我叫辆出租车吧。我在外面等。”

乔丹把手搭在我胳膊上。

“你不进去，尼克？”

“不了，谢谢。”

我觉得有点儿不舒服，想一个人待着。但乔丹又流连了片刻。

“刚九点半呢。”她说。

我要是进去那才见鬼呢。一天下来，我已经受够了他们所有的人，突然间连乔丹也包括在内了。她一定是从我的表情上看出了端倪，因为她突然一下子转身跑上门廊的台阶，走进屋去。我手捧着脑袋坐了几分钟，终于听见里面拿起电话，那声音是男管家在叫出租车。于是我沿着车道向外面走，打算在大门口等。

我还没走上二十码，便听见有人叫我的名字。盖茨比从两个灌木丛中间出来，走到了路上。当时我肯定有一种颇为怪诞的感觉，因为我无法思考了，脑子里只想着月光下他身上那套粉红色西装泛出的光。

“你在干什么？”我询问道。

“只是在这儿站着，老兄。”

不知怎么的，这似乎是一种卑劣的行径。他要入室抢劫亦未可知；即便看见他身后黑乎乎的灌木丛中露出几张邪恶的脸，

"沃尔夫希姆那帮人"的脸，我也不会感到惊讶。

"你一路上看见出什么事了吗？"过了一分钟他问道。

"是的。"

他犹豫了片刻。

"她被撞死了？"

"是的。"

"我就是这样想的，我告诉戴茜我就是这样想的。还是惊吓一场就一了百了的好。她挺扛得住的。"

听他的口气，好像戴茜的反应是唯一重要的事。

"我是抄小路回到西卵的，"他接着说，"我把车子停在我的车库里了。我想，没有人看到我们，当然我不能肯定。"

此时此刻我对他厌恶至极，觉得没有必要告诉他，他想错了。

"那女人是谁？"他询问道。

"她姓威尔逊。她丈夫是那家修车店的店主。事情究竟是怎样发生的？"

"嗯，我试着去打方向盘……"他话说到一半却打住，突然我猜到了真相。

"是戴茜开的车？"

"是的，"片刻之后他说道，"不过，我当然会说是我开的。你知道，我们离开纽约时她十分忐忑不安，她觉得开车会让她的情绪稳定下来。那女人冲出来时，我们正好跟另一个方向过来的一辆车迎面相遇，她向我们冲过来。一切都在一分钟内发生，我觉得，她好像认为我们是她认识的人，她想跟我们说话。嗯，起先戴茜朝另一边打，避开那女人向另一辆车冲去，紧接着她惊慌失措又往回打。我的手摸到方向盘的那一秒钟感觉到了震动。肯定是当场就撞死了。”

“一下子把她撞开了……”

“别告诉我，老兄。”他直往后缩，“不管怎么说，戴茜踩了油门。我叫她停车，但她停不下来，我就摁了紧急手刹。她栽倒在我腿上，我就接着朝前开。”

“她明天就会没事的。”他马上又说道，“我要在这儿等着，看看他会不会为了下午的不快找她麻烦。她把自己锁在房间里了，如果他想动粗，她会熄一下灯然后再打开。”

“他不会碰她的，”我说，“他脑子里想的不是她的事。”

“我不相信他，老兄。”

“你准备等多久？”

“需要的话哪怕等一整夜。不管怎么样也得等到他们都上床睡觉了。”

我忽然想到了一个新视角。假如汤姆发现了是戴茜开的车，他可能会认为自己从中看到了一种关联——他什么样的想法都可能产生。我望着那幢房子，楼下有两三个窗户亮着灯，二楼戴茜的房间里透出粉红色的光。

“你在这儿等着，”我说，“我去看看有没有出乱子的迹象。”

我沿着草坪的边缘往回走，轻轻地穿过砾石路，踮着脚尖走上游廊的台阶。客厅的窗帘敞开着，我看见里面空无一人。我穿过门廊里三个月前那个六月的夜晚几个人一起吃晚饭的地方，来到一小片长方形的光亮跟前，我猜那是配餐室的窗户。百叶窗关着，但我发现窗台上有一条缝。

隔着厨房里的一张桌子，戴茜和汤姆面对面坐着，桌上摆着一盘冷炸鸡和两瓶麦芽酒。他正心无旁骛地对她说着什么，很恳切地把一只手放到她手上，将它盖住。她偶尔仰起脸望着他，点头表示同意。

他们并不快乐，谁也没有动烤鸡和麦芽酒，但他们也并非不快乐。这幅画面有一种明白无误的自然亲密的气氛，无论谁看到了，都会说他们在一起密谋什么事情。

我踮着脚尖离开门廊时，听见出租车正在黑咕隆咚的路上摸索着向房子驶来。我离开后盖茨比不曾动地方，他在车道上等着我。

“那边安静下来了吗？”他焦急地问。

“是，安静下来了。”我犹犹豫豫地说，“你还是回家去睡一会儿吧。”

他摇摇头。

“我想在这儿等到戴茜上床睡觉。晚安，老兄。”

他把双手插进上衣口袋，热切地回到先前的状态中，仔细端详房子里的动静。我的存在仿佛破坏了这种守夜的神圣性。于是我走开去，留下他站在月光里——空守着。

第八章

我整夜无法入眠，一只雾笛不停地在海湾里呻吟着，我有点儿像生了病似的，在荒诞的现实和凶暴骇人的梦境之间辗转反侧。将近破晓时分，我听见一辆出租车驶上盖茨比的车道，立刻跳下床，开始穿衣服。我觉得有些话要告诉他，有些事情要警告他，等到早晨就太迟了。

穿过他的草坪时，我看见正门仍然敞开着，他仰靠在门厅里的一张桌子上，因为情绪低落或者想睡觉显得很迟钝。

“什么事也没发生，”他有气无力地说，“我在那儿等着，四点钟左右她来到窗前，站了一分钟，然后关掉了灯。”

那天夜里我们穿过一个个巨大的房间搜寻香烟的时候，我觉得他的房子显得前所未有的庞大。我们将一幅幅大帐篷似的窗帘推到一侧，在漆黑一片、没有尽头的墙壁上摸索电灯开关，有一回我扑通一声跌倒在一架幽灵似的钢琴的琴键上。到处是厚厚的灰尘，不知从哪儿来的；一个个房间都散发着霉味儿，好像已经许多天没有通风。我在一张眼生的桌子上找到了那只保湿烟罐，里面有两支已经干掉且变了味儿的香烟。我们将客厅的法式落地窗打开，坐着抽烟，将烟吐向窗外的夜色。

"你应该离开，"我说，"他们肯定会追查你的汽车。"

"**现在**离开，老兄？"

"去大西洋城[1]待一个礼拜，或者北上去蒙特利尔[2]。"

他不愿意考虑。不了解清楚戴茜准备怎么办，他是不可能离开她的。他正抓住最后一线希望不放，我不忍心动摇他，叫他撒手。

正是在这一天夜里，他给我讲了他青年时代同丹·科迪在一起的奇怪故事。他说出那一切，是因为碰到了汤姆硬邦邦的敌意，"杰伊·盖茨比"已经像玻璃一样撞得粉碎，那一出长篇秘密狂想剧也已经演完。我想，现在他会毫无保留地承认任何事情了，但他却想说说戴茜。

戴茜是他认识的第一个"好"女孩儿。此前他曾经在不暴露身份的情况下同这一类人接触过，但中间总是隔着一层看不见的铁丝网。他发觉她非常合他的意，令他兴奋。他往她家跑，起先和泰勒军营的军官们同去，后来便单独登门了。

她的家使他感到惊讶，他从来不曾到如此美丽的房子里去过。但赋予它一种令人透不过气来的紧张氛围的，却是戴茜住在里面这样一个事实。对于她那是一件随随便便的事情，就像他野营时住帐篷一样。那房子透着一种醇熟的神秘感，暗示着楼上的房间比别处的房间更美丽更凉爽，暗示着发生在它的走廊里的洋溢着快乐光芒的各种活动，暗示着风流韵事——不是散发着霉味儿、已经储藏在薰衣草里的，而是清新鲜活、散发着芳香的，如同今年新出的锃亮的汽车，如同花儿乎尚未开始凋谢的舞会。许

① 大西洋城，美国新泽西州东南部城市。

② 蒙特利尔，加拿大第二大城市，位于魁北克省西南部，曾经是加拿大的经济中心。

多男人已经爱上戴茜，这也使他感到兴奋——在他眼中抬高了她的身价。他在房子里到处感觉到他们的存在，空气里弥漫着依然在悸动的情感的阴影和回音。

但是他知道，他来到戴茜家这件事有巨大的偶然性。无论作为杰伊·盖茨比他的前途可能会多么辉煌，眼下他只是个没有过去且不名一文的年轻人，而且他身上的军装，一个无形的掩护，随时可能从他肩头滑落。所以他争分夺秒地利用时间，凡是抓得着的全都弄到手，贪得无厌，肆无忌惮。终于，在十月里一个静寂的夜晚，他得到了戴茜。他那样做是因为，他其实连摸一摸她的手的权利也没有。

他本来会鄙视自己的，因为他无疑是用虚假的面目得到了她。我并不是说他利用了百万家财的幻影，但他故意给了戴茜一种安全感——他让她相信，他所处的社会阶层同她差不多，他完全有能力照顾她。事实上，他不具备这种条件——他没有优裕的家庭背景做后盾，而且对没有人情味的政府负有义务，它一时兴起，他便有可能被刮到世界上的任何地方去。

但他并没有鄙视自己，其结果也出乎他的想象。很可能他原本是打算有便宜就占，然后一走了之的，但现在他发现自己已献身于一种追求，那是他长期以来梦寐以求的东西。他知道戴茜是个不同寻常的女子，但他并没有意识到一个“好”女孩儿会有多么不同寻常。她回到她的富贵家宅，回到她的富足生活中去，不见了，给盖茨比留下空梦一场。他觉得自己同她结了婚，仅此而已。

两天后他们再次见面时，觉得透不过气来的反而是盖茨比，不知怎么的，他成了被玩弄的一方。她家的门廊里照耀着星光，那是用钱买来的奢华；她转过身来让他吻她那张好奇又可爱的嘴时，柳条靠背长椅在时髦地吱吱作响。她感冒了，她的声音有些沙哑，变得比以往任何时候更迷人。盖茨比无法抵挡地意识到了财富所囚禁与保藏的青春和神秘，意识到了许多的衣服所带来的新鲜感，意识到银子一般熠熠生辉的戴茜充满了安全感，傲然高踞于穷人们激烈的生存斗争之上。

“我发现自己爱上了她，我无法向你描述当时我有多么惊讶，老兄。有一会儿我甚至希望她把我甩了，但她没有，因为她也爱上了我。她认为我懂很多东西，因为我懂的东西和她不一样……嗯，那样一来，我便远远地偏离了我的雄心大志，每一分钟都在爱情里越陷越深。忽然之间，我什么都不在乎了。既然我能跟她聊我正要去做的事情，日子过得更开心，去做大事还有什么用呢？”

去海外之前的最后一个下午，他搂着戴茜默默不语地坐了很长时间。那是一个寒冷的秋日，房间里生着火，她脸颊泛红。她时不时地动一动身子，他的胳膊也跟着稍稍挪动一下，有一回他还吻了吻她的黑亮的头发。那个下午已经使他们安静了好一会儿，仿佛为了明天所预示的长久的分离，要给他们留下一个更加深刻的记忆。她的嘴唇无言地拂过他的肩头；他触一触她的指尖，轻轻地，好像怕弄醒她似的……在他们相爱的那一个月里，他们从来不曾像此刻这般亲密，从来不曾如此深沉地心意相通。

战争期间他格外顺利。上前线之前他是上尉，继阿尔贡战役之后，他被晋升为少校，担任师机枪营的指挥官。停战后他火急火燎地设法回国，却阴差阳错地被送到了牛津。当时他忧心忡忡，因为戴茜的信中有一种紧张绝望的性质。她不明白他为什么不能回国。她感觉到了外界的压力，她需要看见他，需要感觉到他在自己身边，让她安下心来，确信自己终究是在做正确的事。

因为戴茜还年轻，她的矫揉造作的世界里充满了兰花的香气、令他们感到愉快的势利习性，还有管弦乐队。那些乐队用新的曲调总结生活给人带来的悲哀和启发，定下当年的节奏和韵律。萨克斯管通宵呜咽着《比尔街的布鲁斯》[1]的绝望注解，成百双金色和银色的舞鞋扬起闪亮的尘埃。在阴郁的下午茶时辰，总是有房间在不停地颤动这种低沉而甜蜜的热病，新鲜的脸庞飘来飘去，像一片片被悲伤的小号吹拂着、在地板上四处荡悠的玫瑰花瓣。

在这个曙暮光的宇宙里[2]，随着季节的变迁，戴茜又开始活跃起来。忽然之间，她又每天约会五六次、见五六个男人了。每天黎明时分她才昏昏沉沉地入睡，晚礼服上的珠子和缎带同枯萎的兰花缠在一起，乱糟糟地丢在床边的地板上。她的内心一直有个声音在叫喊，要她做个决断。她需要让自己的人生成形，现在，立刻——这个决定必须由就在眼前的某种力量来做出：爱情、金钱、毋庸置疑的实际利益。

那种力量在仲春时节，随着汤姆·布坎南的到来，开始成形。他的体格强健且地位很有分量，戴茜被他拍得很满意。无疑，先是一番挣扎，然后便是一种解脱的感觉。

信寄到盖茨比手上时，他还在牛津。

---

① 《比尔街的布鲁斯》，*Beale Street Blues*，一九一九年百老汇一出音乐喜剧中的歌曲，现今仍可经常听到。

② 曙暮光，在日出之前或日落之后，天地间的微明光亮。当时戴茜的世界里的自然光只有曙暮光，人们昼夜颠倒。

这会儿长岛已经是黎明时分，我们走来走去，将楼下其余的窗户全部打开，让房子里充满了渐渐变成灰色、又渐渐变成金色的光线。一棵树的影子突然一下子投到露水上，幽灵般的鸟儿在青灰色的树叶中间开始唱歌。空气中有一种缓慢而令人愉快的运动，几乎不能说是风，预示着一个凉爽宜人的日子。

“我认为她从来没有爱过他。”盖茨比从窗前转过身来，挑战似的看着我，“你一定记得，老兄，昨天下午她非常激动。他用一种吓唬她的方式给她讲那些事情，按照他的说法，我好像就是个很低级的骗子。结果呢，她几乎就不知道自己在说些什么了。”

他阴沉着脸坐了下来。

“当然，她有可能爱过他那么一小会儿，在他们刚结婚的时候。即使在那个时候，她也是爱我更多一些，你明白吗？”

突然他说出一句很奇怪的话来。

“不管怎样，”他说，“这不关他人的事。”

从这句话里你能听出什么意思来呢？大概只能猜测，他对这件事情的想法中有一种无法估量的强烈情感。

他从法国回来时，汤姆和戴茜仍在旅游度蜜月。他抗拒不住，用最后一点儿军饷，去路易斯威尔做了一次悲惨的旅行。他在那儿逗留了一个礼拜。他在大街上走，当年那一个十一月的夜晚，他们的脚步声曾一同在那些街上回响。当年他们开着她那辆白色汽车去过的偏僻地方，他也去故地重游了。戴茜家的宅子在他眼中一向比别的房子更显得神秘和欢乐，此时那座城市本身，虽然戴茜已经离去，在他的心里依然弥漫着一种忧郁的美。

离开时他觉得，这几天寻找她的时候如果再多花些力气，可能已经找到她，现在他却要丢下她前行了。硬座车厢里很热——

此时他已经身无分文。他走到没有顶盖的通廊[1]里，在一张折叠椅上坐下，车站徐徐后退着离开了，一幢幢不熟悉的建筑物的背面从眼前平移过去。然后开阔的春天的田野进入视野，一辆黄色电车和他们并排赛跑了一分钟，那辆车里的人或许曾偶然在街头看见过她苍白的、充满魅力的脸庞。

铁轨走出了一个弧度，正在背着太阳往前走。太阳渐渐沉下去，仿佛要将它的光芒铺展开来，以赐福的姿态罩住那座曾经有过她的呼吸、此刻正渐渐消失的城市。他绝望地伸出双手，仿佛攫取到一缕空气也是好的，他要从这个曾经因为她而变得可爱的地方，取一块碎片保存起来。但是在他模糊的泪眼前面，此刻一切都在飞快地逝去。他知道，他已经失去了其中的一部分，最新鲜最美好的那一部分，已经永远失去了。

我们吃完早饭，来到外面门廊里时，已是九点钟。一夜之间气候突然变了，空气中有了秋天的意味。那个园丁，盖茨比的最后一个老仆人，来到台阶下面。

“今天我要把游泳池里的水放掉，盖茨比先生。很快就会开始掉树叶。到时候水管子总是出麻烦。”

“今天先别放。”盖茨比答道。他转过身来面带歉意对着我：“你知道吗，老兄？整个夏天我从来没用过那个游泳池。”

我看了看表，站起身来。

“还有十二分钟我那班火车就要到了。”

我不想去城里。我没心思上班，一件像样的活儿也干不出来，但原因不止于此——我不想丢下盖茨比。我错过了那一班火

---

① 通廊，两节车厢的连接处。

车，又错过了下一班火车，然后才勉强离开。

“我给你打电话。”最后我说。

“好的，老兄。”

“中午前后我打电话给你。”

我们慢慢地走下台阶。

“我估计戴茜也会打电话的。”他焦虑地看着我，仿佛希望我予以证实。

“我估计她会的。”

“那么，再见。”

我们握了握手，我开始往外走。还没走到树篱跟前，我就想起了一件事，便又转过身去。

“他们是一帮烂人，”我隔着草坪大叫，“那帮该死的家伙捆成一整个儿也比不上你。”

后来我一直为自己说了那句话感到高兴，那是我对他说过的仅有的一句称赞的话，因为我自始至终不赞成他。他先是有礼貌地点点头，然后他脸上忽然绽开笑容，那种光芒四射、善解人意的笑容，仿佛对于我所说的事实，我们一向有着心醉神迷的默契。在白色台阶的映衬下，他那一身华丽的粉红色西装形成了一个彩色的亮斑，让我想起三个月前我第一次来到他的原籍的那个夜晚。这里的草坪和车道上，曾挤满一张张猜测他的朽败恶行的人的面孔，而他曾经站在台阶上，将不朽的梦藏在心里，向他们挥手作别。

我感谢他的款待。我们——我和其他人一向为此感谢他。

“再见，”我喊道，“我很爱吃你的早餐，盖茨比。”

到城里后，我试着做了一会儿没完没了的股票行情表，然后就在转椅里睡着了。快到中午的时候，电话铃声将我吵醒，我跳起来，前额上一下子冒出许多汗。是乔丹·贝克。她时常在这个钟点打电话给我，因为她本人总是往来于大饭店、俱乐部和私人住宅之间，行踪不定，很难有别的办法找到她。往常她的声音通过电话线传来时就像个什么清新凉爽的东西，仿佛绿茵茵的高尔夫球场上一块草皮被球杆削起，飘进了办公室的窗口，但今天上午她的声音显得干涩刺耳。

"我已经离开戴西家了，"她说，"我在亨普斯特德①，今天下午我去南安普敦②。"

离开戴西家或许做得很圆滑得体，但这个举动让我生气，她接下来的一句话则使我的脸僵住了。

"昨天晚上你对我不太好。"

"那样一种情况，怎么可能还在意这个？"

沉默了片刻。然后：

"不管怎么说……我想见你。"

"我也想见你。"

"今天下午我不去南安普敦了，进城去找你好吗？"

"不，今天下午不行。"

"那好吧。"

"今天下午不可能，各种各样的……"

我们就这样聊了一会儿，然后突然一下子，我们不聊了。我不知道是谁啪嗒一声先挂掉了电话，但我知道，我不在乎。即使在这个世界上我和她再也不说话，那天我也不可能和她面对面坐

---

① 亨普斯特德，纽约长岛纳苏县的一个小镇，距离纽约城大约三十英里。
② 南安普敦，长岛东端南岸的一个富人区，距离纽约城大约一百英里。

在茶桌旁聊天。

几分钟后我给盖茨比家打电话，但是占线。我打了四次，最后，一位恼火的总机接线员告诉我，那条线路空着，在等底特律的长途。我取出火车时刻表，在三点五十分那班车上画了个小圆圈。然后我仰靠在椅子里，想理一理思路。这时恰是正午时分。

那天上午火车经过灰堆的时候，我曾故意走到车厢对面去。我估计整天都会有好奇的人群在那儿围观，会有些小男孩儿在尘土中寻找发黑的血斑，会有饶舌的人翻来覆去地讲述发生了什么事，直到连他自己也觉得故事里面的真实成分越来越少，再也讲不下去，默特尔·威尔逊的悲剧性成就也渐渐被人淡忘。现在我要倒回去一点儿，说一说前一天晚上我们走后修车店里发生的事。

他们费了些周折才找到死者的妹妹凯瑟琳。那天夜里她一定是破了自己不喝酒的规矩，因为她到达现场的时候已经被酒精弄得傻头傻脑，竟无法理解急救车已经去了法拉盛[①]。他们说服她相信这一点后，她立刻晕了过去，仿佛这一点是车祸事件中最令人无法忍受的一点似的。有个人出于好心或者好奇，让她上了自己的车，沿着她姐姐的尸体驶过的路线，载着她追了过去。

午夜过后很久，人流的潮水依然拍打着修车店的门面；乔治·威尔逊则在里面，坐在长沙发上，身体不停地前后摇晃着。有一阵子办公室的门敞开着，走进修车店的人一个个都忍不住朝里面瞟几眼。最后有个人说这样太不像话，走过去把门关上了。米凯利斯和另外几个人陪着他——起先有四五个人，后来只剩下了两三个人。再后来米凯利斯不得不请求最后一个陌生人多待

① 法拉盛，纽约皇后区内的一个区域，近年成为亚裔移民聚居地。

十五分钟，让他回自己店里煮一壶咖啡。此后他便独自一人陪着威尔逊，直到天明。

大约三点钟的时候，威尔逊语无伦次的咕哝发生了性质上的变化。他变得安静些了，开始说那辆黄色汽车。他宣布他有办法查出黄车是谁的，然后脱口说出两个月前他妻子从城里回来时鼻青脸肿。

他听到自己说的话，吓得往后一缩，又呻吟着开始哭叫："哦，我的上帝啊！"米凯利斯想了个笨办法来分散他的注意力。

"你结婚多久了，乔治？别这样，试一试安安静静地坐上一分钟，回答我的问题。你结婚多久了？"

"十二年。"

"有没有生过孩子？行啦，乔治，坐着别动，我问你一个问题。你们有没有生过孩子？"

硬邦邦的棕色甲壳虫一直在砰砰地往昏暗的电灯上撞，每次米凯利斯听到外面马路上一辆汽车呼地开过去，就觉得像是几小时前那辆没停下来的车。他不喜欢走到汽车间里去，因为长条形工作台上停放过尸体，沾着血迹。于是他很不自在地在办公室里转来转去，时不时地在威尔逊旁边坐下，设法让他再平静些。天还没亮，他已经熟悉了办公室里的每一样物品。

"有没有一间你有时会去的教堂，乔治？可能你都很久没去教堂了吧？我可以打个电话到教堂，找个牧师过来，他可以跟你谈谈，好不好？"

"没有专门去的教堂。"

"你该有个常去的教堂，乔治，碰到这种时候就用得上了。以前你肯定去过教堂的。你在教堂结婚的不是吗？听着，乔治，听我说。你在教堂结婚的不是吗？"

“那是很久以前。”

回答问题的努力打乱了他摇晃的节奏，他安静了片刻。然后，原先那种半清醒半迷糊的目光，又回到了他那双没有了神采的眼睛里。

“看看那边那只抽屉里。”他说，指指办公桌。

“哪一只抽屉？”

“那只抽屉……那一只。”

米凯利斯打开最靠近手边的那只抽屉。里面除了一根皮革加银线编织物做的昂贵的牵狗皮带之外，什么也没有。显然是一根新皮带。

“这个？”他举起来，询问道。

威尔逊瞪眼看着，点点头。

“我昨天下午发现的。她想给我讲故事，但我知道这件事情里有古怪。”

“你是说这是你妻子买的？”

“她用棉纸包着，放在梳妆台上。”

米凯利斯没看出有什么古怪，他给威尔逊讲了十来条他妻子买牵狗皮带的理由。但是可以料想到，其中一些理由跟之前威尔逊从默特尔那里听到的一模一样，因为他又开始低声嘟囔“哦，我的上帝啊！”，他的安慰者便把剩下的几条理由搁在了肚子里。

“这么说是他杀了她。”威尔逊说。他的嘴巴突然张得大大的。

“谁杀的？”

“我有办法找出来。”

“你脑子出毛病了，乔治。”他的朋友说，“这件事伤害了你的脑子，你不知道自己在说什么。你最好定定神，安安静静坐到天亮。”

“他谋杀了她。”

“这是个事故，乔治。”

威尔逊摇摇头。他眼睛眯缝起来，嘴巴微微向两边拉开，隐隐地现出一丝高傲，“哼！”了一声。

“我知道，”他毫不含糊地说，“我是一个相信别人的人，从来不把**任何人**往坏处想，但如果我非得弄明白一件事，我就能弄明白。是车子里的那个男人。她跑出去想跟他说话，但他不肯停车。”

当时的情形米凯利斯也看到了，但他并没有想到其中有什么特别的含义。他相信威尔逊太太是想从她丈夫身边逃走，而不是想拦住某一辆汽车。

“她怎么可能是那样一个人呢？”

“她是个心思藏得很深的人，”威尔逊说，仿佛这句话回答了问题似的，“啊……呀……呀……”

他又开始摇晃。米凯利斯站在那儿，手中不停地拧着牵狗皮带。

“你有什么朋友我可以打个电话叫他们过来吗，乔治？”

这是个几近无望的希望，他几乎可以肯定，威尔逊没有朋友——他连自己的妻子都应付不过来。又过了一会儿他高兴起来，他注意到房间里有了变化，窗玻璃在发蓝，他意识到离天亮不远了。大约五点钟的时候，外面已经足够蓝，可以啪嗒一声把灯关掉了。

威尔逊呆滞的目光移向外面的灰堆，在黎明的微风中，小朵灰色的云呈着奇异的形状，在灰堆上空四处赛跑。

“我和她谈过，”沉默许久后他咕哝道，“我对她说，她可以把我当傻瓜来糊弄，但她糊弄不了上帝。我拉着她来到窗前……”他费劲地站起身，走到后窗跟前，人倚靠着墙，脸贴在窗子上，“我说：‘上帝知道这些日子你在干些什么事，知道你在干的每一件事。你可以把我当傻瓜来糊弄，但你糊弄不了上帝！’”

米凯利斯站在他身后，很震惊地发现他盯着T.J. 埃克尔伯格大夫的眼睛，它们刚刚从正在消融的夜色中显露出来，暗淡而巨大。

“上帝看得见一切。”威尔逊重复道。

“那是个广告牌。”米凯利斯安抚他说。有种东西迫使米凯利斯从窗前扭过头去，看着房间里面。但威尔逊在窗前站了很久，脸紧靠着窗玻璃，不住地冲着曙光点头。

六点钟时米凯利斯已精疲力竭，谢天谢地，外面传来了一辆汽车停车的声音。是昨夜帮着看护的一位过路人，曾答应再回来。于是米凯利斯做了三个人的早饭，和那个人一起吃了。现在威尔逊安静些了，米凯利斯便回去睡觉。四个小时后他醒过来，急忙回到修车店，威尔逊却不见了。

后来找到了他的行踪。他一路步行，先去罗斯福港，然后走到盖德山，在那儿买了一块三明治却没有吃，还买了一杯咖啡。他一定是累了，走得很慢，过了中午才走到盖德山。他此前的行程并不难说清楚，几个男孩儿曾看到一个举止“疯疯癫癫”的男人，还有几个驾车的人说，他站在路边神情古怪地盯着他们看。此后有三个小时他从人们的视野中消失了。警察根据他对米凯利斯说过的话，那一句“我有办法找出来”，推断那一段时间他在跑附近的修车店，逐一打听一辆黄色汽车。但是，并没有一家修车店的人站出来说看见过他。也许他有更容易、更确凿的办法查清楚他想知道的事情。下午两点半他到了西卵，向人询问去盖茨比家怎么走。因此，那时候他已经知道盖茨比的名字了。

两点钟时，盖茨比穿上游泳衣，给男管家留了个话，说如果有人打电话来，到游泳池去通知他。他走到车库停了一下，进去拿了个充气垫子，夏天的时候客人们曾经拿那个东西玩得很开心。司机帮着他给它打足了气，然后他吩咐道，在任何情况下，那辆敞篷车都不要开出去。这有点儿奇怪，因为车子的右前挡泥板需要修理。

盖茨比扛着气垫向游泳池走去。他曾经停下来将气垫稍稍挪移一下，司机问他要不要帮忙，他摇摇头，片刻后便消失在叶子正在变黄的树林里了。

没有来电话，没有讯息要传，但是男管家不睡午觉去守着，一直等到四点钟。即使有电话来，那时候讯息也早已没有可以告诉的人了。我有个想法：盖茨比本人并不相信会来电话，也许他再也不在乎了。如果真是那样，他一定已经感觉到旧日的温暖世界已经失去，感觉到为了守着一个梦生活太久而付出了高昂的代价。他一定曾透过令人惊惧的树叶仰望着一片陌生的天空，他一定曾颤抖着发现玫瑰是一种多么怪诞的东西，阳光照在没有被创造完整的草上是何等的粗暴。他周围是一个新的世界，可怜的幽灵们像呼吸空气一样呼吸着梦幻，无缘由地四处飘荡着……就像那个灰蒙蒙的古怪人影，它正穿过无固定形状的树林向他而来。

那个司机——他是沃尔夫希姆保护的那些人中的一个——听到了枪声。事后他只能说当时并没有把它当一回事。我从车站出来，驱车直奔盖茨比家。看到我急匆匆冲上正门口的台阶，里边才有人觉得不妙，惊慌起来。司机、男管家、园丁和我，我们几乎一言不发，急忙向游泳池奔去。

池水在动，微微地，几乎看不出来。那是清水从一端流进来，在赶往另一端的排水管道。载着重物的气垫在游泳池里无规律地漂移着，漾起小小的涟漪。它载着偶然的重物，但一阵连水面也吹不皱的微风便足以扰乱它的偶然的航程。一群落叶碰碰它，它便缓缓地旋转起来，像圆规的一只脚一样，在水面上划出一个细细的红色圆圈。

我们带上盖茨比，已经开始朝房子走去，这时园丁才看见不远处草丛里的威尔逊的尸体，大屠杀完成了。

第九章

两年之后，我回忆起那天白天的其余时间、那天晚上和第二天，只记得警察、摄影师和报社的人形成的无尽人流，像钻头一样在盖茨比的正门里钻进钻出。大门口拦了一条绳子，一个警察守在那儿，不让好奇者进来；但是小男孩儿们很快就发现可以从我的院子里进去，总是有几个小男孩儿大张着嘴巴聚集在游泳池附近。那天下午，有个神态过分自信的人，也许是个警探，弯下腰去查看威尔逊的尸体，他使用的措辞是“疯子”。他偶然一句话的权威语气，为次日上午的报道定下了基调。

那些报道大多数是噩梦——荒唐可笑，不着边际，急于下结论而且不真实。当米凯利斯受讯问时的证言将威尔逊对他妻子的怀疑曝光时，我以为很快整个故事便会被制成带一点儿荤腥的讽刺文章供人享用。但是，本来有可能道出一切的凯瑟琳却一个字也没有说。

在这件事情上，她还显示出了令人惊讶的骨气——修过的眉毛底下，两只眼睛透出坚定的神情望着验尸官，发誓说她姐姐从来不认识盖茨比，她姐姐和姐夫幸福美满，她姐姐没有牵涉到任何惹祸的事情中去。她说得连自己都信以为真了，一边哭一边用手绢擦眼泪，仿佛提一提、暗示一下，她都不能承受。

于是，威尔逊被归结为一个“悲伤过度导致精神错乱”的人，那样案子便可以停留在最简单的层面上。于是在那样一个层面上结了案。

但事情的这一部分似乎全都离我很遥远，无足轻重。我发觉自己站在盖茨比一边，而且是独自一人。从我打电话给西卵村告知他们惨祸消息的那一刻起，关于他的每一个臆测、每一个实际问题，他们都来找我。起初我感到惊讶和困惑，后来，看到他躺在他自己的房子里，一个小时又一个小时不动、不呼吸、不说话，我才渐渐意识到我在负责这里的事，因为没有别的人感兴趣。我说的感兴趣，是指带着强烈的个人兴趣予以关注，而得到这种关注，是每个人走到终点时都拥有的一种不明确的权利。

我们找到盖茨比半个小时后，我曾打电话给戴茜，出于本能毫不迟疑地给她打了电话。但是那天下午她和汤姆很早就离开了，而且是带着行李走的。

“没留下地址吗？”

“没有。”

“说过什么时候回来吗？”

“没有。”

“能想到他们会去哪儿吗？我有什么办法联系上他们？”

“我不知道。说不准。”

我想给他找个人来。我想走进他躺着的那个房间，叫他安心：“我会给你找个人来的，盖茨比。别担心。相信我，我会给你找个人来……”

迈耶·沃尔夫希姆的名字不在电话簿上。男管家给了我他在百老汇的办公室地址，我打电话给查号台，但我询问到电话号码时，已经是五点过后很久了，电话没人接。

“请你再帮我接一次好吗？”

“我已经接过去三次了。”

“我有很重要的事情。”

“对不起。恐怕那边没有人。”

我回到客厅里，一瞬间我以为，所有这些忽然挤满这地方的官方人员，只是些不速之客。但是当他们将床单拉开来，用无动于衷的目光看着盖茨比时，他的抗议声在我脑袋里又接着鸣响起来。

“我说，老兄，你得给我找个人来。你得下点儿功夫去找。我一个人过不了这一关。”

开始有人向我提问，但我摆脱他们跑到了楼上，匆匆忙忙地翻看他书桌上没上锁的柜子和抽屉——他从来没有明确地告诉过我他的父母已不在人世。但我什么也没有找到，只有丹·科迪的那张照片，那个已经被遗忘的暴力的标志，目不转睛地从墙上面往下看。

第二天早晨，我派男管家去纽约给沃尔夫希姆送了一封信。我在信中向他打听情况，催促他见信后马上乘下一班火车过来。写信的时候我觉得提这个要求似乎是多余的。我确信他一看到报纸马上就会出发，正如我确信中午之前一定会收到戴茜的电报一样。但是电报和沃尔夫希姆先生都没有到，除了更多的警察、摄影师和报馆的人，没有一个人来到。当男管家带回来沃尔夫希姆的回信时，我开始产生蔑视的情绪，感觉到自己和盖茨比靠在一起，很鄙视地站在他们所有人的对立面。

亲爱的卡拉韦先生：

这是我一生中受到的一次最可怕的打击，我根本无法相信这是真的。那个人干出如此疯狂的事，我们大家真应该好好想一想。现在我无法过去，因为我被一件非常重要的生意捆住了无法脱身，现在不能搅和到这件事情里去。稍后如果有什么我能够办的事，请让埃德加送个信来告知我。听到这样一个消息时，我几乎不知自己身在何处，我完全被击倒了，打晕了。

你的忠实的

迈耶·沃尔夫希姆

然后又匆匆附了一句：

葬礼等事宜请告知我。我对他的家人一无所知。

那天下午电话铃响，长途台说芝加哥来电时，我心想戴茜终于来电话了。但接通后我听到的却是一个男人的声音，微弱而遥远。

“我是斯莱格尔……”

“你有什么事？”这是个陌生的名字。

“该死的坏消息，是不是？收到我的电报了吗？”

“什么电报也没来。”

“小帕克进班房啦，”他语速很快地说，“他把债券递过柜台时他们抓住了他。他们五分钟前得到了纽约的通知，有了那些债券的号码。那件事情[①]你知道多少，嘿？这种乡下小城里的事情

① 作者在这里暗指盖茨比卷入了一九二二年一桩失窃债券买卖案。

永远说不准……”

“嗨！”我上气不接下气地打断了他，“听我说，我不是盖茨比先生。盖茨比先生死了。”

电话那一头沉默了许久，接着是一声惊叫……然后随着一声粗厉的暴叫，电话挂断了。

我想那是第三天，从明尼苏达州的一个小镇来了一封署名亨利·C. 盖兹的电报。上面只说发电报的人马上动身，请将葬礼延后，等他来到。

来人是盖茨比的父亲，一位很严肃的老人，非常无助，非常沮丧，在温暖的九月天里，裹着一件廉价的乌尔斯特大衣[①]。他激动得眼睛里不停地流泪，我从他手里接过包和雨伞后，他开始不住地捋着稀疏的灰白胡须，弄得我不好帮他脱外套。他已经到了崩溃的临界点，所以我扶着他进了音乐室，硬让他坐下，同时叫人去拿吃的。但他不肯吃东西，那杯牛奶也从他哆哆嗦嗦的手里洒了出来。

“我在芝加哥的报纸上看到的，”他说，“全登在芝加哥的报纸上。我马上就动身了。”

“我不知道怎样联系上您。”

他两眼不停地转来转去四处看，却好像什么也没看见。

“是个疯子干的，”他说，“他一定是疯了。”

“您不想喝点儿咖啡？”我劝他。

“我什么都不想喝。我现在没事了，……先生？”

---

① 乌尔斯特大衣，原产自爱尔兰岛北部，即乌尔斯特地区。宽而长，一般有腰带，用起绒粗呢或其他厚衣料制成。

“卡拉韦。”

“哦，我现在没事了。他们把吉米[1]弄哪儿去了？”

他儿子停放在客厅里，我带他进去，然后走出来让他自己在里面待着。几个小男孩儿已经上了台阶，正朝门厅里看。我告诉他们来的是什么人，他们有些不情愿地走开了。

过了一会儿，盖兹先生打开门走了出来。他的嘴半张着，脸微微泛红，眼睛里不时地掉几滴泪。到了他这个年纪，死亡已不再是一件令人惊骇的事。此刻他第一次环顾四周，看见门厅高大华丽，一个个巨大的房间从门厅通向别的房间，他的悲伤便开始和一种带着畏怯的骄傲之情掺杂在一起。我扶着他到了楼上的一间卧室里，趁着他脱去外套和背心的工夫，我告诉他一切安排都推迟了，准备等他来了以后再说的。

“我不知道您的想法，盖茨比先生……”

“我姓盖兹。”

“盖兹先生。我以为您可能想把遗体运到西部去。”

他摇摇头。

“吉米一向比较喜欢东部。他在东部上升到这个地位。你是我儿子的朋友吧，……先生？”

“我们是很亲密的朋友。”

“他前程远大。他只是个年轻人，可是他这儿已经变得很有脑力。”

他很庄重地用手指点点脑袋，我点点头。

“要是他活着，他会成为了不起的人物的。一个詹姆斯·J.

① 吉米，杰伊·盖茨比原名詹姆斯·盖兹，吉米是詹姆斯的昵称。

希尔[①]那样的人。他会帮助国家强盛。”

“确实如此。”我说，有点儿不自在。

他笨拙地拉扯着绣花床单，想把它从床上拿掉，然后他直挺挺地躺下去——立刻便睡着了。

那天夜里，一个明显被吓坏了的人打电话过来，要求先知道我是谁，然后才肯报他自己的姓名。

“我是卡拉韦先生。”我说。

“哦……”听上去他感到很宽慰，“我是克里普斯普林格。”

我也感到宽慰，因为这似乎预示着在盖茨比墓前会多一个朋友。我不想登报，以免引来一大群看热闹的人，所以我一直在自己打电话找人。很难找到。

“葬礼在明天，”我说，“三点钟，在这边宅子里。希望你转告其他有意参加的人。”

“哦，好的，”他急忙很突兀地嚷道，“当然我不大可能遇到什么人，不过我遇到了肯定会转告。”

他的语气使我产生了怀疑。

“你自己肯定会来吧。”

“嗯，我一定争取过去。我打这个电话是想……”

“等一下，”我打断了他，“能不能说定你会过来？”

“嗯，事实上……实际情况是，我现在待在格林尼治[②]，这边有几个人和我一起，他们很期待我明天和他们一起玩。事实上，有个野餐会什么的。当然我会想尽办法脱身。”

---

① 詹姆斯·J. 希尔（1838—1916），移居美国的加拿大人，加拿大至美国铁路干线建设的决策人，覆盖美国中西部之北部地区的北方铁路网建设的首席执行官。

② 格林尼治，康涅狄格州一个富有的小城，紧邻纽约州的韦斯切斯特县。

我不管不顾地从嘴里蹦出了一声“嘿！”，他一定是听到了，因为他很紧张地接着往下说：

“我打电话是为了我留在那边的一双鞋。不知道能不能麻烦男管家寄过来。你知道，那是一双网球鞋，没那双鞋我有点儿不知所措。我的地址是请 B.F……”

我没有听全转交人的姓名，因为我挂上了话筒。

此后我有点儿为盖茨比感到羞耻——我打电话去找的一位上流人士暗示他是咎由自取。无论如何，那是我的错，因为他是喝足了盖茨比的酒便壮起胆子用最刻薄的话嘲讽盖茨比的那些人中的一个，我该认清此人，不该给他打电话的。

举行葬礼的那一天，上午我跑到纽约去找迈耶·沃尔夫希姆，我似乎已经没有别的办法可以联系上他了。在电梯服务生的指点下，我推开了一扇门，门上的标牌是“卐字[①]控股公司”，起先房间里似乎没有人。我喊了几声“嗨”，没人应声。突然一道隔板后面响起了争吵的声音，不久，一个可爱的犹太女人出现在一间内室的门口，一双黑眼睛带着敌意地端详着我。

“里面没人，”她说，“沃尔夫希姆先生去芝加哥了。”

前半句明显是假话，因为里面已经有人开始吹口哨，荒腔走板地吹着《玫瑰经》[②]。

“请通报一声卡拉韦先生想见他。”

“我没法把他从芝加哥叫回来，是不？”

就在这时，门里面一个声音，明白无误是沃尔夫希姆的声音，叫了一声“斯特拉！”。

---

① 卐字，纳粹党的党旗标志。一九二四年到一九二五年前后，被认作是“反犹排犹”的标记。

②《玫瑰经》，美国十九世纪末的一首天主教歌曲。

“把你的名字留在办公桌上，”她语速很快地说，“他回来后我给他看。”

“可我知道他就在里面。”

她向我走近一步，怒气冲冲，两只手开始在臀侧上下滑动。

“你们这些年轻人总以为自己随便什么时候都可以硬闯进来，”她叱责道，“我们已经很厌烦了。我说他在芝加哥，他就在芝加哥。”

我提起盖茨比。

“哦……哦！”她重新打量了我一番，“请你稍……你贵姓？”

她消失了。片刻之后，迈耶·沃尔夫希姆很庄重地站在门口，两只手都伸了出来。他把我拉进办公室，用恭敬的口吻说这是我们大家悲伤的时刻，并递给我一支雪茄。

“我回想起了我初次遇见他的情形，”他说，“一个刚离开军队的年轻少校，身上挂满了在战争中赢得的勋章。他手头很紧，买不起平常衣服，只好继续穿军装。我第一次见到他，是他走进维恩布伦纳在第四十三号街开的台球房想找一份工作的时候。他已经两天没吃东西。‘来吧，和我一起去吃午饭。’我说。他在半个小时里吃掉了价值超过四美金的食物。”

“他做生意是你帮他起头的吧？”我询问道。

“帮他起头！我造就了他。”

“哦。”

“我把他从一无所有提携起来，直接从贫民窟里弄出来。我一眼就看出他是个相貌堂堂、很有绅士派头的年轻人。他告诉我他是油津人时，我就知道我可以拿他派大用场。我把他弄进了美国退伍军人协会，后来他在协会里有很高的威望。他立马就去北边奥尔巴尼[1]帮我的一个客户办成了事情。我们在每件事情上都

---

① 奥尔巴尼，纽约州首府，位于纽约市以北二百多公里。

这样亲密，”他举起两根肥嘟嘟的手指头，“总是在一起。”

我很想知道，这种合伙关系是否也包括一九一九年世界棒球联赛那桩交易。

“现在他死了，”过了一会儿我说道，“你是他最亲密的朋友，所以我知道，今天下午他的葬礼你一定想去参加。”

“我想去。”

“嗯，那就去吧。”

他摇头的时候鼻毛微微颤抖着，眼睛里充满了泪水。

“我不能去——我不能搅和进去。”他说。

“不会搅和到任何事情里去的。现在已经全部结束了。”

“有人被杀死的时候，我总是不想以任何方式搅和进去。我离得远远的。年轻时就不同了，如果有朋友死了，不管是怎样死的，我都会跟他们死磕到底。你也许会认为那是感情用事，但我是认真的——拼到底。”

我明白了，他决意不去自有其原因。我站起身来。

“你是大学生吗？”他突然询问道。

有一会儿我以为他会提出搞个“关继”，但他只是点点头，握了握我的手。

“我们都学会在朋友活着的时候有情有义吧，而不是在朋友死后。”他提议道，“人死后，我本人的原则是一切都随它去。”

我离开他的办公室时，天空变阴暗了。我在蒙蒙细雨中回到西卵。换过衣服后我便去了隔壁，发现盖兹先生正兴奋地在门厅里走来走去。他的儿子和他儿子的财产带给他的自豪感在不断地增长，这时他有样东西要给我看。

“吉米寄给我这张照片，”他的手指哆嗦着掏出了钱包，“你瞧。”

照片拍的是这座房子，几只角已经破了，经许多只手摸过后已经很脏。他热切地指给我看每一个细节。“瞧这儿！”然后便在我的眼睛里寻找赞赏的神情。这张照片他曾经给人看过太多次，我觉得现在对于他来说，照片已经比房子本身更为真实。

“吉米寄给我的。我觉得这是一张非常好看的照片。拍得很清楚。”

“非常好。您近来见过他吗？”

“两年前他来看过我，给我买了我现在住的那幢房子。当然啦，他离家出走时我们关系破裂了，但现在我明白了他是有道理的。他知道自己前程远大。自从他成功以后，他一直对我很大方。”

他似乎不甘愿把照片收起来，又恋恋不舍地在我眼前举了一分钟。然后他把钱包放回去，从衣袋里掏出一本破破烂烂的旧书，书名是《霍帕朗·卡西迪》①。

“你瞧，这是他小时候看的一本书。从小一看，到老一半。”

他翻开封底，把书转了个方向让我看起来方便。封底的衬页上用印刷体写着“计划表”几个字，日期是一九〇六年九月十二日。下面写的是：

起床	上午 6:00
练习哑铃和攀墙	6:15—6:30
学习电学等	7:15—8:15
工作	8:30—下午 4:30
棒球和其他运动	下午 4:30—5:00

---

①《霍帕朗·卡西迪》，这是一本以主人公为书名的小说，霍帕朗·卡西迪是个牛仔。此书首版于一九一〇年，而盖茨比那本书上写的日期却是一九〇六年，此处作者明显犯了个小错误。

练习演说、仪态　　5:00—6:00

学习有人需要的发明　　7:00—9:00

总体决心

不浪费时间去沙夫特家或（一个姓，难以辨认）

不再吸烟或嚼烟

隔天洗一次澡

每周读一本有启发的书或杂志

每周攒~~$5.00~~ $3.00

对父母更好些

“我是偶然发现这本书的，”老人说，“从小一看，到老一半。是不是？”

“从小一看，到老一半。”

“吉米注定了要出人头地的。他总是有这样那样的决心。你注意到他用什么办法来增进脑力了吗？他在这方面一向都很了不起。有一次他对我说我吃东西像猪，我揍了他一顿。”

他不甘愿把书合上，大声地逐条念过去，然后热切地看着我。我觉得他颇指望我把那张计划表抄下来自己用。

将近三点钟时，路德教会的那位牧师从法拉盛赶到了。我开始不由自主地望着窗外，看看有没有别的汽车过来。盖茨比的父亲也一样。时间一点点过去，仆人们都进来了，站在门厅里候着，他开始焦急地眨巴眼睛，用担心和心里没底的口吻谈论外面的雨。牧师看了好几次表，于是我把他拉到一旁，请他再等半小时。没有人来。

五点左右，我们一行三辆车的送葬队伍到达了墓地，在密如牛毛的细雨中停在大门旁。第一辆是灵车，黑得像乌鸦湿得像落汤鸡；接下来是盖兹先生、牧师和我坐的那辆豪华大轿车；再后面，离得稍远些，是四五个仆人和西卵的邮差乘坐的盖茨比的那辆旅行车。每一辆车都湿透了。

我们穿过大门向墓地走去的时候，我听见一辆汽车停车的声音，然后是一个人从后面追上来踩着浸透雨水的地面发出的溅水声。我回过头去看。是那个戴猫头鹰眼眼镜的人。三个月前的一个夜晚，我曾发现他在图书室里惊讶地翻看着盖茨比的藏书。

从那以后我再也没有看见过他。我不知道他是如何得知葬礼消息的，甚至都不知道他的姓名。雨水从他厚厚的镜片上直淌下来，他把眼镜摘下来擦一擦，以便看清楚一卷挡雨帆布展开来盖住盖茨比的坟墓。

当时我试着回忆了一会儿盖茨比，但他已经离得太远了。我只记得戴茜既没有捎信来，也没有送一朵花来。我并不感到怨恨。我隐隐约约听见有人在喃喃地说："雨水落到身上的死者永享天国之福。"接着戴猫头鹰眼眼镜的人亮开嗓门儿说了声："阿门。"

我们不成队形地快步穿过雨幕回到车上去。"猫头鹰眼眼镜"在大门口跟我聊了几句。

"我没能赶到宅子那边去。"他说。

"别人也都没能赶过去。"

"真无法相信！"他吓了一跳，"嘿，我的上帝！从前他们可是一去就是好几百人。"

他摘下眼镜，里里外外擦了一遍。

“这狗娘养的家伙真可怜。”他说。

我记忆里最生动的一幕是圣诞时节从预备学校，后来从大学，回西部去的情景。到芝加哥以西的地方去的同学们，会在十二月的黄昏六点钟聚集在老旧昏暗的联合车站，匆匆地同几个家在芝加哥、已然沉浸在节日的欢乐气氛中的朋友话别。我记得从某甲某乙私立女校回家去的女生们身上的毛皮大衣，记得叽叽喳喳说个没完时呼吸都快冻住的寒冷，记得我们瞥见旧相识时把手高举过头顶挥舞，然后互相比对收到的邀请：“你去奥德韦家？赫西家？舒尔茨家？”我记得我们紧紧捏在戴着手套的手里的那种长条绿色车票。我还记得停在大门旁的铁轨上，即将开往芝加哥、密尔沃基和圣保罗的一节节暗黄色车厢，它们看上去就像圣诞节本身一样令人快乐。

我们离开车站驶进冬日的夜色之中，真正的雪，属于我们的雪，开始从两边伸展开去，闪烁着白光映向车窗；威斯康星州一个个小站的昏暗的灯光从两旁向后退去，空气里突然出现了一股凛冽、鲁莽、刺激的寒意。我们吃过晚饭后穿过一段一段寒冷的通廊走回车厢时，深深地吸着那种寒意，在奇异的一小时里无法言喻地意识到自己与这一片乡土是一体的，然后我们便再一次融入其中，分辨不出来了。

那就是我的中西部——不是麦田、草原或者已经消失了的瑞典移民小镇，而是我青少年时代令人心颤的还乡的火车，是霜冻的暗夜里的街灯和雪橇铃声，是亮了灯的窗户投在雪地上的冬青枝花环的影子。我便是它的一部分，对于那些漫长的冬季的感受使我有一丝严肃，在卡拉韦宅邸长大使我有一点儿自满——几十年过去了，在我们那个城市，住宅依然以家族的姓氏来命名。现在我明白了，这终究是个西部的故事——汤姆和盖茨比、戴茜和乔丹，还有我，都是西部人，也许我们有些共同的缺陷，使得我们隐约有些不能适应东部的生活。

即便在东部最令我兴奋的时候，即便在我最敏锐地感觉到它的优越性，觉得它胜过俄亥俄河[①]以西那些沉闷乏味、蔓生和肿胀着、没完没了的调查只肯饶过孩子和很老的老人的城镇——即便在那个时候，在我看来，它也始终有一种扭曲的特质。尤其是西卵，它依然会出现在我比较荒诞离奇的梦里。

我看见它像埃尔·格列柯[②]画的一幅夜景：成百幢房子，既老套又怪诞的房子，蹲伏在一片阴沉沉悬垂着的天空和一轮无光泽的月亮的下方。前景上四个身穿晚礼服、面容严肃的男子沿人行道走着，抬着一副担架，上面躺着一个穿白色晚礼服的醉酒女人。她的一只手晃晃悠悠地垂挂在一侧，闪烁着珠宝的冷光。那些男子阴沉着脸转身走进一幢房子——走错了人家。但是没人知道那女人的姓名，也没人在乎。

盖茨比死后，东部在我心目中便成了那样一个鬼影幢幢的地方，其扭曲变形超出了我的视力能够修正的程度。所以，当空气中弥漫起焚烧枯叶的青烟，晾衣绳上的湿衣服被风吹得硬邦邦时，我决定要回家了。

我离开之前有一件事要办，一件尴尬、令人不快、也许最好是随它去的事情。但我想把事情理顺再走，而不只是托付那

---

① 俄亥俄河，密西西比河流量最大的支流，位于美国中东部。

② 埃尔·格列柯（1541—1614），移居西班牙的希腊画家，他的作品通过拉长和扭曲的人形、沉思的深色眼睛、鲜明色彩和灰暗色调的对比，来表现宗教狂喜。

乐于助人又漠不关情的大海冲走我留下的垃圾。我去见了乔丹·贝克，把我们之间发生的事和相关的事情都谈了一遍，也讲了后来我遇到的事情，她躺在一张大椅子里，安安静静不声不响地听着。

她穿一身高尔夫球衣，我记得当时我老是在想，她看上去像一帧很好的插图。她的下颏活泼泼地微微翘起，她的头发是秋叶的颜色，她的脸是棕色色调的，同她放在膝头的连指手套一样的颜色。我说完后她不加评论地告诉我，她已经跟另一个男子订了婚。虽然有几个人她只要点一点头就可以嫁，我还是怀疑她的话；但我假装很惊讶。我只纳闷儿了一分钟，不知道自己是否正在犯错误，然后我迅速地把事情重新想了一遍，便站起身来道别。

“再怎么说，是你把我甩了，”乔丹突然说，“你在电话上把我甩了。现在我已经不在乎你了，可当时对于我那是一个新经验，让我有一阵子觉得晕头转向。”

我们握了手。

“哦，你还记得吗，”她还有话要说，“我们有过一次关于开车的对话？”

“哟……记不清了。”

“你说过一个烂司机只有在遇到另一个烂司机之前是安全的，是吧？嗯，我遇到另一个烂司机了，不是吗？我的意思是，我不小心才这样看错了人。我以为你是一个相当诚实、正直的人。我还以为你暗地里为之感到骄傲呢。”

“我三十岁了，”我说，“要是我年轻五岁，也许还可以对自己撒谎，视之为荣誉。”

她没有回应。我很生气，又对她有几分依恋，心里面难过得要命，转身离去。

十月下旬的一个下午，我看见了汤姆·布坎南。当时他在第五大道上，在我前面走着，一副很机敏和目空一切的派头。他的两只手稍稍离开身体，仿佛要击退别人的骚扰似的；他的脑袋迅速地动来动去，与两只不肯安静的眼睛保持动作协调。正当我放慢步子以免赶上他的时候，他停下脚步，皱起眉头看着一家珠宝店的橱窗。突然他看见了我，返身向我走来，伸着一只手。

“怎么回事，尼克？你讨厌和我握手？”

“是啊。你知道我对你的看法。”

“你疯了，尼克，”他语速很快地说，“疯得一塌糊涂。真不知道你是怎么回事。”

“汤姆，”我询问道，“那天下午你对威尔逊说了些什么？”

汤姆一言不发地盯着我，知道我已经猜出来失去威尔逊行踪的那几个小时他去了哪里。我开始转身，但他赶上一步，抓住了我的胳膊。

“我对他说了实话。”他说，“他来到门口时我们正准备离开，我叫人去楼下传话说我们不在，他就想硬闯到楼上来。他已经完全疯了，如果我没告诉他那辆车是谁的，他肯定会杀了我。他在我家里的时候，他的手每一分钟都握着口袋里的一把左轮手枪……”他突然很不服气地发作了，“我告诉他了又怎样？那家伙是逃不过那一关的。他撒一把土迷了你的眼睛，就像他蒙蔽了戴茜一样，可他是个铁石心肠的家伙。他碾死默特尔就像碾死一条狗一样，而且都不停一下车。”

我无话可说，除了那个不能说的事实：事情的真相并非如此。

"如果你觉得在那件事情上痛苦没我的份儿，那你听着，我去退掉那套公寓、看见餐具柜上搁着那盒该死的狗饼干时，我坐下来像个娃娃一样大哭。上帝作证，太难受了……"

我无法原谅他，也无法喜欢他，但我看得出来，他的所作所为，在他自己看来，是完全有正当理由的。那件事情整个儿非常粗心和不负责任，非常混乱。汤姆和戴茜，他们是粗心和不负责任的人——他们毁坏了东西和生灵，然后退缩到他们的金钱、他们的极度粗心和不负责任，或者将他们俩维系在一起的其他不管什么东西里去，留下一团糟让别人去收拾清理……

我和他握了手，真不肯握手似乎就有些可笑了，因为我突然觉得，我好像是在同一个小孩子说话。然后他走进珠宝店，去买一串珍珠项链，或许只是去买一副袖扣，永远摆脱了我这个乡下人的苛责。

我离开的时候盖茨比的宅子依然空着，他的草坪上，草已经长到跟我那块草坪上的草一样高。村子里有个出租车司机载着乘客经过他的大门口时，没有一次不停下来一分钟，朝里面指指点点。也许他就是出事故的那天夜里将戴茜和盖茨比载到东卵去的那个人，也许他讲的故事纯粹是他自己编造的。我不想听，下火车后我总是避开，不坐他的车。

每个礼拜六的夜晚我都在纽约度过，因为盖茨比那些光彩夺目的晚会我记忆犹新。我依然能听见微弱的音乐声和欢笑声不断从他的花园里飘来，听见一辆辆汽车驶上和驶离他的车道。一天晚上我真的听见那边来了一辆真实的汽车，看见车灯停在房子正门口的台阶旁。但我没有过去看个究竟。大概是最后一位客人，去天涯海角后刚归来，不知道晚会已经结束了。

最后一晚，我的行李已经收拾好装进皮箱，汽车已经卖给杂货店老板。我再一次走过去，看着那幢巨大房子的支离破碎的破败景象。白色台阶被哪个男孩儿用砖头涂上了一个脏词，在月光下清晰而显眼，我伸脚把它擦了，鞋底在石头上发出刺耳的声音。然后我信步走到海边，摊开手脚躺在沙滩上。

这时海岸边的大宅子大多已关闭，除了影影绰绰慢慢移动着穿过海湾的一只渡船上的灯光，几乎看不到灯火。月亮渐渐升高，那些不起眼的小房子渐渐消融在夜色之中。最后我渐渐地意识到了这个古老岛屿本身，曾经在荷兰水手眼前如花朵般开放的一片天地——新世界的一片清新翠绿的胸脯[①]。它的已经消失的树木，那些为盖茨比的房子让路的树木，曾经沙沙低语着为人类最伟大也是最后的梦想献身。在心醉神迷着了魔的一瞬间，面对出现在眼前的这一片大陆，人类一定曾经屏住呼吸，被迫进入其不理解也不想要的一种审美沉思之中，在其历史上最后一次直面一个与其感受奇迹的能力相称的奇观。

坐在那儿追想那个古老的、我不了解的世界时，我想到了盖茨比第一次辨认出戴茜家码头末端那一盏绿灯时所感到的惊讶。他走过了漫长的路程才来到这一片蓝色草坪上，当时他的梦想看上去一定好像近在眼前，几乎不可能抓不住。他不知道，那个梦已经在他身后，落在后面某个地方，在城市另一边那无垠的晦暗之中。那里，合众国的幽暗的田野在夜幕下起伏着，连绵无尽。

---

①“荷兰水手”一说指的是一六〇九年荷兰人亨利·哈德逊率船队进入纽约湾并沿河流北上一事，那条河后来被命名为哈德逊河。荷兰人不是纽约的发现者，但荷兰商人是最早的定居者。美洲大陆被“发现”只有几百年，被世人，尤其是欧洲人，视为新世界。

盖茨比信奉那盏绿灯，那个引发极乐的未来，年复一年，它在我们前方不断退缩着。当时它从我们手中逃脱了，但是没关系——明天我们会跑得更快，手臂伸出去更长……总有一天，在一个晴朗的早晨……

于是我们继续奋力向前，逆水行舟，不断被击退，退回到过去。

像里茨饭店一样大的钻石

一

约翰 · T. 昂格尔来自海德斯，在密西西比河畔的这个小镇上，昂格尔家族遐迩闻名已经有好几代人了。约翰的父亲历经多次激烈比赛，一直保持业余高尔夫球赛冠军；昂格尔太太擅长政治演说，用当地的一句话来说，“从热轴到热铺”[①]闻名遐迩；而年轻的约翰 · T. 昂格尔虽然刚过十六岁，却在换上长裤之前[②]便已经把纽约传过来的新式舞跳了个遍。现在，他要离家一段时间了。推崇新英格兰的教育是外地州县的通病，使它们年年流失许多最有前途的年轻人，这个病他的父母也染上了。什么都不合他们的意，非得送他去波士顿附近的圣米达斯学校不可——海德斯太小了，容不下他们的宝贝天才儿子。

你要是去过便知道，在如今的海德斯，那些比较时髦的预备学校和大学的名字已经没有什么意义。然而居民们与世隔绝太久了，尽管在穿着打扮、生活方式和文学修养方面，他们的表现与时代亦步亦趋，但在很大程度上却是依靠道听途说。一个在海德斯看来是精心筹备的大场面，如果让一位芝加哥牛肉公主[③]来说上几句，她无疑会觉得“恐怕有点儿俗”。

---

① 热轴，火车的过热轴颈箱；热铺，廉价旅馆里昼夜分租的轮睡床铺。“从热轴到热铺”这个俚语是说从火车到旅馆，任何一个角落，到处。

② 意思是在他还是小孩子的时候。

③ 芝加哥牛肉公主，芝加哥牛肉餐馆的宣传姑娘。

到了约翰 · T. 昂格尔离家前夕，昂格尔太太以母性的愚顽昏庸，给他的大旅行箱里装满了亚麻布套装和电扇；昂格尔先生则送给儿子一只塞满钱的石棉钱包。

“记住，这儿永远欢迎你。”他说，“你大可放心，小子，我们会让家里的炉火一直烧得旺旺的。”

“我知道。”约翰说，喉头发干。

“别忘了自己是谁，来自什么地方，”他父亲自豪地接下去说道，“你不能做有损于自己的事。你姓昂格尔——来自海德斯。”

就这样老的和少的拉拉手，约翰掉头而去，眼睛里泪水直往外涌。十分钟后，他走出了镇子的范围，停下脚步，最后一次回头看一眼。此时，大门上方那一条维多利亚时代的旧派箴言对于他似乎很有吸引力，真是奇怪。他父亲曾一次又一次想把它换成稍微带点儿鼓劲意味和生机活力的东西，譬如“海德斯——你的机遇”，或者是简单的一块“欢迎”标牌，下面用电灯缀成一幅热情握手图。那条旧箴言稍稍压抑了些——昂格尔先生曾经那么想，可现在……

就这样，约翰看了一眼，然后毅然将脸转过去对着自己的目的地。他转身离去的时候，海德斯的灯火在夜空的映衬下，仿佛充满了一种暖意融融、热情洋溢的美。

乘劳斯莱斯汽车，圣米达斯学校距波士顿有半小时的路程。实际距离则永远不会有人知道，除了约翰 · T. 昂格尔，因为从前没有人去那儿不是乘劳斯莱斯汽车，而且今后也不会再有人像他那样去上学。圣米达斯是世界上最昂贵并且最排外的男生预备学校。

约翰在那儿的最初两年过得很愉快。少年们的父亲全都是富豪，约翰过暑假全都是去时髦的休闲胜地做客。他做客的人家，少年们全都令他喜欢，少年们的父亲却令他感到震惊，因为他们几乎是一个模子里倒出来的。他常常以自己孩子气的思维方式，想弄明白他们为什么极其相像。他告诉他们他家在哪儿，他们就会快活而和蔼地问道："那一带挺热吧？"约翰便挤出一点儿淡淡的笑来，答道："那倒不假。"如果他们不是全都开这种玩笑，他的反应肯定会更热情些。但他们的问法最多也就是换成："你们那一带不是十分热吧？"这同样令他反感。

第二学年的中期，一个沉静、英俊，名叫珀西·华盛顿的少年插到了约翰他们班上。新同学举手投足讨人喜欢，衣着服饰即便在圣米达斯这种地方也是出类拔萃的，但不知何故，他在同学中总是不合群。他唯一亲近的人是约翰·T. 昂格尔，但即便是对约翰，涉及他的家和家人时，他也是缄口不语。他很富有那是不用说的，但是除开这种推断之外，约翰对他的朋友便没有多少进一步的了解了。因此，当珀西邀请他夏天去"西部"他们家做客时，他的好奇心有了大啖一餐糖果的指望。他毫不犹豫地应承了下来。

到了火车上，珀西才破天荒地变得健谈起来。一天，他们在餐车里吃午饭，正议论到学校里几个少年品行欠佳，珀西忽然话锋一转，说了一句很突兀的话。

"我父亲，"他说，"是天底下没得比的首富。"

"哦。"约翰很有礼貌地说。他想不出用什么话来回应这种信任。他掂量着想说"那好极了"，可是这话听上去很空洞；正要说"真的吗？"，但又把话缩了回去，因为那好像是在质疑珀西的陈述。而这样一种令人震惊的陈述是不容置疑的。

"没得比的首富。"珀西重复道。

“刚才我读《世界年鉴》，”约翰开言道，“美国有一个人年收入超过五百万，有四个人年收入超过三百万，还有……”

“哦，他们算不上什么。”珀西的嘴成了一个含讥带讽的半月形，“追逐蝇头小利的资本家、小打小闹的金融家、玩玩小聪明的商人和放放债的户头，我父亲能买下他们的全部家当还根本不当一回事。”

“但他是怎样……”

“为什么没有他的所得税记录？因为他根本不交。他最多交上一点点，但是他的真正收入不上税。”

“他一定非常非常富有，”约翰直率地说，“我很高兴。我喜欢非常富有的人。

“一个家伙越富，我就越喜欢他。”他那微黑的脸上有一种热情坦率的神色，“上一个复活节我去辛力泽－墨菲家做客。维维安·辛力泽－墨菲有鸡蛋一样大的红宝石，还有眼球一样的蓝宝石，里面会发光……”

“我喜爱宝石，”珀西热烈地表示同意，“我本人收藏了不少，只是我不想让学校里任何人知道。我习惯于收藏宝石而不是邮票。”

“还有钻石，”约翰急切地说，“辛力泽－墨菲家有胡桃一样大的钻石……”

“那算不上什么。”珀西凑上前来，压低嗓门儿悄声说，“那根本算不上什么。我父亲有一颗比里茨－卡尔顿饭店[1]还要大的钻石。”

---

①里茨-卡尔顿饭店，巴黎一家豪华大饭店。由瑞士经营旅馆业的著名企业家里茨开设，他在纽约、伦敦等地均有以里茨（Ritz）命名的豪华大饭店，这个名字成了超级大饭店的代名词。

二

蒙大拿的落日躺在两座大山之间，像一个巨大的肿块，暗黑的动脉从它上面兀自伸展开去，贯穿感染发炎的天空。与天穹相距无限远的下方匍匐着费希村，一个微如纤芥、了无意趣、被人遗忘的地方。传说在费希村有十二个人，十二个阴郁、令人费解的人，他们吮吸着那一片几乎寸草不生的岩石的稀薄乳汁，生他们出来的便是这片岩石的一种神秘的滋生力。他们成了一个与世隔绝的种族。费希村的这十二个人像是这样一个物种：大自然起初一时冲动将他们生育出来，回头再一想，又把他们抛弃了，任由他们去挣扎和灭绝。

远处，从那蓝黑色的肿块中，一长串灯光爬出来，在荒无人烟的大地上蠕动。费希村的十二个人像鬼魂一样聚集在简陋的车站小屋旁，守望着这一趟七点钟经过的火车，这一趟从芝加哥开出的横贯大陆的快车。出于不可思议的权力，横贯大陆的快车每年总有六七次在费希村停靠。每次发生这种事情的时候，总有一两个人下车，爬进一辆总是从薄暮中出现的四轮单马轻便马车，向着肿胀的落日驶去。观看这种无谓的反常现象，在费希村人中间已经成了一种膜拜仪式。

但也只是看一看，仅此而已。在他们身上，那种使人对事物产生惊奇、进行思索的生命之必备特征——幻想，已经不复存留。不然的话，围绕这种神秘的莅临可能已经产生了一种宗教。但是费希村人置身于任何宗教之外，即便是基督教的限度最低、最原始的信条，在那一片不毛之石上都找不到立足之地。因此那里没有圣坛、没有教士、没有献祭，只有每晚七点钟在简陋的车站小屋旁的沉默的集合，一干与会者从混沌、贫血的惊奇之心中扬起一片祷告之声。

如果说费希村人还会信奉什么神明的话，他们很可能会挑中扳道工做他们的主要神仙。在这个六月之夜，那个伟大的扳道工已经下令七点钟的火车在费希村留下它托运的人类或非人类。七点过两分，珀西 · 华盛顿和约翰 · T. 昂格尔下了车，急匆匆地穿过十二个着了魔的、大张着嘴的、目光怯生生的费希村人，爬进一辆显然从乌有处出现的四轮单马轻便马车，扬鞭而去。

半小时后，暮光已经凝为黑暗，赶马车的那个沉默的黑人，向他们前面昏暗中一个黑乎乎的形体喊了一嗓子。那形体对喊声的回应是，将一只发光的圆盘对着他们，注视着他们，像深不可测的黑夜里一只恶毒的眼睛。走近一些之后，约翰发现那是一辆巨大的汽车的尾灯，他从来没有见过如此之大、如此豪华的汽车。车身是一种闪闪发光的金属，比镍更贵重、比白银更轻；车轮的毂镶着绿黄两色光灿灿的几何图形，那是玻璃还是钻石，约翰不敢妄加猜测。

两个黑人，身穿可以在伦敦王室队列图片上看到的那种闪闪发光的号衣，毕恭毕敬地侍立在汽车旁；当两个年轻人从马车里下来的时候，他们用客人听不懂的某种语言请安，那似乎是南方黑人方言中的最极端的一种。

“上车吧，”珀西对他的朋友说，这时他们的行李已经被扔到了轿车乌木色的车顶上，“很抱歉我们不得不让你乘这么远的马车，不过，让火车上的人或费希村那些被上帝遗弃的人看见这辆汽车，那当然是不行的。”

“天哪！多棒的车！”这一声惊呼是车内的景观引起的。约翰看到，那些衬垫由间以宝石和绣品的成千块精美绝伦的织锦构成，以金丝面料作底。两位少年尽情享用的两张带扶手的座椅上，铺着一种类似于绒布的料子，看上去似乎是用无数种颜色的鸵鸟羽绒织成的。

“多棒的车！”约翰又一次惊叫。

“这东西？”珀西笑了，“嗯，它只是我们当客货两用车来使唤的一辆老破车。”

这时，他们正穿过黑暗，驶向两座大山之间的豁口。

“一个半小时我们就到了。”珀西看着表说道，“我还可以告诉你，那儿同你以前看到过的任何地方都不一样。”

如果说这车子对于约翰接下来的见闻多少是一种暗示，那么约翰的确是准备好了让自己吃惊的。在海德斯一带流行的那种纯朴的虔敬，是以真诚崇拜财富和尊敬财富为首要信条的。如果约翰在财富面前的感觉不是心中洋溢着谦卑，他父母一定会被他的大不敬吓得扭过头去。

他们现在已经到达两座大山之间的豁口，正在驶进去，路几乎立刻变得崎岖多了。

“如果月光照得到这儿，你会看到我们是在一个很大的沟壑里。”珀西说，并想透过车窗朝外看。他对着传声筒说了几个字，男仆立刻打开探照灯，用一道巨大的光柱扫视着山坡。

“全是石头，你瞧。一辆普通汽车不出半小时便会被颠成碎片。事实上，除非你认识路，不然你想从这儿通过就得开坦克才行。你留意到没有，我们现在正往山上开呢。”

他们显然在爬高，不出几分钟，他们越过了一道高坡，在那儿他们瞥了一眼刚刚在远方升起的一弯苍白的月亮。车子突然停下来，几个人影从车旁的黑暗中现出身形，这些人也是黑人。两个年轻人又被人家用含混难辨的方言请了一遍安。接着，黑人们开始干活儿，用四根在头顶上方悬荡的粗大的缆绳，钩住了镶着珠宝的巨大车轮的毂。

随着回音四起的“嗨——唷！”一声喊，约翰感觉到车子缓缓地离地而起，升呀升，越过了两边高高的山岩。再升上去，终于，他看到了月光下一道波浪般起伏的溪谷，它从他眼前延伸开去，与他们刚刚摆脱的岩石阵形成了鲜明的对照。只有一面仍然是岩石，接着突然之间，他们的两边或者说四周，一块岩石也不见了。

明摆着，他们已经越过某一道巨大、刀刃般陡峭且直指天空的山岩。一会儿他们又开始往下降，最后轻轻地碰撞了一下，他们便落到了平地上。

“最糟的已经过去。”珀西瞟着窗外说，“从这儿过去只有五英里了，我们自己的路，花毯式地砖铺的，一路都是。这是属于我们的。这是合众国的尽头，父亲说的。”

“我们在加拿大吗？”

“不是。我们在蒙大拿州落基山脉的中央。不过你现在是在这个国家唯一没有经过测量的五英里土地上。”

“为什么没测量？他们忘了吗？”

“不是，”珀西说，咧开嘴笑着，“他们有三次想测。第一次我祖父贿赂了州测量局整整一个部门。第二次他收买了修改中的合众国官方地图，那一下拖延了他们十五年。最后一次比较困难。我父亲安排了一下，让他们的罗盘处于人工所能设置的最强的磁场之中。他搞了一整套测量仪器，造得只有很细微的一点儿误差，那样一来，这个区域便不会显露出来了，他用这套仪器替换了他们将要使用的那一套。然后他让一条河改了道，在岸边造了一片像村庄一样的建筑，那样他们看到它时，便会以为是溪谷上游十英里以外的一个镇子。只有一样东西我父亲害怕，”他总结道，“天底下只有一样东西可以用来发现我们。”

“那是什么？”

珀西压低声音，变成了耳语。

“飞机。”他悄声说，“我们搞了五六架高射机枪，到目前为止我们一直安排得很妥当，只不过打死了几个人，囚禁了不少人。这并不是说我们——父亲和我在乎那种事，而是母亲和姑娘们感到忐忑不安，而且总是有这种可能性，我们有时会来不及安排。”

一条条一片片破碎的绒鼠毛皮——新月的天空上的殷勤的云彩，正从新月上飘过去，像珍贵的东方呢绒列队接受某个鞑靼可汗检阅似的。对于约翰，现在似乎是白天，他正仰望着一些伙计在空中航行，阵雨般地撒下小册子和专利药物传单，连同他们给山岩包围中的绝望的小村庄所带来的希望。他仿佛能看见他们从云中向下俯望和注视——注视着他所去的这个地方随便什么可注视的东西——然后呢？是不是他们受那边某种阴险手段的诱惑而着陆，被监禁起来，远离专利药物，远离小册子，直至末日审判的那一天？或者，假设他们未曾落入圈套，是不是在“噗”的一团烟和一颗爆裂炮弹的刺耳弧线的促使下，掉到地上来，令珀西的母亲和姐妹们“忐忑不安”？约翰摇摇头，两片嘴唇间默默发出嘿然一笑，气息依稀可辨。这个地方究竟隐藏着什么无法无天的交易？那怪诞的大富豪究竟在道德上玩什么苟且的勾当？究竟是什么样的可怕而金光闪烁的秘密？……

绒鼠毛皮云彩现在已经飘过去了，车窗外的蒙大拿之夜亮同白昼。他们绕一湾寂静的、沐浴在月光中的湖水而去，巨大的轮胎行驶在花毯式地砖的路面上，感觉平坦而光滑。有一会儿，他们进入了黑暗，经过一小片散发着浓烈松树气味、带着凉意的松林。然后他们行驶出来，进入了草坪中间一条宽阔的林荫道，约翰发出一声欣喜的感叹，与此同时，珀西一本正经地说了声："我们到家了。"

星光辉映之中，一座美轮美奂的城堡从湖边拔地而起，闪耀着大理石的光泽，升至毗连的一座山的半腰，然后优雅地、以完美的匀称，呈着半透明的女性的倦慵，融入一大片松林的晦暗之中。那许多塔楼，胸墙斜面上那些纤巧的装饰线条，成千扇带有金光灿灿的长方形、多边形和三角形窗格的黄色窗户上的那些奇迹般的雕镂，星光平面和蓝影平面相交在一起所形成的那种令人震惊的柔美，这一切，像音乐的和弦一样在约翰的心灵上颤抖。其中一座塔楼，最高的那一座，底座最黑的那一座，塔顶外面缀饰着灯彩，创造出了一个飘浮的仙境。

正当约翰一腔痴迷、凝神仰望之际，从上面飘下来微弱的小提琴短倚音，这样一种洛可可式[①]的和谐是约翰闻所未闻的。接着，瞬息之间汽车便停在了宽阔的、高高的大理石台阶前。在这周围，许多鲜花使夜间的空气充满了芳香。台阶顶端，两扇巨大的门打开了，琥珀色的光向黑暗中一泻而出，映现出一位纤美的夫人的剪影，她的一头黑发高高绾起，向他们伸出了双臂。

"母亲，"珀西在说话，"这是我的朋友约翰·昂格尔，从海德斯来的。"

在约翰后来的记忆中，到这儿的第一夜是一团眼花缭乱：五彩缤纷的颜色，爱情絮语一样柔和的音乐，物件、光与影和脸庞移动交织成的美。有一个白发男子站在那儿，从一只金柄脚的水晶杯中啜饮着一种色彩缤纷的露酒。有一个面容如花的姑娘，穿

① 洛可可式，一种精巧、华丽的艺术风格。

得像仙后泰坦尼娅，头发上扎着蓝宝石镶缀的发带。有一个房间，它那坚固、柔软的金墙在他的掌压下凹陷；还有一个房间像是柏拉图终极监狱的概念：天花板、地板等边沿全都镶着大量完整的钻石，各种尺寸、各种形状的钻石，竟至于，在角落里的高大的紫罗兰色灯盏点亮时，化成了一片炫目的白色，那奇景只有它本身能与之媲美，人类的愿望与梦想皆不能及。

两位少年在这等房间的迷宫中游荡。有时他们脚下的地板会映现出明亮的图案，那是因为下面亮着灯。那些图案色彩原始而不协调，笔法细腻，底子是透光的白色物质或做工精细繁复的马赛克，出处肯定是亚德里亚海上的清真寺。有时，他会看见厚厚的水晶层下面是蓝色或绿色的漩涡，里面养着活蹦乱跳的鱼和叶片像彩虹一样的水草。接下来又变成了他们脚踏各种质地和颜色的毛皮，或者走进了色泽最白的象牙构筑的走廊，它看不出接缝，仿佛是用整块材料雕琢而成，原料是史前时代灭绝了的恐龙的巨大獠牙……

接下来的记忆模模糊糊地过渡过去，他们在用餐：餐桌上的盘子都是由两层纯钻石贴合而成的，但是这一点几乎察觉不出来，贴面上离奇古怪地安着翡翠绿透雕图案，它简直就是一薄片绿色空气。音乐悠悠地回荡着，从远处的走廊里飘下来——他那张铺陈着羽绒、曲线贴合腰背的椅子，在他喝下第一杯波尔图葡萄酒[①]后，便令他陷进去不能自拔。他昏昏欲睡地试图回答人家问他的一个问题，但是那紧攫他身体的蜜一样的舒适更添了几分昏睡中的错觉——宝石、织物、酒和金属在他眼前模糊成一团甜蜜的雾……

---

① 波尔图葡萄酒，原产葡萄牙的一种高酒精度葡萄酒，呈深红色。

“是的，”他好不容易才不失礼数地答道，“那对我来说确实够热的。”

他设法补上一声怪里怪气的笑，然后一动不动，不加反抗，似乎飘走了，留下一个梦一样呈粉红色的冰冻甜点……他睡着了。

他醒过来的时候，知道已经过去了几个小时。他在一个很大很安静的房间里，墙壁是乌木的，有一点儿幽幽的亮儿，太弱、太柔，不能叫作光。小主人站在旁边俯望着他。

“你用餐的时候睡着了，”珀西在说话，“我也差一点儿，在学校里待了一年之后重过舒服日子真是件乐事。你睡着的时候仆人们给你脱去衣服洗了个澡。

“这是一张床还是一朵云？”约翰叹道，“珀西，珀西，你走之前，我想说声抱歉。”

“为什么？”

“因为在你说你们有一颗像里茨－卡尔顿饭店一样大的钻石时，我怀疑你。”

珀西微微一笑。

“我知道你不信我。就是这座山，你知道。”

“什么山？”

“城堡造在上面的这座山。作为一座山，它不是很大。但是除开表面大约五十英尺生长草皮的土层和沙砾之外，它就是纯钻石了。一颗钻石，一立方英里，一丝裂缝一点儿瑕疵也没有。你在听吗？喂……”

但是约翰·T. 昂格尔已经又睡着了。

三

早晨。他醒来的时候，睡意犹存地意识到同一时刻房间里有了阳光，变得那么亮。一面墙的乌木镶板已经沿着槽道滑到一旁去，令他的寝室半敞在日光之下。一个身穿白色制服的魁梧的黑人站在他的床边。

“晚上好。”约翰嘟囔道，想让自己的脑子从不着边际中回过神来。

“早上好，阁下。你准备好洗澡了吗，阁下？哦，不用起来，我会把你放进去的，你只消解开睡衣的扣子——行了。谢谢，阁下。”

约翰静静地躺着，让自己的睡衣被除去，他感到既好笑又开心。他估摸着自己会像孩子似的被这个侍候自己的黑高康大[①]举起来，但是根本就没有发生这种事。取而代之的是，他感到床缓缓地向一边倾斜，身体开始向墙壁方向滚动。起先他一惊，但是当他到达墙边时，墙帷让开了一条路，他在一个羊绒斜面上又滑出去两英尺，便轻轻地坠入了同他身体温度一样的水中。

他看看四周。送他过来的那条滑道或者说滚道，已经轻轻地折叠回原处。他被投到了另一间屋子，正坐在一个陷进地板之中的浴池里，他的头刚好在地板的水平线上方。他的四周，从房间的墙壁到浴池的四壁和池底，整个衬着的是一个蓝色的鱼缸。透过他坐在上面的水晶表面，他出神地看着，看见鱼在琥珀色的光中游动，甚至毫无好奇心地从他张开的脚趾头旁边滑过，中间只隔了一层厚厚的水晶。头顶上，阳光透过海绿色

---

① 高康大，文艺复兴时期法国作家拉伯雷的作品《巨人传》的主人公。

的玻璃而下。

“阁下，我估摸您今天早上想要热的玫瑰花水和泡沫肥皂水，阁下，最后也许可以用冷盐水冲一下。”

黑人站在他旁边。

“好啊，”约翰表示同意，无谓地笑了一笑，“随你的便。”任何按照他本人的粗劣标准安排这次沐浴的念头，都是没有自知之明的，而且不是一丁点儿过分。

黑人摁了一个按钮，便开始下一场热雨。表面上水是从头顶上下来，而其实如片刻之后约翰所发现的那样，是从近旁一个喷泉装置里下来的。水转变成淡淡的玫瑰色，液体肥皂射流从浴池角上四个微型海象头里喷射进其中。不多一会儿，固定在池壁上的十几个小桨轮已经将这混合液搅成一片粉红色泡沫的亮丽彩虹，它以芬芳怡人的轻盈柔爽轻轻地裹住他，在他身边到处爆掉一个个亮闪闪的粉红色泡泡。

“要我打开电影机吗，阁下？”黑人恭敬地提议道，“今天这机子里有一部不错的单盘片喜剧，如果你不喜欢，一会儿工夫我就可以换上一盘严肃的。”

“不用了，谢谢。”约翰答道，很有礼貌也很坚决。这样洗澡他很受用，不想让别的事分心。但是分心的事来了。片刻之后，他便在很专心地听长笛齐奏的声音，它就在外面，沥出的旋律就像一片瀑布，清凉碧绿恰如这房间，还伴随着一注泛着泡沫的短笛声，它的演奏比包裹着他、令他迷醉的肥皂液轻纱更为纤美。

用冷盐水做兴奋剂洗过一遍，再用清新的凉水最后冲过一道之后，他走出浴池，披上迎过来的羊绒浴袍，躺到铺着同样材料的长椅上，享受油、酒精和香料的按摩。稍后他坐进一张极舒适的椅子里，修面、理发。

“珀西先生在你的起居室里等着，”这些活儿干完之后，黑人说道，“我名叫吉格萨姆，昂格尔先生，阁下。我每天早晨来侍候昂格尔先生。”

约翰出了浴室，走进起居室里的璀璨阳光之中，他发现早饭正在那里等着他和珀西。珀西潇洒地穿着一件白色灯笼短裤，正坐在安乐椅里抽烟。

四

这是一个华盛顿家族的故事，用早餐的时候珀西给约翰描述的就是它。

现在当家的华盛顿先生的父亲是弗吉尼亚州人，乔治·华盛顿的直系后裔，巴尔的摩勋爵。内战将近结束的时候，他是一位二十五岁的上校，有一片逐渐衰落的种植园和一千美元的金币。

菲茨－诺尔曼·卡尔佩珀·华盛顿——这就是那位年轻上校的姓名——决定将弗吉尼亚的产业馈赠给他弟弟，自己去西部。他挑选了两打最忠心的黑人，当然，那些人很崇拜他，买了二十五张去西部的火车票。他打算以他们的名义在西部申领到土地，创建一个大牧场养牛养羊。

他到蒙大拿州不到一个月，惨淡经营、诸事不顺，这时他碰上了那个伟大的发现。当时他骑马在山岗间迷了路，一天没吃东西，腹中饥饿。因为没带来福枪，他不得不去追逐一只松鼠，在追猎的过程中，他注意到它嘴里携带着一样亮晶晶的东西。在它消失于洞穴中之前的那一刻——因为上帝不打算让这只松鼠来缓解他的饥饿——它丢下了它的负载。菲茨－诺尔曼坐下来考虑了一下处境，目光被身旁草丛中的亮光吸引住了。十秒钟后，他失去了胃口，得到了十万美元。那只令人恼怒的坚持拒绝成为食物的松鼠，送了一颗大而无瑕的钻石给他做礼物。

那天夜间晚些时候，他找到了回营地的路。十二个小时之后，他那些黑人中的所有男性回到了松鼠洞旁，在山坡上一个劲儿地乱挖。他对他们说的是他发现了一个莱茵石矿，由于他们中只有一两位从前见过很小的钻石，他们相信了他，丝毫没有疑心。当他明白过来这个发现有多么巨大时，他没了主意。那座山是一块钻石。它实实在在不是别的，就是一块纯粹的钻石。

他装了满满四鞍囊闪闪发光的样品，骑马动身去圣保罗。他在那儿设法售出了五六块小石头——当他尝试卖一颗大一些的石头时，店主晕了过去，菲茨－诺尔曼被当作扰乱公共秩序者逮捕。他从监狱里逃出来，赶上了去纽约的火车，在那儿他卖掉了几颗中等大小的钻石，以此换来大约二十万美元的金币。但是他不敢把大的宝石拿出来，他离开了纽约。事实上，他离开得正是时候。珠宝界起了轩然大波，不但由于其钻石之大，而且因为它们在纽约城的出现来历不明。谣言四起，说发现了一个钻石矿，在卡茨基尔山[①]、在泽西海岸[②]、在长岛、在华盛顿广场下面。短途火车装满了携带镐头和铁锹的人，从纽约出发，每小时都有一列，开往附近各种各样的爱尔多拉朵[③]。而这时年轻的菲茨－诺尔曼正在回蒙大拿的路上。

过了不到两个礼拜，他估算出山上的钻石数量大约相当于世界上其他所有地方已知钻石储量的总和。任何常规的计算方法都

---

① 卡茨基尔山，纽约市附近的一座山。

② 泽西海岸，与纽约市相邻的泽西城边的海岸。

③ 爱尔多拉朵，想象中的黄金国、幸福的理想之地。

无法计算它的价值。如果拿出去卖，不但会把市场弄得天翻地覆，而且按照通常那种价值按尺寸大小以级数增长的计算方法，世界上的所有黄金还不够买下它的十分之一。那种尺寸的一颗钻石，谁有办法处理它？

这是一种奇异的尴尬处境。从某种意义上说，他是有史以来最富有的人，然而到头来他又算得了什么？如果他的秘密被人得知，政府会采取什么样的手段来阻止一场不但是珠宝业甚至是黄金业的大恐慌，那只有天知道了。他们也许会立刻接管产权，并实行专卖。

别无选择，他必须秘密地销售他的山。他派人去南方把弟弟找来，让他管理他的有色人种追随者——那些对奴隶制已经废除浑然不知的黑人。为了确保这一点，他向他们宣读了一份他自己撰写的公告，宣称福雷斯特将军[①]已经重新组织起受损的南方军队，在一次布好阵式的正式会战中打败了北方。黑人们对他的杜撰深信不疑。他们投票表决，声明这是一件好事，立刻开始为战后重建效力。

菲茨－诺尔曼本人则带着十万美元和两个装满各种大小尺寸毛坯钻石的大旅行箱，动身去外国。他乘一艘中国式帆船驶向俄国，在离开蒙大拿六个月后他到了圣彼得堡。他找了个不起眼儿的住处，立刻去拜访宫廷珠宝商，声称自己有一颗钻石请沙皇御览。他在圣彼得堡滞留了两个礼拜，一直处于被谋杀的危险之中，不断地更换住处，整整两个礼拜只敢去看了那两只大旅行箱三四次。

---

① 福雷斯特将军（1821—1877），美国内战时南部著名将领，自行组织骑军起家，大肆屠戮黑人，后率部投降，战后成为三 K 党党魁。

他答应一年后带更大更纯净的钻石回来，于是获准前往印度。但是在他离去之前，宫廷珠宝商已经向他在美国银行的账面上存入了总额为一千五百万美元的款项——在四个不同的化名账户之下。

他一去两年多，于一八六八年返回美国。他游历了二十二个国家的首都，同五位皇帝、十一位国王、三位王子、一位沙[①]、一位可汗和一位苏丹交谈过。回国时菲茨－诺尔曼估计自己的财产已经达到十亿美元。一个事实对避免暴露他的秘密起到了持续的作用。他的大钻石中的每一颗，在公众眼中停留不到一个礼拜的时间，便被赋予一段历史，加上足够的天灾人祸、偷情、革命和战争之类的经历，使之从第一个巴比伦王朝时代辗转至今。

从一八七〇年起到一九〇〇年去世，菲茨－诺尔曼的历史是一部漫长的黄金史诗。当然，有一些旁枝末节：他躲过了测量；他与一位弗吉尼亚女士结婚，同她生下了一个独子；因为一系列不幸的纠纷，他被迫杀死了他的弟弟，后者酗酒无节制到人事不省胡言乱语的程度，这不幸的习惯曾经数次危及他们的安全。但是，几乎未曾有别的谋杀事件玷污这些发展和扩张的幸福岁月。

就在他临死之前，他改变了他的策略。他只留下几百万美元的浮财，其余的全用来大量购买稀有矿物，标以小古玩的名称，把它们存在世界各地的银行保险库里。他的儿子布雷多克·塔尔顿·华盛顿沿袭了这个政策，其尺度之紧甚至有过之而无不及。那些矿物被换成了所有元素中最稀有的元素——镭。这样一来，相当于十亿美元的黄金，便能够放进一只大小不超过雪茄烟盒的贮藏器中。

---

① 沙，伊朗国王的称号。

菲茨－诺尔曼去世三年之后，他的儿子布雷多克认定生意已经做得够大。他和他父亲从山中所获取的钱财数目已经完全无法精确计算。他弄了一本用密码书写的笔记本，在上面记下他所惠顾的千家银行里各自存放的镭的大约数目，以及存在什么化名之下。然后他做了一件很简单的事：把钻石矿封了起来。

他把钻石矿封了起来。已经从中取出的东西将足以让整个华盛顿家族世世代代过上无与伦比的奢华生活。他唯一操心的事是务必保住他的秘密，以免它暴露后可能带来的巨大恐慌，令他和全世界的财主一贫如洗。

这就是约翰 · T. 昂格尔所居留的家族。这就是他到达之后的第二天早晨，在他的白银为墙的起居室里听到的故事。

五

用过早餐之后，约翰走出巨大的大理石大门，好奇地眺望着眼前的风景。整个溪谷，从钻石山到五英里外陡直的花岗岩峭壁，依然散发出一种金色晨霾的气息，它懒洋洋地盘旋在连绵秀美的草坪、湖面和花园的上空。到处是一簇簇的榆树，形成一丛丛雅致的绿荫，与那一大片一大片使山峦清一色呈深蓝绿的粗犷松树，形成鲜明的对比。约翰这样望着，竟看见排成一列纵队的三头幼鹿从大约半英里外的一片树丛里出来，高兴得欢蹦乱跳的，消失在另一片黑栅栏条围起来的半明半暗的树荫之中。现在即便看到一只山羊脚[1]在树林中吹着笛子行走，或者在最绿的绿

① 山羊脚，希腊神话中脚为山羊之足的山林之神潘。

叶中间瞥见粉红的仙女皮肤和飞扬的黄色头发，约翰也不会感到惊诧了。

他带着诸如此类的冷静的希望，走下大理石台阶，稍稍惊扰了一下台阶底下两只俄国猎狼狗的睡眠。他沿着一条蓝白两色砖铺成的步行道信步走去，它似乎并不通往哪一个特定的方向。

他眼下是能怎么快活就怎么快活。正是因为青春的欢乐和青春的缺陷，青春才永远无法生活于当下，而必须永远去衡量生活，其标准是自身对未来的光辉灿烂的想象——鲜花和黄金，姑娘和星辰，它们只是无与伦比、无法实现的青春之梦的征兆和预言。

约翰从一大片在空气中弥漫着浓郁花香的玫瑰花丛旁，绕过一个徐缓的弯，径自穿过一个花园，向树木掩映下的一小片苔藓走去。他从未在苔藓上躺过，他想瞧一瞧它是否够柔够软，是否足以证实其作为形容词使用时的性状。这时他看见一个姑娘从草地的另一边向他走来。她是他生平见过的最美丽的姑娘。

她穿一件长度刚过膝盖的白色裙衫，一只缀有蓝宝石薄片的木樨草花环箍着她的头发。她一路走过来，那双粉红色的光着的脚一路在身前溅起露珠。她比约翰小——不超过十六岁。

“喂，”她轻柔地喊道，“我是吉丝敏。”

她远不止是约翰已经意识到的那样一位姑娘。他走上前去，到了她跟前便几乎一动不动，免得踩到她光着的大脚趾。

“你没有见过我。”她那温柔的声音说。她那双蓝眼睛又加上一句：“啊，你真是错过太多了！”……“昨天晚上，你见过我姐姐佳丝敏。我病了，莴苣叶中毒。”她那温柔的声音接下去说道。她那双蓝眼睛继续补充：“我生病的时候是很甜美的——不生病的时候也是。”

“你给我留下了极深刻的印象，”约翰的眼睛说，“我本人并非那么迟钝。”——“你好吗？”他的声音说，“希望你今天早晨好些了。”——“亲爱的人儿。”他的眼睛腼腆地补上一句。

约翰留意到他们一直沿着那条小径走着。在她的提议下，他们一起在苔藓上坐了下来，它的柔软程度他拿不准。

他对女性很挑剔。单单一个缺点——脚踝粗壮，声音沙哑，或眼睛无色——便足以令他兴味索然。在他一生中，这是第一次，他身旁的一位姑娘在他眼睛里似乎是完美形体的化身。

“你从东部来吗？”吉丝敏带着迷人的关注神色问道。

“不，”约翰简单地答道，“我来自海德斯。”

要么她从未听说过海德斯，要么她想不出什么令人愉快的话来评论它，总之她没有再谈它。

“今年秋天我要去东部读书，”她说，“你觉得我会喜欢吗？我要去纽约巴尔吉小姐的学校。它很严格，但是你瞧，周末我会去纽约的家，同我们家族的人一起过。因为父亲听说姑娘们出门走路得成双结对。”

“你父亲希望你们不失尊严。”约翰评论道。

“我们的确是这样，”她答道，眼睛里闪烁着庄严的光芒，“我们谁也没有受过责罚。父亲说我们永远不应受责罚。我姐姐佳丝敏还是个小女孩儿的时候，有一次她把他推下了楼梯，他只是站起来，一瘸一拐地走开了。”

“母亲——嗯，她有点儿吃惊，”吉丝敏继续说下去，“当她听说你是从……从你所来的那个地方来的时候，你知道。她说，当她还是个姑娘的时候……当时，你瞧，她是个西班牙人，旧派姑娘。”

“你有没有到外面去过很长时间？”约翰问道，借以掩盖这番评论多少对他有些伤害这样一个事实。对于他的地方观念，这似乎是一个不友善的影射。

“珀西、佳丝敏和我每年夏天都在这儿，但是明年夏天佳丝敏要去新港。今年秋天起她要在伦敦露面一年，她会出席宫廷聚会。”

“你知不知道，”约翰犹犹豫豫地开言道，“你比我第一眼看到你时的印象老于世故得多？”

“哦，不，我不是，”她着急地叫道，“哦，我不认为自己是那样的人。我觉得老于世故的年轻人是极其普遍的，你说呢？我根本不是，真的。如果你说我是，我要哭了。”

她沮丧极了，连嘴唇都在颤抖。约翰被迫进行申辩：

“我不是这个意思。我那样说只是逗着你玩。”

“因为如果我是的话我就不会介意，”她坚持说，“但我不是。我很无知而且女孩子气。我不抽烟、不喝酒，除了诗歌以外什么也不读。我几乎不懂数学和化学。我穿着很朴素，其实，我几乎根本不打扮。我觉得你说我什么都比说我老于世故合适。我认为女孩子应该以健康的方式享受青春。”

“我也这样认为。”约翰诚挚地说。

吉丝敏又高兴起来了。她冲着他微笑，一颗剩下的泪珠从蓝眼睛的眼角滴落下来。

“我喜欢你，”她亲昵地悄声说道，“你在这儿的这段时间，准备一直同珀西待在一起吗，陪陪我行不行？只要想一想——我是一个冰清玉洁的姑娘。我一生中从来不曾同男孩子相爱过，家里人甚至从来不允许我单独见一见男孩子——除了珀西。我专门跑出来，到这小树林里，就是希望能遇见你，在这儿旁边没有家里人。”

深感荣幸之余，约翰像他在海德斯的舞蹈学校里学到的那样，来了个九十度鞠躬。

“我们得走了，”吉丝敏甜甜地说，“十一点钟我得和母亲在一起。你还没有要我吻你一次。我觉得如今男孩子都是这样的。”

约翰骄傲地挺直身体。

“有些男孩子是这样的，”他答道，“但我不是。姑娘们不做那种事情——在海德斯。”

他们肩并肩向回走去。

六

在直射的阳光下，约翰面对布雷多克·华盛顿站着。年长的男子大约五十岁，一张骄傲的、没有表情的脸，一双聪明的眼睛，一副强健的体型。早晨他身上有马——最好的马的气味。他拿着一根朴素的水桦木手杖，上面只嵌了一颗大蛋白石作柄。他和珀西正领着约翰四处看看。

“奴隶们的寓所在那边。”他的手杖指着他们左边的一道大理石柱廊，它以优雅的哥特式风格蜿蜒在山坡上，“我年轻的时候，有一阵子注意力从生活事务转移到了荒唐的理想主义目标上。那一段时间他们的生活很奢华。例如，我给他们每个人的房间配备了瓷砖浴缸。”

“我猜想，”约翰冒昧说道，奉承地笑了笑，“他们把浴缸用来装煤。辛力泽－墨菲先生告诉我有一次他……”

“辛力泽－墨菲先生的观点不重要，我该设想，”布雷多克·华盛顿冷冷地打断了他的话，“我的奴隶们并没有用他们的浴缸装煤。他们奉命每天洗澡，他们照办。如果他们不洗，我可能已经下令给他们用硫酸洗发液了。我中止他们洗澡完全是另有原因。他们中有几个得了感冒并且死了。水对某些种族没有好处，除非作为饮料。”

约翰笑起来，然后决定点点头，严肃地表示赞同。布雷多克·华盛顿令他不舒服。

“所有这些黑人，都是我父亲带到北方来的那些人的后代。现在他们已经有大约二百五十人。你看，他们与世隔绝地生活了那么长时间，他们原有的方言已经差不多变成了无法分辨的土语。我们培养他们中少数几个人说英语——我的秘书和两三个料理家务的仆人。”

“这是高尔夫球场，”他接着说道，这时他们走在丝绒般的越冬草上，“一片绿，你瞧，没有球道，没有深草区，没有障碍物。”

他愉快地冲着约翰微笑着。

“笼子里有许多人吗，父亲？”珀西突然问。

布雷多克·华盛顿绊了一下，不经意之间发出了一声咒骂。

“比应有的数目少了一个。”他突然阴郁地冒出一句。片刻之后又加上一句：“我们有麻烦了。”

“母亲告诉我，”珀西嚷道，“那个意大利教师……”

“一个可怕的错误。”布雷多克·华盛顿恼怒地说，“不过，当然很有可能我们还会抓住他。也许他倒在树林里的某个地方，或者从悬崖上摔出去了。而且退一步想也始终有这样的可能性：即使他逃脱了，也没人相信他的故事。但无论如何，我已经派了二十几个人到周围各个镇子去找他。”

“没有交上好运？”

“有一点儿。他们中有十四个人向我的代理人报告，说他们各杀死了一个与描述相符的人。当然，有可能只是因为他们想要赏钱……”

他打断了话头。他们来到了一个大地洞跟前，它的圆围有旋转木马的转台那么大，上面盖着一块结实的铁格栅。布雷多克·华盛顿向约翰颔首示意，并且将手杖戳进铁格栅，指着下面。约翰走到边上，向里面望。立刻，一阵狂乱的嚷嚷声从下面向他的耳朵袭来。

“快下地狱去吧！”

“喂，小伙子，上面的空气怎么样？”

“嗨，扔一根绳子给我们！”

“老弟，给一个不新鲜的炸面圈，要不给两个吃剩下的三明治行不？”

“喂，伙计，如果你把同你一起的那个家伙推下来，我们就给你看一出转眼间失踪的好戏。”

“帮我给他一拳，干不干？”

下面洞中太黑，看不清楚，但是从言辞和声音里那种粗鲁的乐观主义意味和粗放的活力中，约翰听得出他们来自美国中产阶级，属于精神比较饱满的那种类型。这时华盛顿先生将手杖抽出来，触了一下草丛中的一个按钮，下面的场景一下子亮了起来。

“这是一些有冒险精神的水手，他们不幸发现了爱尔多拉朵。”他评论道。

他们的下方出现了一个很大的地下空洞，形状像一只碗。洞壁很陡，显然是用光滑的玻璃打造的，在略有些凹的洞底，站着二十几个男子，一半穿飞行衣，一半穿飞行员的制服。他们仰起的脸上，放着或愤怒，或怨恨，或绝望，或讥嘲谐谑的光，满脸是长了多时的胡须；但是除了少数几个明显有些消瘦之外，他们这群人似乎吃得挺好，身体健康。

布雷多克·华盛顿将一张花园椅子拉到洞边，坐了下来。

“嗯，你们好吗，小伙子们？”他和蔼可亲地询问道。

一阵除了少数几个没精神喊不出之外全都参加的咒骂大合唱，扬起到阳光和煦的空中；但是布雷多克·华盛顿听在耳朵里，安之若素。这合唱声的最后一阵回音消失之后，他又重新发话。

“你们想出摆脱困境的办法没有？”

回话从他们中间东一句西一句地飘上来。

“我们决定为了爱的缘故待在这儿！”

“把我们弄到上面去，我们会给自己找到一个解决办法！”

布雷多克·华盛顿等着，等他们重新安静下来。然后他说道：

“我已经把局势给你们讲清楚了。我不想把你们留在这儿。我对天发愿希望从没见过你们。是你们自己的好奇心把你们带到这儿来的，任何时候你们想出一个不损害我和我的利益的办法，我都乐意采纳。但是既然你们把精力局限在挖地道上——是的，我知道你们又开始在挖一条新的——那你们就不会有多大成就。我这样做并不是像你们所想的那样铁石心肠，对你们，连同对你们所有思念家中亲人的哀号声。如果你们是很为家中亲人担心的那种人，你们就决不会干开飞机这一行。”

一个高个子从伙伴中间走出来，举起一只手，请他的俘获者注意听他要说些什么。

“我来问你几个问题！”他说，“你在装成一个公正的人。”

“多么荒谬。一个我这种地位的人，怎么可能对你公正？你还可以说什么一个西班牙人公正地对待一块牛排呢。”

这一番苛刻的言论令二十几块牛排的脸掉了下去，但是高个子没有住嘴。

“行啊！”他嚷道，“这个我们以前已经透彻地争论过了。你不是人道主义者，也不是一个公正的人，但你是一个人——至少你说你是——你应该能够在足够长的时间里，为我们设身处地考虑到，这是多么……多么……多么……”

“多么什么？”华盛顿冷冷地询问道。

“多么不必要……”

“对我并非如此。”

“嗯……多么残忍……”

“这一点我们已经讨论过了。牵涉到自我保存的问题时没有残忍可言。你曾经当过兵，这一点你是知道的。再说点儿别的看看。”

“嗯，那么，多么愚蠢。”

“这还差不多，”华盛顿表示认可，“我同意。但是请考虑一下其他选择吧。我曾经提出把你们全体或部分毫无痛苦地处决掉，如果你们希望那样的话。我曾经提出将你们的妻子、心上人、孩子和母亲绑架，带出来，弄到这儿。我会在那一边把你们的地方扩大，供你们终身衣食。如果有什么导致永久失忆的方法，我会在你们全体身上实施，并且立刻将你们释放到我的领地以外的某个地方。但是我想到的办法也只有这么多了。”

“相信我们不会告发你，如何？”有人叫道。

“你提这个建议不是很认真的吧。”华盛顿说，面带鄙夷的表情，“我弄了一个人出来教我女儿意大利语。上个礼拜他逃走了。”

一阵狂野的欢呼声突然从二十几个喉咙里喷发出来，接踵而至的是一个欢乐的地狱。囚徒们跳起木屐舞、欢呼喝彩、真音假音替换着唱歌、互相摔着玩，突然之间勃发起动物般的劲头。他们甚至快速地跑上大碗的玻璃壁，又凭借他们的天生肉垫滑回到碗底。高个子唱起一首歌，他们全跟着唱起来：

“啊，我们要吊死皇帝
在一颗酸苹果树上……”

布雷多克·华盛顿谜一般沉默地坐着，直到歌唱完。

“你们瞧，”稍稍能够得到他们的一点儿注意时，他评论说，“我对你们并无恶意。我乐意看到你们过得快快活活。这就是我为什么没有一下子把故事讲完整的原因。那人——叫什么名字来着？克里契蒂切罗？——在十四个不同的地方被我的代理人射中。”

他们没有猜想到十四个地方指的是城市，热闹的欢庆立刻平息了。

“不过，”华盛顿带着一丝恼怒叫喊道，“他是想逃走。有了那样一次经验之后，你们还指望我再拿你们之中的谁来碰一碰运气吗？”

又是一阵猛然发出的叫喊声。

“当然！”

“你女儿愿意学中文吗？”

“嗨，我会说意大利语！我母亲是意大利裔。”

“她兴许愿意学习侃几句纽约土话呢！”

“如果是那个小的，大大的蓝眼睛的，我可以教她许多比意大利语美妙的事。”

“我会爱尔兰歌曲——还能同时击打铜乐器。”

华盛顿先生突然伸手，用手杖触了一下草丛中的按钮。于是，下面的图景立刻便消失了，只剩下那张黑森森的大嘴，上面凄凉地覆盖着铁格栅的黑牙。

“嗨！”下面一个孤单的声音唤道，“你不给咱们说声祝福的话就走吗？”

但是华盛顿先生，身后跟着两个少年，已经漫步向高尔夫球场的第九洞，仿佛那个很大的地下空洞以及里面关着的那些人只不过是一个障碍物，他那得心应手的铁头球棒已经轻而易举地战胜了它。

七

钻石山荫庇下的七月，是一个夜间要盖毯子、白天热烘烘艳阳高照的月份。约翰和吉丝敏相爱了。他不知道，他送给她的那枚小小的金橄榄球（上面刻着铭文Pro deo et patria et St. Mida[①]），已经挂在白金项链上，憩息在她胸前。但是球知道。而在她这方面，她也没有留意到，有一天从她头饰上掉下来的一颗大蓝宝石，已经被柔情脉脉地收藏在约翰的珠宝盒里。

一天下午晚些时候，当那间红宝石白鼬皮音乐室静寂无声的时候，他们在里面共度了一个小时。他抓住她的手，她向他投过去一个眼神，令他在私语中将她的名字喊出声来。她将身子俯向他，然后犹豫了一下。

“你是说‘吉丝敏’？”她柔声问道，“还是……”

---

① 拉丁文，意思是献给上帝、祖国和圣米达。

她要问个确切。她觉得自己可能误解了。[①]

他们俩过去都没有吻过别人，但是在一个小时的过程中，这似乎并没有造成什么影响。

下午溜过去了。那天夜间，当最后一丝音乐从最高的塔楼上飘下来的时候，他们俩各自没有睡意地躺在床上，幸福地重温着白天的一分一秒。他们已经决定尽快结婚。

八

华盛顿先生和两个年轻人每天去密林深处打猎或捕鱼，要不就在那催人入眠的球场上打高尔夫球——这种比赛，约翰出于外交礼节总是让主人赢。再不就是到山区特有的清凉湖水中游泳。约翰发觉华盛顿先生有一种有些苛严的个性：除了他自己的观点，对任何想法都完全不感兴趣。华盛顿太太总是冷淡矜持、沉默寡言。她显然对两个女儿漠不关心，一门心思用在儿子珀西身上。她总是在用餐的时候，用讲得很快的西班牙语同他说个没完没了。

大女儿佳丝敏，在外表上与小女儿吉丝敏很相像，除了有些弓形腿，手大脚大而已；但是气质上就完全不同了。她最喜爱的书必定要涉及穷女孩儿为鳏居的父亲管家。约翰从吉丝敏处获悉，佳丝敏一直没有从世界大战结束所引起的震撼和失望中恢复过来，当时她作为熟练的随军餐饮服务人员，正准备动身去欧洲。她甚至为此憔悴了一阵子，布雷多克·华盛顿曾采取步骤，

① 英语中“吉丝敏”（Kismine）和“吻我”（kiss me）谐音。

要在巴尔干半岛发动一场新的战争，但是她看了一张几个塞尔维亚伤兵的照片，便对整个行动丧失了兴趣。而珀西和吉丝敏似乎从父亲那里遗传了那种自高自大的傲慢态度。一种纯粹而执着的自私，像固定程式似的贯穿着他们的每一个念头。

约翰对城堡和溪谷里的奇观着了魔。珀西是这样告诉他的，布雷多克·华盛顿设法绑架了一位园林设计师、一位建筑师、一位舞台布景设计师和上个世纪遗留下来的一位颓废派诗人。他把他的整个黑人大军派去供他们支配，保证将天底下出产的任何材料供应给他们，并且任由他们琢磨出一些自己的点子来。但是他们一个接一个地显示出他们的无能。颓废派诗人立刻开始为离别了春天的林荫大道而恸哭，他含糊其词地对香料、类人猿和象牙发了些议论，但是没有说出一句有任何实际价值的话。就舞台布景设计师而言，他想将整个溪谷搞成一套机巧的布局，形成一种能激起强烈情感的效果——那种布景华盛顿一家很快就会感到厌倦。至于建筑师和园林设计师，他们只想着按规矩办事。他们得做什么像什么，造什么成什么。

但是他们至少解决了一个问题，那就是如何处理他们。一天晚上他们单独在一个房间里，想就一座喷泉的位置达成共识，耗了整整一夜，第二天一大早全都发了疯。现在他们被舒舒服服地关在康涅狄格州韦斯特波特的一所精神病院里。

“但是，”约翰好奇地问道，“是谁设计了你们所有这些奇妙的会客室、门厅、过道、浴室？”

“嗯，”珀西答道，“说来惭愧，是一个搞电影的家伙。他是我们发现的唯一习惯于摆弄数不清的金钱的人，虽说他把餐巾塞进衬衣领，并且不会读也不会写。”

八月将尽，约翰开始为很快就必须返校而惆怅。他和吉丝敏已经决定明年六月私奔。

“要是能在这儿结婚就更好了，”吉丝敏承认，“可是我根本不可能得到父亲的许可嫁给你，那是自然。退而求其次我宁愿私奔。如今富人在美国结婚真是可怕，他们得在报纸上发布告，说准备靠一点儿剩下来的货色结婚。这其中的意思不就是，他们有许多老货珍珠和欧仁尼皇后①穿戴过的旧花边。”

“我知道，”约翰热烈地表示同意，“我在辛力泽－墨菲家做客的时候，他们家的长女格温多琳嫁给了一个人，他父亲拥有半个西弗吉尼亚。她写信回家说，为了丈夫当银行职员的薪水，她正在进行一场多么激烈的斗争。然后她在结尾时说：‘感谢上帝，我总算还有四个侍女，这多少有一点儿帮助。’”

“荒唐，”吉丝敏评论道，“想一想世界上的亿万人民，做工的人之类的，他们只有两个侍女，却也在将就着过日子。”

八月底的一个下午，吉丝敏偶然的一番话，改变了整个局势，将约翰投进了恐怖状态之中。

当时他们正在他们最喜爱的那片小树林里，在亲吻的间隙，约翰沉溺于某种罗曼蒂克的不祥预感之中，幻想着它会给他们的关系增添一层辛酸。

“有时我在想，我们永远不会结婚，”他忧伤地说，“你太富有、太华贵了。像你这样富的人不可能跟别的姑娘一样。我该在奥马哈②或苏城③娶个富裕的五金批发商的女儿，对她那五十万嫁妆心满意足。”

“我倒是曾经认识一个五金批发商的女儿，”吉丝敏评论说，

---

① 欧仁尼皇后（1826—1920），拿破仑三世的皇后。

② 奥马哈，美国内布拉斯加州东部城市。

③ 苏城，美国爱荷华州西北部城市。

“我觉得你不会对她感到心满意足的。她是我姐姐的朋友，她来这儿做过客。”

“哦，那样说来，你们还有过其他客人？”约翰惊讶地嚷道。

吉丝敏似乎后悔说了这些话。

“哦，是的，”她匆匆忙忙地说，“有过几个。”

“但你们不是——你父亲不是害怕他们到外面去说吗？”

“哦，在一定程度上，在一定程度上，”她答道，“我们来说说其他高兴的事吧。”

但是约翰的好奇心上来了。

“其他高兴的事？”他追问道，“那有什么不高兴的？她们不是好姑娘？”

令他极其惊讶的是，吉丝敏抽泣起来。

“不……麻……麻烦……就出在这……这儿。我变得对她们几个十……十分依恋。佳丝敏也是，但她不管三七二十一，还是不断邀……邀请她们。我真弄不懂。”

一片怀疑的暗影在约翰心中形成了。

“你的意思是，她们说出去了，你父亲就把她们……撵走了？”

“比那更糟。”她结结巴巴地嘟囔道，“父亲不喜欢碰运气——可佳丝敏还是不断写信要她们来，她们玩得那么快活！”

她被一阵突如其来的悲伤弄得受不住了。

这番泄露所包含的恐怖令约翰怔住了。他张大嘴巴坐在那儿，感觉到身体里的神经在颤鸣，像许多麻雀栖息在他的脊柱上。

“喏，我告诉你了，我不该告诉你的。”她说，突然平静下来，擦干她那深蓝色的眼睛。

“你的意思是说，你父亲在她们离开之前谋杀了她们？”

她点点头。

“通常是在八月份，或者是九月初。我们首先尽可能从她们身上取得种种快乐，这对于我们只是一件很自然的事。”

“多么可恶！多么……嗨，我要发疯了！你是不是真的承认……”

“是的，”吉丝敏打断他的话，耸了耸肩膀，“我们无法很妥当地将她们囚禁起来，像对待那些飞行员一样。这样的话，她们就会变成一种对我们的不断谴责，每一天都是。对于佳丝敏和我，那样干总是会好受些，因为父亲干得比我们意料中的要快。那样一来，我们就避免了任何道别的场面……”

“所以你们就谋杀她们！哼！”约翰嚷道。

“活儿干得很干净。她们在睡梦中被毒死，她们家里人得到的死讯总是说她们是在比尤特[①]得了猩红热。”

“但是……我想不通你们干吗不断地邀请她们来！”

“我可没有，”吉丝敏发作了，“我一个也没有邀请。是佳丝敏干的。而且她们总是会度过一段很好的时光。接近最后的时候她给她们最好的礼物。将来我也可能请客人来——我也会硬起心肠那么干。我们不能让死亡这样一件不可避免的事阻挡我们享受生命，在我们拥有它的时候。想一想，在这世外之地，如果一个客人也没有，会是多么的寂寞。嗯，父亲和母亲也像我们一样牺牲过一些最好的朋友。”

“所以，”约翰大声谴责道，“所以你让我向你求爱，并假装以爱来回报，还谈什么婚嫁，却自始至终心里完全明白，我永远不会活着从这儿出去……”

“不，”她激动地申辩道，“这一回不一样。是我开的头。当

---

① 比尤特，位于美国西北部的一个山区。

时你已经到了这儿。我忍不住开了那个头，而且我认为你的最后几天对于我们俩也许都是快乐的。可是接着我爱上了你，而且……而且对于你要……你要被解决掉，我实实在在很难过。虽说我宁愿你被解决掉，不愿你今后去吻另一个姑娘。”

“哦，你说你愿意，你真的愿意吗？”约翰凶狠地嚷道。

“愿意得很。另外，过去我一向听说，姑娘同男人相好，可又知道永远不会嫁给他，就会格外有趣味。啊，我告诉你干吗呀？现在我大概已经将你的快乐时光彻底给败坏了。你不知道那回事的时候，我们真的很快活。我知道这一下把事情搞得让你有些沮丧了。”

“哦，你说你知道，你真的知道吗？”约翰愤怒得声音发抖，“这一套我已经听够了。如果你那一点儿尊严和体面，只够同一个你知道比一具死尸好不了多少的家伙搞风流韵事，我是不想再与你有什么瓜葛的！”

“你不是一具死尸！”她恐慌地申辩道，“你不是一具死尸！我不想让你说我吻了一具死尸！”

“我并没有说那种话！”

“你说了！你说我吻了一具死尸！”

他们的声音升上去了，但是一个突如其来的干扰使他们俩全都不作声了。脚步声正沿着小径朝他们的方向而来，不一会儿，玫瑰花丛分开，布雷多克·华盛顿出现了。那一双安在他那张漂亮而没有表情的脸上的聪明眼睛，正窥视着他们。

“谁吻了一具死尸？”他带着明显不赞成的神色追问道。

“没有谁，”吉丝敏很快地回答，“我们只是在开玩笑。”

“你们两个在这儿干什么，倒是说说看？”他生硬地追问道，“吉丝敏，你应该……应该同你姐姐一起读书或打高尔夫球。去读书！去打高尔夫球！我回来的时候别让我发现你在这儿！”

然后他向约翰点了点头，便沿着小径走开了。

“看到了吗？”吉丝敏生气地说，这时他已经听不到这边说的话了，“你把事情全搞砸了。我们再也不能见面啦。他不会让我见你。如果他认为我们在相爱，他就会把你给毒死。”

“我们没有，不再相爱啦！”约翰恶狠狠地嚷道，“所以他在这件事上大可以放下心来。此外，你别自己骗自己，以为我会待在这儿。要是我非得在那些山中间啃出一条路来的话，不出六个小时，我就会在山那边，上了去东部的路。”

这时他们俩都已经站起身来，听了这番话，吉丝敏靠过去，用胳膊挽住他的胳膊。

“我也要走。”

“你一定是疯了……”

“我当然要走。”她不耐烦地打断他的话。

“一万个肯定你不能走，你……”

“很好，”她平静地说，“那我们去追上父亲，把事情跟他讲个透彻。”

约翰败下阵来，挤出一丝苦笑。

“很好，最亲爱的，”他表示同意，话说得有气无力，不大能令人相信，“我们一起走。”

他对她的爱回来了，平静地栖息在他心上。她属于他，她将和他一起走，分担他的危险。他用胳膊搂住她，热烈地吻她。毕竟她是爱他的，事实上，她救了他。

他们一边讨论这件事，一边慢慢地走回城堡去。他们做了决断，既然布雷多克·华盛顿已经看见他们在一起，他们最好晚上就离开。然而，用晚餐的时候，约翰的嘴唇异乎寻常的干，忐忑不安之余，他将一大汤匙孔雀汤全部灌进了左肺。他只好让一个操持家务的男性下人扛进那间绿松石紫貂皮牌戏室，使劲儿地给他捶背。珀西认为这是个大笑话。

九

子夜过去之后很久，约翰的身体神经质地猝然一抽，他一下子坐直了身子，眼睛瞪着笼罩在房间里的睡意的轻纱。透过那些暗蓝的方块——原来是敞开着的窗户，他听到遥远地方的一个微弱的声音，它还没有对他那梦魇缭绕的记忆表明身份，便已经随风逝去。但接踵而至的那一阵清晰的声响却离得比较近，就在房间外面——是球型门柄转动的咔嗒声，还是脚步声或窃窃私语，他说不出。一个硬疙瘩在他的胃穴里凝结起来，在他挣扎着竭尽全力谛听的那一小会儿，他全身都疼。接着，轻纱中的一层似乎消弭了，他看到一个巨大的影子站在门边，那只是淡淡地勾画在黑暗上面的一个人影，与帷帘的褶皱难解难分地交织在一起，看上去变了形似的，像一块脏兮兮的玻璃上出现的一个映象。

或许是出于害怕，或许是下了决心，约翰猛然间做了一个动作，摁下了床边的按钮。片刻之后，他便坐在了隔壁房间那个陷进地板之中的绿莹莹的浴池里，半池子凉水激醒了他，使他恢复了警觉。

他跳出来，湿漉漉的睡衣在他身后洒下了一大摊水。他向那扇海蓝宝石门跑去，他知道它通向外面二楼的象牙楼梯过渡平台。门无声无息地开了。绯红色的一盏孤灯燃亮在上方一个巨大的穹顶里，把雕花楼梯那气派华丽的弯道照出了一种绝顶的美。

有一会儿约翰不知所措，汇聚在周围的静寂的华彩，吓得他魂不附体，仿佛要用光与影的巨大褶皱和轮廓，将他这孤零零湿漉漉、在象牙平台上发抖的小小身影包裹起来。接着同时发生了两件事：他本人的起居室的门敞开了，猛然间冲进来三个赤身裸体的黑人；当约翰在失魂落魄的恐惧中摇摇晃晃地向楼梯跑去时，走廊另一边的另一扇门滑回到墙壁里，约翰看见布雷多克·华盛顿站在灯光照亮的升降机里，穿一件毛皮外套、一双齐膝马靴，膝头以上露出耀眼的玫瑰色内衣。

三个黑人立刻停止向约翰的方向移动，向升降机里的人转过身去，静候待命。此前约翰从未见过他们，一个念头闪过他的脑海：他们一定是职业刽子手。只听得升降机里的人咆哮着发出一道帝王般的命令：

“进来！你们三个全进来！快快快！”

于是，片刻之间，三个黑人冲进了那笼子，升降机的门刚合上，那长方形的光便被遮没了，大厅里又只剩下了约翰一个人。他无力地瘫倒在象牙楼梯上。

显然发生了什么重大的事情。这件事至少暂时延缓了他本人的一场大难。是什么事？是黑人们起来暴动了？是飞行员们绷开了格栅的铁条？还是费希村的人瞎摸瞎撞穿过山冈，他们那郁郁寡欢的眼睛瞄上了这华丽的溪谷？约翰不知道。他听到呼呼呼一阵微弱的风声，升降机嗖嗖地又上去了，一会儿，又下来了。也许是珀西赶过去帮他的父亲吧。约翰醒悟到，这正是他与吉丝敏会合、策划立刻逃跑的好机会。他等待着，等到升降机没有声息几分钟之后，此时夜间的寒气透过湿透的睡衣抽打着他，令他微微发抖，他回到房间，迅速穿好衣服。然后，他爬了长长的一段楼梯，拐入那条铺着俄国紫貂皮的走廊，径直向吉丝敏的套房走去。

她的起居室的门敞开着，灯亮着。吉丝敏穿着安哥拉羊毛的和服式晨衣，正以谛听的姿势站在窗前。约翰悄声走进去，她向他转过身来。

“啊，是你！”她悄声说，穿过房间向他走来，“你听到了吗？”

“我听到你父亲的奴隶在我的……”

“不，”她兴奋地打断了他的话头，“是飞机！”

“飞机？也许就是飞机声弄醒了我。”

“至少有一打。没多一会儿我还看到一架迎着月亮飞过去。后面悬崖上的卫兵开了枪，就是枪声把父亲惊醒的。我们马上就要跟它们开打了。”

“它们是特地上这儿来的吗？”

“是的，是那个逃脱了的意大利人……”

她的话音未落，一连串尖利的炸裂声透过敞开的窗户砸了进来。吉丝敏发出轻轻的一声叫，用手指从梳妆台上的一个盒子里摸索出一枚硬币，向一盏电灯跑去。片刻之间，整个城堡便一片黑暗——她烧断了保险丝。

“快来！”她向他喊道，“我们到屋顶花园去，到那儿去看！”

她顺手抓起一件披肩，拉着他的手，摸索着走出门去。离塔楼的升降机只有一步之遥，在她摁下那一个将他们射向高处的按钮时，他在黑暗中用胳膊搂住她，吻了她的嘴。风流韵事终于降临到了约翰·昂格尔身上。

一分钟之后，他们已经走出来，到了星光白颜色的平台上。天上，雾蒙蒙的月亮在烘托着它的一片片涡云间滑进滑出，月下，十几架黑翼飞机在不停地兜圈子飞。溪谷中，随处有火舌窜向它们，随后是尖利的爆裂声。吉丝敏高兴地拍起手来，这股子高兴劲儿一会儿就变成了沮丧。因为那些飞机按照事先约定的什么信号，开始投弹，整个溪谷变成了一幅活动画景，回荡着沉闷的轰响，闪烁着耀眼的红光。

不久，攻击者的目标开始向高射机枪设置点集中，其中一门炮几乎是立刻便沦为巨大的一堆残渣，躺在玫瑰花坪上冒烟。

“吉丝敏，”约翰央求道，“如果我告诉你，这次进攻正好赶在谋杀我的前夕，你会很高兴的。要不是听到那卫兵在后面山口开枪的声音，现在我已经死翘翘了……”

“我听不见！”吉丝敏喊道，目不转睛地看着眼前的情景，“你得说响一点儿！”

“我只是说，”约翰吼道，“我们最好在他们开始轰炸城堡之前离开这儿！”

突然之间，黑人寓所区的整个柱廊断裂成几截，一股火焰从廊柱下面喷涌而出，大块不成形状的大理石碎片被投掷到远及湖边的地方。

“价值五万美元的奴隶玩儿完了，”吉丝敏嚷道，“还是按战前的价格呢。尊重产业的美国人太少啦。”

约翰再次努力逼迫她离开。飞机一分钟比一分钟瞄得更准确，只有两架高射机枪还在还击。很明显，在炮火的包围之中，卫队已经支持不了多久了。

“快来！”约翰嚷道，拉着吉丝敏的胳膊，“我们不走不行了。你意识到没有，如果那些飞行员发现了你，肯定会把你杀了！”

她勉强同意了。

“我们得叫醒佳丝敏！”他们匆匆地向升降机走去时，她说道。然后，她又带着孩子气的快乐加上一句：“我们会成为穷人，是不是？就像书里的人一样。我会成为孤儿，彻底自由。自由和贫穷！多么有趣！”她停下脚步，仰起嘴唇，快活地吻了他一下。

“这两样东西一块儿来是不可能的，”约翰残忍地说，“人们早已发现这一点了。在两样当中选，我宁愿要自由。另外提醒一句，你最好把珠宝盒里的东西全倒进口袋。”

十分钟之后，两个姑娘在黑暗的走廊里与约翰会合，三个人下到了城堡的主层。他们最后一次穿过那些光彩照人、富丽堂皇的厅堂，在外面的平台上站了一会儿，望着燃烧着的黑人寓所和坠落在湖另一边的两架飞机冒着火光的残骸。一架高射机枪孤零零地还在噗噗噗地顽强射击，进攻者似乎有些胆怯，不敢再飞低一些，而是绕着它盘旋，发射出一团团炸雷似的烟火，等待哪一发碰巧消灭掉那个埃塞俄比亚的射手。

约翰和两姐妹沿大理石台阶而下，急转弯向左，开始登上一条像钻石山的吊袜带似的狭窄山径。吉丝敏认识半路上一处树木浓密的地点，在那儿他们可以藏身，也能够观察到溪谷中的狂乱夜景，最终如果需要的话，还可以沿着一道石沟里的一条秘密小径逃走。

十

他们到达目的地的时候已经是三点钟。热心而沉着的佳丝敏倦乏之下，靠在一棵大树的树干上立刻便睡着了。约翰则同吉丝敏坐着，用胳膊搂着她，守望着正在沉寂下去的这场战斗的潮涨潮落。它所发生的地点昨天早晨还是一片花园，现在望出去已是一片废墟。四点钟过后不久，最后剩下的那架高射机枪发出哐啷一声响，迅速地吐出一条冒烟的红舌头，便不管用了。尽管月亮已经下山，他们依然看得见飞翔的机身正在盘旋，离地面越来越近。一旦那些飞机确认被围攻者已经再无还手之力，它们便会着陆，这黑暗而光辉灿烂的华盛顿王国便会结束。

战火停息，溪谷随之而沉寂。像匍匐在草丛中的什么妖魔的两只眼睛一样，两架飞机的残骸闪闪发光。城堡黑黝黝地、无声地矗立在那里，无光时它也是美丽的，一如在阳光下它是美丽的一样；而上空充满了复仇女神那木头一样的嘎嘎声，伴随着涨涨落落的怨言。这时约翰发觉吉丝敏同她姐姐一样，已经酣然熟睡。

他注意到他们刚走过的路上有脚步声过来，已经是四点钟过去之后很久。他屏息静声地等待着，直到发出脚步声的那些人走过他占据的有利地点。这时空中有了一种并非来自人间的轻微动静，露水冰凉，他知道天光很快就会破晓。约翰一直等到上山的脚步声离开一段安全的距离，听不见了为止。然后他跟了上去。从不到陡峭山巅一半路的地方起，树木稀稀拉拉不见了，一架顽石构成的鞍形山脊展开来，盖住了下面的钻石。到达该地点之前他放慢了脚步，一种动物的感觉警告他，有活物就在前面不远的地方。他来到一块高高的巨大砾石旁，渐渐地将脑袋升上它的边沿。他的好奇心得到了回报，这就是他看到的情形：

布雷多克·华盛顿一动不动地站在那儿，灰色的天空衬出他的侧影，无声无息，没有一点儿生命的迹象。东方已经露出曙色，给大地添了一抹冷冽的绿色，将那孤寂的人影带进与新的一天所形成的无足轻重的对比之中。

约翰在这边望着，而他的东道主则在那边沉浸于令人捉摸不透的思绪之中。过了一会儿，他向匍匐在他脚边的两个黑人做了个手势，要他们把搁在中间的重物抬起来。当他们奋力站直身子的时候，太阳的第一道黄色光线穿透了一颗雕琢得近乎完美的巨大钻石的无数棱面，一片白光燃起，在空中光芒闪烁，犹如晨星的一块碎片。抬着它的人在重压之下蹒跚着移动了片刻，这时，在湿漉漉闪光的皮肤下，他们那波浪般滚动的肌肉凝住了、变硬了，三个人又一动不动，面对苍天桀骜不驯而又无可奈何。

过了一会儿，白人昂起头，缓缓地抬起手臂，仿佛要召唤一大群人倾听似的做出请注意的姿势；但是并没有人群，只有群山与天穹的浩瀚寂寥，被下方树林中微弱的鸟鸣声打破。站在鞍形岩石上的人影带着遏制不住的傲慢，开始干巴巴地发话。

“在外面的你……”他声音颤抖地喊道，“在那边的……你！”他停了下来，手臂依然举着，脑袋专注地昂在那里，仿佛在期待回答。约翰竭力睁大眼睛，想看看是否有人从山上面下来，但是山上面空寂寂没有一个活人。只有天空，只有沿林梢而来的带有嘲讽意味的风的笛声。难道华盛顿是在祈祷？约翰疑惑了一会儿。然后错觉消逝了——那个人的整个态度中有什么东西与祈祷是对立的。

“啊，在上面的你！”

他的声音变得强劲和自信起来。这不是孤寂者的乞求。如果说有什么的话，其中有的是一种骇人听闻的屈尊性质。

“在那边的你……”

话说得太快，听不清楚，一句接一句滔滔不绝……约翰屏息静气地谛听着，偶尔抓住一句；而那声音中止、接续、又中止，时而强劲雄辩，时而带有一种迟疑困惑的焦躁色彩。接着，这唯一的听众开始醒悟过来，当那种认识渐渐地在他头脑中成形时，他全身的血液奔涌起来，迅速流遍每一条动脉。布雷多克·华盛顿是在向上帝行贿！

就是这么回事，毫无疑问。他的奴隶用胳膊抬着的钻石是先期预付的样品，是一个许诺：接下来还有更多。

过了一段时间，约翰领悟到，那就是贯穿他的语句的一条线索。发了财的普罗米修斯在大声地为被遗忘的牺牲、被遗忘的祭仪和基督降生之前便已废弃的祝祷仪式做证。有一会儿，他的讲道采取了另一种形式，他提醒上帝别忘了神明陛下曾经屈尊从人类那里接受过的这样那样的礼物——救城市于瘟疫之灾便会得到的大教堂，人们献祭的没药和黄金，人命、美女和被俘的军队，儿童和妃子，森林里田野上的兽，绵羊和山羊，庄稼与城池，为得到他的姑息而以贪欲和鲜血的形式所献出的全部被征服的土地，为了换取缓解圣怒的酬报。现在，他，布雷多克·华盛顿，钻石之帝，黄金时代的王者和祭司，显赫与奢华的仲裁者，愿意献出一份他之前的王者做梦都想不到的宝藏，在骄傲而不是乞求中把它呈献出来。

他将话题落实到具体说明上，接着说道，他愿意献给上帝世界上最大的钻石。这颗钻石将切割出千千万万个琢面，比树上的叶片还多，而且整颗钻石成形后的完美程度堪与一颗苍蝇大小的宝石媲美。将有许多人为此工作许多年，给它安一个黄金打造的巨大穹顶，雕刻上精妙绝伦的图样，配上蓝宝石嵌蛋白石包面的大门。钻石中央将掏空成一座小教堂，其主导是一个用不断分解、永远变化的彩虹色的镭做成的祭坛。拜神者祈祷时只要抬起头来，眼睛就会被镭灼坏。在这祭坛之上，为供神圣的施恩者取乐，将宰杀他所选中的任何牺牲，即便是世间最伟大、最有权势的活人。

作为回报他只要求一件简单的事，一件对于上帝来说易如反掌的事：只要让事态如昨日此时，永远不变。就这样，非常简单！只要让天国的门打开，把这些人和他们的飞机吞进去，然后再关上。让他重新拥有他的奴隶，让他们复活过来，跟没事一样。

从来不曾有其他人，他需要与之探讨问题，讨价还价。

他只疑虑他所行的贿赂是否足够大。当然，上帝有上帝的价格。上帝是以人的形象造出来的，所以据人家说，他必须获得他的价格。而他付出的价格是绝无仅有的——没有一座耗时多年的大教堂，没有一座成千上万劳工建造的金字塔，能与这一座大教堂、这一座金字塔相提并论。

说到这儿他停顿了一下。这就是他的提议。一切都会按具体的说明办，而且如果说价格太便宜，他的主张也并无不雅之处。他暗示，接受或放弃由济度众生者看着办。

接近结尾的时候，他的语句变得结结巴巴，变得短促和没有把握；他的身体似乎紧张起来，似乎绷紧了要捕捉周围空间里最轻微的生命的动静和声息。在他说话的过程中，他的头发渐渐地变白了，现在他向天空扬起了头，仿佛是古代的先知——疯狂之态极其庄严动人。

约翰看得晕晕乎乎，如痴如醉。接着，在他看来，周围什么地方产生了一种奇异的现象。似乎天暗了片刻，似乎突然一阵狂风刮来一丝絮语，一缕从远处传来的号角声，一声像一件巨大绸袍的窸窣声那样的叹息。一时间，周围的整个大自然也随之暗淡下来，鸟儿停止了歌唱，树木静默不语，从山那边遥远的地方隐约可闻地传来一阵沉闷、威吓的雷声。

一切就是这样。风沿着溪谷里高高的青草一路沉寂下来。一时间，曙光和白昼又重新就位，已经升起的太阳驱送着黄雾的热浪，在它前方开出一条明亮的路来。树叶在阳光中欢笑，它们的笑声摇动了树木，最后每根树枝仿佛都成了仙境中的女子学校。上帝拒绝接受贿赂。

约翰又观看了一会儿白昼的胜利。然后他转过身去，看见一翼棕色的物体颤摇着降落在湖畔，然后又是一翼，然后又是一翼，像从云端里下来的金色天使在跳舞。飞机着陆了。

约翰悄悄地离开砾石，沿着山坡跑下去，回到树丛中。两个姑娘已经醒了，正在等他。吉丝敏跳起来，口袋里的珠宝叮当乱响，张开的唇边悬着疑问。但是直觉告诉约翰，已经没有时间说话。他们必须离开这座山，一刻也不能耽误。他抓住两人各一只手，三个人静悄悄地在树干之间穿行着，沐浴在此刻的阳光与上升的雾霭里。他们身后，溪谷里全无一点儿人声，只有孔雀在远处抱怨，早晨在悄声欢唱。

他们走出去大约半英里以后，避开花园地带，进入一条通往下一个小丘的狭窄小径。在这小丘的制高点，他们停下脚步环顾四周。他们的目光落在刚刚离开的那一片山坡上，一种即将发生悲剧的不祥预感压上了心头。

在蓝天的映衬下，一个颓丧的白发男子的清晰身影正走下陡坡，身后跟着两个没有情感的巨人般的黑人，他们抬着的那个重物，依然在阳光下闪烁着光焰和光辉。下山的半途，另外两个人影加入到他们的行列里。约翰能够辨认出那是华盛顿太太和她的儿子，她靠在他的臂膀上。飞行员们已经从机舱里出来，登上城堡前那片开阔的草坪，正手提来复枪，以战斗队形开始上钻石山。

但是，在上面会聚成一小群、吸引了所有守望者全部注意力的那五个人，已经在一处岩脊上停了下来。两个黑人俯下身子，拉起了一道机关，看来那是山坡上的一道活门。他们全体消失在其中，白发男子首先进去，接着是他的妻子和儿子，最后是那两个黑人。阳光在他们的珠宝头饰上辉映了片刻，活门便落下来，把他们全吞没了。

吉丝敏一把抓住约翰的胳膊。

“啊，”她狂乱地嚷道，“他们去哪儿？他们要干什么？”

“一定是什么地下逃生暗道……”

两个姑娘的一声轻轻的尖叫打断了他的话。

“看见没有？”吉丝敏歇斯底里地呜咽道，“山上安着电线！”

她的话音未落，约翰已经举起双手捂住眼睛。他们眼前的这座山的整个表面，突然变成了一片灼灼燃烧的炫目的黄色火光，火光透过生长草皮的土层映现出来，就像光线映透人的手一样。这无法忍受的光焰持续了一会儿，然后，像一根燃尽的灯丝一样消失了，露出一片焦黑的不毛之地。青烟袅袅升起，带走了植物和人肉的余烬。那些飞行员既没有留下血迹，也没有留下尸骨，他们像走进山里面的五个人一样，灰飞烟灭了。

与此同时，随着一阵剧烈的震荡，城堡整个地把自己抛上了天。它上去的时候炸成了火光四射的碎片，然后跌落回原处，化作烟气腾腾的一堆玩意儿，躺在那儿，一半身子伸进了湖水。看不到火，在那儿冒着的烟也同阳光混在一起飘走了。几分钟之后，从曾经是金堆玉砌珠光宝宅的那一堆不成形的玩意儿上，扬起了一阵尘埃般的大理石粉末。再也没有一点儿动静，只剩下孤零零的三个人在溪谷里。

十一

日落时分，约翰和他的两个同伴到达了原本是华盛顿家族领土边界的那座高高的悬崖。回首望去，暮色中的溪谷静谧而可爱。他们坐下来，把吉丝敏随身携带的一篮子食物吃完。

“瞧！”她说道，一边把桌布铺开，把三明治整整齐齐地放成一堆，“看上去不是挺诱人吗？我一向认为在野外吃东西味道更好。”

“凭这样一句话，”佳丝敏评论道，“吉丝敏进入中产阶级啦。”

“那么，”约翰急切地说，“把你们的口袋翻过来，我们来看一看，你们带上的是些什么珠宝。如果你们挑得好，我们三个这一辈子就该过得很舒服啦。”

吉丝敏顺从地将手放进口袋，将满满两把闪闪发光的石头扔在他面前。

“还不错，”约翰热情洋溢地嚷道，“个儿不是很大，不过……喂！”他对着夕阳的余晖举起其中一颗时，脸色变了。“嗨，这些不是钻石！出问题啦！”

“呀！”吉丝敏大叫，一脸惊讶的神色，“我真是个白痴！”

“嗨，这是莱茵石！”约翰嚷道。

“我知道了。”她放声大笑，“我开错了一只抽屉。那原本是一个来看佳丝敏的姑娘衣服上的东西。我让她把这些给了我，换给她钻石。那时除了宝石，我还从来不曾见过别的东西呢。”

“你带来的就这些了？”

“恐怕是的。”她爱怜地用手指拨弄着那些亮晶晶的东西，“我想我更喜欢这些东西。我有一点儿厌倦钻石了。”

“很好，”约翰忧郁地说，“我们得在海德斯过日子了。你会跟那些不肯轻信的女人讲你开错了一只抽屉，活到老讲到老。很不幸，你父亲的银行存折同他一起灰飞烟灭了。”

“嗯，海德斯怎么啦？”

“如果我在这个年纪回家时带上一个妻子，我父亲大概不会用一块烧红的炭跟我断绝关系，就像他们那一带所说的那样。”

佳丝敏发话了。

“我爱洗东西，”她平静地说，“我一向自己洗手帕。我会给人洗衣服养活你们俩。”

“海德斯人用洗衣妇吗？”吉丝敏天真地问。

“当然，”约翰答道，“就跟别的地方一样。”

“我想……也许太热了，什么衣服也不用穿。”

约翰大笑。

“不妨试一试！”他提议道，“你还没脱一半，他们就会把你撵出去。”

“父亲会去那儿吗？”她问。

约翰惊讶地向她转过身去。

“你父亲已经死了，”他严肃地回答说，“他干吗要去海德斯？你把它跟另一个地方弄混了，那地方[1]很久以前就已经作废了。”

用过晚餐之后，他们折好桌布，铺开毯子准备过夜。

“真像一场梦。”吉丝敏叹了口气，凝望着满天星斗，“待在这儿，身边就一套衣服和一个一文不名的未婚夫，看起来多奇怪！”

“在星星下面，”她重复道，“以前我从没留意过星星。我一

---

① 古希腊神话中的冥府（Hades）与海德斯（Hades）同音同名。

向认为它们是属于某个人的巨大钻石。可是它们现在令我害怕。它们让我觉得一切都是一场梦——我的全部青春。”

“它已经成了一场梦。”约翰平静地说，“每个人的青春都是一场梦，一种化学的发疯形式。”

“那么疯狂该是一件多么快乐的事！”

“人家也是这样对我说的，”约翰忧郁地说，“我所知道的仅限于此了。不管怎么说，让我们相爱一阵子吧，爱上一两年，你和我。那是一种神圣的醉酒形式，人人都可以试一试。整个爱的世界里只有钻石，钻石，还有也许是幻灭所馈赠的破烂。嗯，我终于拥有了它，对于平常的那一种，我会根本不当一回事。”他哆嗦了一下。“把你的外套领子翻上来，小姑娘，夜间寒气袭人，可别得上肺炎。谁第一个发明了知觉，可真是个大罪人。让我们失去它几个小时吧。”

于是他把自己裹在毯子里，坠入了梦乡。